天沢夏月
Natsuki Amasawa
吹き溜まりのノイジーボーイズ
DEATH

Contents

イラスト／庭　デザイン／鈴木 亨

吹き溜まりのノイジーボーイズ

天沢夏月

Natsuki Amasawa

開演

――吹奏楽部を作ろう。

そう意気込んで、昔吹奏楽部があった頃の楽器を吹き溜まりから持ち出《だ》してきたのが数ヶ月前のこと。まさか、ほんのわずか数ヶ月で、それを戻しにいく羽目になるとは思っていなかった。

意地悪な初夏の日差しは、楽器を抱えてよたよた歩くわたしの首筋に容赦《ようしゃ》なく照りつける。フルート、クラリネットが二つ、トランペット、アルトサックス、トロンボーン、ユーフォニアム、それに、チューバ。全部一度に運べるわけなんかなくて、一番重たいチューバから手をつけたのは最後にこれを残したら運ぶ気力なんて残っていそうになかったからだ。金管楽器の表面に太陽が反射して、チラチラとまぶしい。視界が滲《にじ》んではっきりとしないのは、たぶんそのせいだ。泣いてない、泣いてない。

校庭の脇《わき》を突っ切ると、やがて木造の白っぽい建物が見えてくる。旧講堂だ。もっとも、正式名称があるにもかかわらず、生徒たちからはもっぱら〝吹き溜まり〟と呼ばれていた。文字通り風に吹かれて落ち葉が集まるがごとく、学校中のイラナイモノが吹き寄せられる、不思議な場所として。

古びた木扉の隙間《すきま》を通り抜けようとすると、チューバの管体がぶつかって鈍い音を立てた。ついこないだ、長らく積もった埃《ほこり》を払ってもらったばかりのチューバが、またここに戻されるのかと、嘆くような音だった。

「……ごめんね」

わたしはつぶやいて、こつん、とおでこをチューバにあてる。目を閉じて、ため息をつく。

しばらくそうしていると、チューバの冷たい金属質な管体が小刻みに震えているのに気がついた。それから、耳が吹き溜まりの中から漏《も》れてくる奇妙な音をとらえた。

音？　誰だろう、こんな場所で。

顔を上げて、まぶたを持ち上げる。さっきと変わらない、光沢をなくしたチューバの朝顔《ベル》が目の前にある。今度は頰《ほお》を押し当ててみると、確かに震えていた。微《かす》かに共鳴しているみたい。

耳を澄ます。メロディーじゃなかった。パーカッションだ。シンバルとスネアの音がするから、たぶんドラムス。

そういえば、吹き溜まりの隅っこにドラムセットがあった。コントラバスと合わせて持ち出すことをしなかった楽器。なんだかそれだけ、誰かが使っているように見えたから。

少しだけ隙間の開いていた扉をそっと押し、講堂の中を覗《のぞ》き込んだ。

薄暗い屋内に差し込む明かりは、羽目板に塞《ふさ》がれた窓の隙間から注ぐ日光のそれだ。空気中に舞う多量の埃が反射して、そこだけ光の筋みたいなものができていた。なんだか舞台に注ぐスポットライトみたいだ。

その中に、少年がいた。

真っ黒なくせっ毛の頭。曲がった背中。ひょろりと細長い手足。まんま黒猫みたいな男の子が、その気怠《けだる》そうな見目に反して鮮やかなスティック捌《さば》きを披露している。ドラムから飛び出した音は軽快に跳ねて、埃っぽい空気を綺麗《きれい》に伝播《でんぱ》してわたしの耳まで届いていた。上手だけど、なんの曲だろう。さすがにドラムスだけじゃわかんないな。

気がつくと、じーっと見つめていた。視線を感じたのか、少年が顔を上げてこっちを見る。目が合った。猫みたいな目だ、と思った。薄暗がりで一対の宝石のように青く光って見える。例のスポットライトみたいな光の筋の先、青い初夏の空を映していたせいだろうか。

どれほどそのまま見つめ合っていたのだろう。

ふっと彼の方から素っ気なく視線を外されて、わたしは我に返った。なに見惚《みと》れてるんだ。さっさと楽器運ばないと、先生にどやされてしまう。不意に埃っぽい吹き溜まりの空気がその濃度を何倍にも増した気がして、ぐっと息が苦しくなる。

チューバを隅っこに下ろし、わずかに後ろ髪《がみ》引かれる思いを振り切って、わたしは講堂を後にした。

次の楽器を持って戻ってきたとき、そこにはもう誰もいなかった。

第一部　吹き溜まりに吹く風

「しっかしホント、やっと取り壊し決まってくれて助かったよなァ」

放課後の教室に、耳障りな声が響く。掃除中だというのにろくに手も動かさない駿《する》河《が》が、誰ともなしにご高説を垂れている。

「まあ、取り壊されて当然だよな。もともと物置くらいにしか使ってないんだし。不良の溜まり場にするくらいなら取り壊すよなあ、そりゃ」

「別に不良の溜まり場だから壊すってわけじゃないでしょ。いいから掃除しろ」

女子にツッコまれて、駿河は鬱陶《うっとう》しい仕草で長めの前髪をいじる。

「いや、俺は害虫駆除と同じだと思うぜ。シロアリが巣食った家からやつらを駆逐しようと思ったら、家ごとぶっ壊しちまうのが一番手っ取り早いだろ。その家がいらないんなら、なおさらそうだ」

シロアリ駆除のやり方としてそれが正しいのかは大いに疑問だったけれど、言いたいことはわかった。わかったから掃除しろ。

掃除班からの剣呑《けんのん》としたオーラを感じ取ったか、駿河はやる気なさそうに箒《ほうき》を動かし始める。絡みがウザイことで知られる駿河だったけど、実際のところ彼の言っていること自体は、だいたいのクラスメイトが同感しているはずだった。

今日のホームルームで、担任の平野《ひらの》が旧講堂の取り壊し決定を伝えた。

旧講堂というのは、我が丹山北《にやまきた》高校の敷地内にある木造の洋館のこと。校内に置き場所のない備品類が山と積まれている――そのゴミ捨て場一歩手前の惨状ゆえに、吹き溜まりなんて不名誉な名前を頂戴《ちょうだい》している古い建物。ここ一年は文字通り、校内に居場所のないやつらが、学校社会の風に吹き寄せられたみたいに集まってたむろしている。幽霊屋敷じみて近寄りがたく、よほどの用がない限り誰も立ち入らないその場所は、不良たちにとって格好の溜まり場らしい。

正門から少し入ったところに建っているという立地上、普通に歩けばそのそばを通ることになるけれど、そういう理由から多くの生徒はその場所を遠巻きにしていた。彼らからすれば、吹き溜まりは目の上のタンコブ。みんなが駿河に同感するのはそういうワケで、わたしも例にもれず、彼のことは気に食わなかったけれど意見自体には同意だった。年内には着工して、年明けには綺麗サッパリ消えてなくなるらしいので、新年を待ち遠しく思う生徒がいるのも無理はないと思う。

「去年あんな事件あったくらいだしね」

と、わたしの隣で柚香《ゆか》がぽつりとつぶやく。駿河の演説を、彼女も聞いてたらしい。

「まあね……自業自得って感じだよね」

わたしはうなずいて、集めたゴミをチリトリに押し込む。

ちょうどそのとき、ピンポンパンポンと校内放送のベルが鳴った。

『あー、あー、二年三組一条亜希《いちじようあき》。至急職員室まで来なさい。えー、繰り返し……ません。以上』

「繰り返さないのかよセンセー」

と、駿河がツッコむと、小さく笑いが伝播した。放送の声の主は、我らが二年三組担任教師平野茂《しげる》だった。わたしは笑えない。そのズボラな放送に呼び出されたのは他でもないわたしだったから。

「アキ、なんかやらかしたの？」

「失礼しちゃうわ！　いたって真面目《まじめ》に過ごしてるってのに」

ぶつぶつ言いつつわたしは箒とチリトリを放り出し、「なにやらかしたんだよ一条！」とヘラヘラ笑う駿河にあかんべーをくれて教室を出た。

「おい一条、おまえ、ヒマだろ」

火のついてないタバコを咥《くわ》えた平野の言葉に、わたしは「はぁ」と返した。

職員室の窓から見える六月の空はどんより曇天《どんてん》模様だった。今にも暴雨を解き放ちそうな分厚い雲が、町の上空を灰色に塗りたくっている。教室にある鞄《かばん》の中には折り畳《たた》み傘を入れてあるけど、できれば降り出す前に帰りたかった。それでも、わざわざ放送で呼び出したのだから何かよほど重要な案件なのかと思って来てみれば、平野の第一声は「ヒマだろ」ときた。間の抜けた返事も出ようというものだ。

担任でもある世界史教師は、「禁煙」の札がでかでかと貼《は》られた柱の目の前で、机の上のライターを恨めし気に眺めつつ、こんなことを言った。

「ちょっとバイトしないか。いや、無償だからボランティアか」

「センセイ、わたし雨降る前に帰りたいんだけど」

「いやいやいや、真面目な話だぞ」

見るからに不真面目そうな顔をしていけしゃあしゃあと。わたしはぴくっと眉《まゆ》を上げた。

「ヤだよ。センセイの〝真面目〟はろくな話がないもん」

担任のズボラさ加減には慣れたものだ。その緩《ゆる》さで知られる平野との付き合いは、クラス担任二年目ということもあって我ながらけっこう馴《な》れ馴《な》れしい。

「まあ待てってば。今回は本当に真面目な話だ」

グダグダしているうちに逃げられると思ったのか、平野は汚い机の上をガサガサかき回したかと思うと、一枚のしわくちゃプリントを引っ張り出してくる。

「おまえ、今帰宅部だな？」

クラス名簿だった。一条亜希――出席番号順で前から二番目のわたしの名前が上の方に見える。部活動の欄は確かに空欄だ。ちょっとだけ、胸がチクリと痛む。

「ええ、帰宅部ですよ。だからこれから部活なんです。帰ります。雨の日も風の日も我々帰宅部は帰らなければならないのです。ではっ」

「待てっちゅーに。おまえにとっちゃ悪い話でもないはずだ。いいから聞け。聞くだけ聞け」

ちょうどそのとき、職員室に残っていた天野《あまの》先生が出ていって、部屋の中にはわたしと平野だけになった。しめたとばかりに平野は窓を開け、タバコに火をつける。サイテーだ。

「センセイ、ここ禁煙だよ」

「硬いこと言うな。そして誰にも言うな」

美味《うま》そうに煙を吐き出す姿は、ダメな大人の見本みたいだと思う。

ひとしきり紫煙を楽しんだ平野は、「それでだな」と、少し改まった表情をしてわたしを見た。

「おまえ、もう一度部活作る気ないか」

「……はぁ」

何を言っているのかよくわからなかったので、また間の抜けた返事をしてしまった。

「もう少し感動しろよ」と、タバコの火を消しながら平野がぼやく。「おまえ去年、吹奏楽部作ろうとしてただろ。あれをもう一回やってみないかって言ってんだ」

何を今さら、とわたしは努めてドライに考える。

一年前に負った心の傷は、もう痕《きず》が疼《うず》く程度だ。創部に失敗した当初こそ悶々《もんもん》と過ごした梅雨も、今年はもういつものわたしで迎えられた。今さら未練も後悔も、そこにはない。

――つもりだったのに。

「あんな終わり方は、おまえだって本望じゃなかったろ」

平野のその一言で、目の前が薄暗くなる。

正確に言えば、そもそも始まりさえしなかった。前年に潰《つぶ》れたという吹奏楽部の楽器を吹き溜まりから持ち出してきて、音楽室を貸し切り、まだ互いの趣味も知らなかった当時のクラスメイトにかたっぱしから声をかけて回った末、半ば引きずり込むようにして何人かを参加はさせた。けれど、相手の気持ちも都合も考えず、とにかく高校でも吹奏楽がやりたい一心で強引に突き進んだわたしの浅はかさはすぐにボロが出て、仮入部期間が過ぎた五月には部に誰も残らなかった。練習がキツいとか、吹奏楽がつまらないとか、そういうんじゃない。ただひたすら、自己満足に吹奏楽をやりたがったわたしのモチベーションに、彼らはついてこられなかったのだ。

間違いを悟ったときにはもう遅くて、新生吹奏楽部は誕生する間もなく消え失せた。それから数ヶ月の間、梅雨が明けて夏休みがくるまで、わたしは悶々と苦い青春を過ごした。同じ帰宅部の女子たちが声かけてくれて、彼女たちとつるむようになるまでは、本当にひとりきりでうじうじと日々を浪費していたものだ。

……そういえば、その頃に吹き溜まりで変な男の子を見たことがあったっけ。まる

で黒猫みたいな、やせっぽっちのひょろっとした目つきの悪い、

「一条？　聞いてんのか」

「あ、は、はいっ聞いてますっ。なんの話でしたっけ」

「聞いてねえじゃねえか」

平野が呆《あき》れた顔をしている。

「まあいい。とにかく、音楽やりたいっつう教え子の希望を先生が叶《かな》えてやろうってわけだよ。今ちょっと音楽やりたがってる生徒がいてな、やらしてやりたいのは山々なんだが、やつらてんでド素人《しろうと》だからよ、教えてくれる人間が欲しい。けど、あいにくと俺にはそっちの学がなくてな。そこでほら、おまえとそいつら合わせたらウィンウィンじゃねえか……ってハナシだ。おまえだってやれるんなら吹奏楽やりたいだろ？」

「そりゃ、そう、ですけど……」

曖昧《あいまい》に肯定する。

自分でも、本当の気持ちはよくわからなかった。心は疼いている。まだ音楽をやりたいという気持ちは、確かにどこかに残ってる——それでも、部活がやりたいのかと問われれば、それは少し違う気がした。あの頃のガツガツした情熱は、もうとっくに

冷め切ってその熱を失ってしまっている。あと、提案してきたのが平野というのも問題だった。

平野は、わたしが吹奏楽部の創部に失敗したことを知っている。それを気遣って、新しいチャンスをくれたという側面はなくもないのかもしれない。それでも、何か裏があるような気がした。平野茂という教師が厄介《やっかい》なのは、そのボサボサ頭の象徴するような性格ゆえに本音が読めないからだ。

「どうだ、引き受けてくれるか」

「……音楽教えるんですよね」

「そうだ。楽器の吹き方とかオタマジャクシ教えて、一緒に演奏するだけだ」

「なんでわたしなんですか。天野先生じゃダメなんですか」

さっき職員室を出ていった天野先生は、ドンピシャの音楽教師だ。

平野は大げさに頭を振ってみせる。

「言っただろ、ウィンウィンだからだよ。これでも気ぃ遣ってんだぞ？　生徒同士の方が気兼ねもしないだろ」

「うーん……でもわたしフルートしか吹けないですよ？」

「俺からすれば、リコーダーでも吹ければ上等だ。熱意だけはあるやつらだからさ、頼むよ、俺オタマジャクシ苦手なんだよ」

この通りっ、と教師に手を合わせて頭を下げられては、一介の生徒にはなかなか断りづらいものがある。たとえそれがダメ人間のお手本みたいな平野だとしても、だ。

わたしはため息をつくと、やれやれと肩をすくめた。

「……わかりましたよ。でも無理そうだったら投げますからね」

「おお、助かるぞ！　さすがは一条だな」

平野はぱっと顔を上げて、わざとらしい褒《ほ》め言葉を口にしていた。

「近々こっちから声かけるよ」というセンセイの言葉を背に受けながら、わたしは職員室を出た。廊下の窓から目に入る空は完全に雨模様だ。自分の小さな折り畳み傘のことを思うと、またため息が出る。

前途多難な展開を象徴するかのように、雨が激しく降り始めていた。


♪

丹山北高校吹奏楽部は、ここ数年衰退の一途をたどっていた。田舎《いなか》の学校じゃ今どきブラスバンドなんて流行《はや》らない……というよりは、単純に実績のなさと生徒数の減少が直接的な原因だったんだろうな。

文字通りの右肩下がりを続けた部員数の折れ線グラフは、やがて横軸にぶつかりゼロに達した。それが二年前。わたしが入学する前年のこと。高校進学にあたって考慮したのは吹奏楽部の有無だけという大雑把なわたしにとって、自分のお頭《つむ》で進学できる丹山近隣の高校といったら丹高《にこう》しかなかったから、当然あるものと思って門扉を叩いた吹奏楽部が潰れていたときのショックは言うまでもない。

諦《あきら》めの悪いことには定評があって、その後吹奏楽部を復活させようと奔走《ほんそう》したのだけど、結果は散々。今では放課後の空き教室で、寂しく気ままに楽器を鳴らしているのが関の山。そうでないときは、せいぜい帰宅部メイトの弥生《やよい》、海羽《みう》、柚香とくっちゃべる。

「えー、平野先生の話に乗っちゃったの?」

彼女たちに平野とのやり取りを話すと、案の定の反応が返ってきた。

「面倒なことにならない? それ」

「わかんない。なーんか隠してるような気もするんだけど、センセイ隠すの巧《うま》いしさ」

「まあねえ……読めないよねえ、平野先生は……」と、柚香が頭を振る。

ズボラで緩くて愛煙家。教え子との分け隔てのないラフな付き合い方は、生徒からの受けもいいし、わたしも嫌いじゃないけれど、厄介ごとが絡みやすいのが玉に瑕《きず》だった。

「まあ、無理そうだったら投げるって言質取ったし」

「言質じゃダメでしょ、あの先生」

「だいじょーぶ。わたしセンセイの弱み握ってるから」

「……タバコ絡み？」

「そ、こないだ職員室で吸ってた。約束破ったら言いふらしてやるもんね」

ひひひ、と笑ったら、みんなに呆れた顔で見られた。

「たくましいねえ、アキは……」

「怖いもの知らずだよね」

「まあ、それがいいとこだけど」

「アキは今日も楽器練習してくの？」

「うん」

「そ、じゃあ、あたしら先帰るわ。ほどほどにね。ばいばーい」

「ばいばーい」

いつものようにさよならをして、わたしはひとり教室に残る。

フルートに唇を添えて、なにか吹こうと思ったけれど、気分は乗ってこなかった。ひとりで吹いても、おもしろくない。誰も聴《き》いてないし。もうだいぶ前からわかっていることだけど。

「……音楽やりたいやつら、か」

手の中のフルートを見つめて、ぼんやり考える。

平野の口ぶりから察するに、この学校の帰宅部なんだろうけれど、そんな生徒いるんだろうか。いたら普通に部活作ってる気がする。なんか怪しいなあ……。

「怪しいなあ……」

口に出してぼやきつつも、興味があるのは否定できなかった。言ってみればわたしだって帰宅部なのに音楽やりたいやつ、なわけだし。結局のところ同じ穴のムジナというやつなのかもしれない。

ケータイの時間を確認して、わたしはフルートをしまい込み席を立った。本当は、今日は楽器を吹く予定はなかった。平野に呼び出されていたのだ。

いったいどんな子たちが吹奏楽をやりたがっているのか。気にならないといえば、やっぱりそれはウソ。わたしは、平野が引き合わせてくれるという生徒たちに少なからず何かを期待していた。

この辺りは丹山という。

緑ばっかり豊かで、時代に取り残されたような山間《やまあい》の町。田園と雑木林の作る草木色のパッチワークの隙間を、二両編成の電車がノロノロ走る。時の中に停滞したノスタルジックな空気は、それはそれで美しいものかもしれない。ちょっとばかし刺激に欠けるせいか、年々若者は減り続け、我が校の生徒数も右肩下がりらしいけれど。町の南には一際高くそびえる標高７００メートルほどの山があって、正式名称よりもホオズキ山という昔ながらの愛称で親しまれている。初夏には鬼灯《ほおずき》の実が赤く色づき、秋になると紅葉で綺麗に赤く染まり、二度鬼灯色を楽しませてくれることからそう呼ばれているそうだ。

丹山北高校はそんなホオズキ山の反対側、北の少し高台にある。ボロさでいえば町でも指折りの建造物だ。こと木造建築の旧講堂――吹き溜まりに至っては、創立当初から残る唯一《ゆいいつ》の建物だけあって年季も一入《ひとしお》。白い塗装がはげかけたどこか西洋風の講堂は、裏に回れば不気味な墓場があってもおかしくなさそうな、肝試しにはもってこいの建物だ。

「……ウソでしょ、センセイ」

そして今、わたしは件《くだん》のオンボロ講堂を見上げながら、茫然《ぼうぜん》とつぶやいている。平野に呼び出されて向かった先は、まさにその吹き溜まりだったのだ。

やっぱり裏があったな、と思う。平野が音楽を教えてやってほしいという生徒たちは、どうやらこの中にいるらしい。そりゃあ部活を作らないわけだと妙に納得する。

「ええと、やっぱり入るんですか？」

震え声が出た。対して平野は、あくまでいつも通りのラフな様子だ。

「当たり前だ。なに、やつらはちょっと変わってるかもしれないが、別におまえを取って食いやしないから」

「それ以外ならあり得るみたいな口ぶりだよね」

「ないない。大丈夫だ大丈夫」

まるで根拠のない大丈夫を繰り返しながら、平野は旧講堂の扉を開ける。中から漏れ出てきた空気は、埃っぽい匂《にお》いに混じって、平野のせいでここ一年嗅《か》ぎ慣れた臭《にお》いがした。

タバコだ。

一年前、わたしは何度かここへ足を運んだことがあるけれど、その頃この場所はまただただの物置だった。ここ一年で居ついた不良によって吹き溜まりがどう変えられてしまったのかは知らなかったし、そういう意味ではここは初めて訪れる場所と言えるかもしれない。

「ヤだなあ……」

「なにしてんだ一条、早く来い」

入口でもたもたしていたら、平野の声が中から飛んできた。

「はあ……お邪魔します」

渋々覚悟を決めて、わたしは後に続いた。

塗装のはげた扉をくぐり抜けると、ツンと嫌《いや》な臭いが鼻をついた。タバコだけじゃない。風の通わない淀《よど》みきった空気は、ほんの少し吸っただけで喉《のど》がざらつく。どことなくすえたような臭いも後味のように残る。何年も前の空気が凝《こ》り固まった、空気の化石を吸ってるみたいだ。去年よりもだいぶ不味《まず》い。

「よくこんなきったない空気吸って平気でいられますね……掃除くらいすればいいのに」

「これから壊す建物掃除したって仕方ないだろ。吸う空気にこだわるようなやつらでもないしな」

「音は空気を伝わるんですよ、センセイ。大事なことです。まさかこんな汚いトコで音楽やろうなんていうんじゃないでしょうね」

平野は少しドキッとしたように「ま、まあ空気くらい入れ替えてもいいかな」とうそぶいていた。

奥へ進むと、講堂内は外以上に薄暗かった。窓のほとんどが板で塞《ふさ》がれているのは以前のまま。台風対策かあるいは防犯か、窓枠に板をはめ込んでいるらしい。少しずつ目が慣れてくると、体育館くらいの広さがあるにもかかわらず、その大半を備品と持ち主不明の私物が埋め尽くしてるのがわかる。半分近くを占める机・椅子《いす》の山、教卓に長机、ロッカー……それら備品の隙間を埋めるように、空気の抜けたサッカーボールやガットの切れたラケット、埃にまみれた制服、名前の読めない生徒手帳、色あせたバスケのユニフォーム……猛烈な突風の通り過ぎた後みたいに、イラナイモノと化した物々がゴッソリと吹き寄せられているのも去年のまま。

その中に無理矢理こじ開けたような空間で、そいつらがぴーとかぱーとかぷーとか管楽器を鳴らしているのだけが、違った。

「アレ……ですか」

「アレだ」

わたしの震え声に、平野が平然と答えるのを、わたしはやっぱり震えながら聞いていた。

だって、ヤンキーだ。

どう見てもヤンキーだ。

赤い髪の毛、坊主、ツンツン頭に茶色頭。制服の下にはハデなTシャツ。揃《そろ》いも揃って人工的な眉の曲線。彼らが輪になってたむろしている画は異様に威圧的で、でもそこに楽器が絡んでいるせいで奇妙な画でもあった。感想に困ってしまう。

「アレ」呼ばわりされたことにも気づかず、彼らは楽器を鳴らそうと顔を真っ赤にしていた。筋がいいのか天然なのかはたまた努力の賜物《たまもの》なのか、音自体は出てるやつが多い。とても聞けたもんじゃないけど。ひとりはドラムセットを無茶苦茶に叩《たた》いていて、わたしはふとそれが一年前に見かけたあの少年の叩いていたものだと気がついた。でも、叩いている子が違う。音も違う。あの子はいない。ここにいるのは、やっぱり六人のヤンキーだけだ。

「アレですか……」

少しニュアンスを変えてわたしは繰り返した。

やっぱりそうなのか、という落胆に近い気持ちが胸の内を埋めていた。

彼らに音楽を教えろっていうの？　そんな、ムリだよ。みんなヤンキーじゃん。とても本気で音楽やるようなメンツには見えない。こんなやつらに吹奏楽なんてできっこない。一年前、普通の生徒相手にさえ失敗した吹奏楽部の再創部メンバーが、よりにもよって不良だなんて。無茶言わないで。

誰が見ているわけでもないのに、わたしはゆっくりと首を横に振る。

「……ゴメン、センセイ。これはムリだ」

「おいちょっと待て一条、せめて」

「ごめんなさい」

背を向けて、一目散に逃げ出す。

無理って気持ちと同じくらい、関わり合いになりたくないという気持ちがあった。わたしにとっての音楽は、ヤンキーがやれるような安っぽいものじゃないという、ささやかなプライドもあった。怖いっていうのも、もちろん少しは。

吹き溜まりを飛び出して、昇降口まで走り続け、下駄箱に手をついてやっと息をつく。冗談じゃない。ヤンキーに音楽教えろなんて。そりゃ逃げる。ムリそうだったら投げると言ったんだから、実際無理だと思った以上別に罪悪感を感じる必要もないはずだ。

そう思いつつ、少しだけ気持ちがモヤっとしていた。楽器を鳴らそうと必死な彼らの姿を見てしまったせい？　気のせい、気のせい。そう言い聞かせても、一瞬しか見ていないはずの彼らの姿がまぶたの裏に浮かび上がって、なんだかモヤモヤした。

あれは、本当に、ホンキだったのかな。……まさかね。

けれどその決めつけが大いに間違っていたことを、わたしはすぐに思い知ることになる。


「え、結局投げちゃったの？」

「ウン……」

翌日の空も、ネズミ色の雲がどんよりと気重だった。放課後の教室で掃除当番ズがだらだらと箒を動かしている。わたしもチリトリと小箒をチンタラ動かしながら、小さな埃の欠片《かけら》を追いかけていた。

「めっずらしー。音楽のことならなんでも食いつきそうなアキがねえ……」

柚香が可笑《おか》しそうに笑って箒を振った。わらわらと舞い上がる埃が蛍光灯に反射してチラチラ光っている。

「節操なしみたいに言わないでよ」

「節操なしっていうか……あれだね、音楽至上主義だよね」

箒を握る手に変に力が入って、追いかけていた埃を逃がしてしまった。

「あーもう。変なこと言うからぁ」

「でもホント珍しいじゃん。どうして投げちゃったの？」

箒を動かす手を止めて、昨日のことを思い返す。相手が不良だった、ということはまだ柚香には話していなかった。

「うーん、それがさあ――」

そのとき、不意に教室が騒がしくなった。

振り返ると、扉の辺りからさーっと人気が引いていくところだった。ぬっと顔を覗かせたその三人組を目の当《ま》たりにして、わたしの顔からもさーっと血の気が引く。どこかで見た顔だった。ひとりは赤茶色の鮮やかな髪にピアスをした、見るからに軽そうなチャラ男。ひとりはツンツンの黒髪に無愛想な面《おもて》を引っさげた不良少年。もうひとりはやや小柄ながら、ハデな黄色のTシャツと坊主頭が特徴的なツッパリ系ヤンキー。

目が、合う。

「あ。いたいた」

チャラ男が（気のせいだと思いたいけれど）わたしを指差して、そう言った。

吹き溜まりのヤンキーたちだということは一目瞭然《いちもくりようぜん》で、駿河なんかは露骨に嫌な顔を隠そうともしない。わたしは気づかぬふりをしようとしたけれど、二人目のツンツン男が目の前にやってきたので恐る恐る顔を上げた。

「オイ」

「はい……」

「昨日来たの、おまえだよな」

「ええと、なんの話」

「吹き溜まりにセンセイと一緒に来て速攻で逃げ帰ったの、おまえだよな」

「……ハイ」

しらばっくれるには具体的過ぎた。

「コースケ脅《おど》し過ぎだってば」

怖い顔をしているツンツン頭の横から、ぴょこっと顔を覗かせたのは最初のチャラ男だ。

「ごめんね、キミに何かしようってわけじゃないんだ。ただ、昨日はあんまりにすぐ逃げられちゃったから、言い訳というか説明のしようもなかったし、ちょっと話だけでも聞いてほしいなって思って」

にこやかにそう言う。思いのほか優男《やさおとこ》だった。なんとなく女たらしの匂いがする。

「とりあえず、場所変えないっスか。ここは人目が多いっス」

最後に坊主頭が述べて、ツンツン頭がうなずいた。

「だな。おいおまえ、ちょっと面《つら》貸せや」

「だからコースケ脅し過ぎだってば」

「っせぇこいつが逃げんのがワリぃ」

「逃げられてもしょうがないじゃん、オレら」

「あ？　なに見てんだよテメエ！」

ツンツン頭に噛《か》みつかれた駿河が、ヒッと情けない声をあげて頭を抱えている。優男がわたしの手首をつかむ。

「ちょっと来てよ。ね？」

言葉と裏腹に、手首をつかむ力はけっこう強くてふりほどけない。

助けを求めてちらっと柚香を見やるも、彼女は肩をすくめて「自業自得」と「ゴメンネ」が入り混じったような複雑な顔をしていた。そんなあ……。

結局わたしは、ヤンキー三人に連行される形で教室を出た。

やばい。わたし、もしかして拉致《らち》られてる？

連れていかれたのは、案の定吹き溜まりだった。今日も今日とて不良共がたむろしている。講堂内の酸《す》っぱい空気に目が霞《かす》む。

二日の間に二度もここを訪れることになるなんて、ツイてない。つくづくセンセイのせいだ――と、思ったら件の教師が吹き溜まりの中でタバコを吸っているものだから呆れてしまった。校内は全面禁煙だと思ったけど。

「連れてきたよーシゲちゃん」と、嬉々《きき》としたチャラ男。シゲちゃん？　平野の下の名前が茂だから？　あだ名で呼ばれてるなんて意外だ。

「おう、拉致られてきたか」と、そのシゲちゃんが笑う。

「センセイ……なにしてんですか」

「見ての通りだ。タバコ吸ってんだよ。で、おまえはどうした」

「見ての通りですよ拉致られてんですよ！　センセイのせいで散々です！」

「別に俺がふっかけたわけじゃないぞ。ただ、おまえがいるクラスを教えてやっただけだ」

「必要十分に共犯だわ！」

ジタバタ暴れるわたしを、チャラ男が唐突に解放する。顔を上げると、目の前にいかつい顔つきの野郎共が雁首《がんくび》を揃えていた。

「……ひっ」

短く悲鳴が漏れる。肉食獣に追い詰められた草食動物の気分がかなりよくわかるシチュエーションだ、なんて妙に具体的なことを思う。

やがて代表するように前に出てきたツンツン頭が、怒鳴る前触れのように大きく口を開けて息を吸った。再び「ひっ」と小さく悲鳴をあげて目をつぶったわたしの耳に、そして予想をはるかに超えるセリフが飛び込んできた。

「頼むッ！　俺たちに音楽教えてくれッ！」

「……はい？」

恐々目を開いて、またつぶってしまった。全員があまりに鬼気迫る顔をしていたものだから。

けれど次に目を開いたとき、見えたのは彼らのつむじだった。頭を下げられていたのだ。わたしは絶句してしまう。平野の声が横から飛んでくる。

「言っただろ、音楽教えてやってくれって。それだけだって」

「それだけって……でも彼らは」

「吹き溜まりの悪評は俺も聞いてる。あながち間違ってないのも知ってる。けど、俺はおまえにこいつらをきちんと見て、聴いて、感じて、それから判断してほしいと思うよ」

「噂《うわさ》は間違ってないって、今言ったじゃないですか」

「言ったさ。でもそれがすべてじゃないってことだよ」

なにを抜け抜けと。

「……信じられません」

信じられるわけがない。巷《ちまた》の噂以上のなにが、この場所にあるっていうんだ。

平野はそんなわたしの内心を見透かしたように、いけ好かない笑みを浮かべた。

「そうか。じゃあ――おい、おまえらアレやってみせろよ」

吹き溜まりの中ほどに、ヤンキーが集まっていた。チャラ男とツンツン頭と坊主頭、それからなんだか見分けのつかない三人組。六人で車座を作り、それぞれの膝《ひざ》の上に昨日と同じように管楽器を抱え上げる。

アレやってみせろと平野に言われた彼らは、何を言うでもなく粛々《しゅくしゅく》とそんなふうに動いた。まるで舞台に上り指揮棒が振り下ろされるのを待つオーケストラ。そんなわけないのに。

「なんですか、演奏でもしてみせるって言うんですか」

「黙って聴いてろ。マナーだ」

ぶつくさ言うわたしを遮る平野の声は、やたら真剣味を帯びていた。思わず口をつぐむ。

視線を戻すと、少年たちはすでにマウスピースに唇を寄せていた。不思議と様になって見える光景に、自然と息が止まる。「せーのっ」と、どうにも不似合いな掛け声が発せられ、音のない空間の沈黙を切り裂くように最初の一音が空を震わせた。

最初は、ひどい不協和音《ノイズ》だ、と思った。

音量だけはすごい。吹き溜まりに吹くはずのない風が、目の前から吹いてくるみたいだ。楽曲は、おそらく坂本九《さかもときゅう》の『上を向いて歩こう』。かろうじてそうとわかるのは、幾分マシなトランペットが、他の楽器に掻《か》き消されないソロパートでサビを吹いているおかげだ。選曲のセンスも謎《なぞ》ながら、やっぱり恐ろしく下手《へた》だった。ド下手。悲鳴が出ちゃいそう。てんでリズムの合ってないパーカッションに、耳を塞ぎたくなるようなトロンボーン。トランペットでさえときおり音がひっくり返り、フルートの旋律《せんりつ》などとても聞けない。他の二つはもはやなんの楽器なのかもわからない。

けれどすぐに、不思議とうるさくないな、と思った。

ひどい音を立てたシンバルに反射的に耳を塞ぎそうになる。けれど、持ち上げかけた手は耳を塞ぐことなく、結局力なく垂れ下がってしまう。確かにヘタクソだけど、その音は鋭いトーンで空気を震わせていた。ビリビリと、肌で聴く音。埃っぽい空気を揺らす派手なピッチが、むしろしっくりくる。楽譜の指示からも、作曲者の意図からも外れているのに、存在を許せてしまう。その力強さに、確かに一つの曲調として納得させられてしまう。

惹《ひ》き込まれる。芯の強い音に、ビリビリと肌が震える。

ああそうか、と気がついた。一般に吹奏楽部っていうのは女子の世界だ。サッカーや野球が男の子の世界であるのと同じ。男子部員だけで構成された吹奏楽部なんて、見たことない。でも、男の子だけでやるとこんなにも力強い音になるんだ。吹き溜まりの不良少年たち、その性格を反映したような、無骨に重なり合う独特のキレたハーモニー。一介の吹奏楽部と一線を画すその個性は、きっと万人受けはしないだろう。作曲者に対しては冒瀆《ぼうとく》ですらあるかも。

だけどわたしは——

「なあ、一条。昨日、こんなやつらが真面目に音楽なんてやるはずがない、って思っただろ。あるいは、できるはずがない、ってな」

平野が発した声を、わたしは背中で聞いた。いつのまにか、平野よりも前に身を乗り出していた。振り向かずにうなずくと、「ま、そりゃそうだろうな……」と、ため息交じりのつぶやきが返ってくる。

「けどまあ、聴いたらわかるだろ」

少し間を置いて、平野は続ける。

——あいつらは、どうやら本気らしいのさ、と。

「とても聞けたもんじゃない。俺にだってわかるんだから、おまえからしたら音楽ですらないのかもしれん。無駄に音量デカくて、勢いばっかりハデで……小学生のブラスバンドだってもっとマシな演奏をするだろうさ。いいんだぞ、ド下手って言ってやっても。そうしたらあいつらだって諦めがつくかもしれん」

返す言葉がなかった。

そのときわたしは、胸の内で何かがうずうずと動き始めるのを感じていた。

彼らの出す音への驚きとはまた別の、わくわくするような気持ち。そして同時に、焼けつくような嫉妬《しっと》。ずるい。うらやましい。吹奏楽部を作れなくて、それでも諦め悪く音楽にしがみついてひとり楽器を鳴らしているわたしに、なんてもの聴かせてくれるんだ。放課後の独奏なんて、本当は全然楽しくなかった。もっと大勢でやりたかったし、誰かに聴いてもらいたかった。わたしは、そういう音楽が好きなんだ。

彼らに対して、初めて嫌悪以外の感情を抱いた。

うらやましい。下手なことにも無頓着《むとんちゃく》に音を出せることが。講堂中に弾《はじ》ける音の、その無邪気さが。大勢で音楽がやりたいって気持ちをくすぐられている。くすぶっていた情熱が、一年前に眠ってしまったもうひとりのわたしが、耳元で喚《わめ》くノイズに目を覚まして慌《あわ》てている。中学の頃、吹奏楽部に入って、初めて合奏をした日のことを思い出した。あの頃のわたしも今の彼らみたいにへたっぴで、だけどあんなふうに夢中で音の質なんか考えずに吹いていた。あのときの音は、今のわたしが放課後に出している時化《しけ》た音なんかよりもずっとキラキラとして、彼らみたいに弾《はず》んでたな。

そんな気持ちを、思い出した。一度は冷え切ってしまった——それでもわたしの体のどこかに残ってたらしい吹奏楽部を作りたいという気持ちが、どんどん熱を帯びて、熱い、熱い。あのキレッキレの音の中に飛び込んで、あんなふうに自由に音を鳴らせたなら、いったいどれほど楽しいだろう！　って、頭の中でそいつが喚いてる。

万人受けはしないとしても。作曲者に対する冒瀆だとしても。それでもわたしは――

わたしは、あの音が気に入ってしまった。

平野の言葉は、まだ続いていた。半分聞き流しながら、わたしはゆっくりとつま先を百八十度方向転換した。

「なあ、一条、熱意だけはあるって言ったろ。あれはウソなんかじゃない。あいつら吹き方自分たちで調べてきて勉強してたんだ。けど独学じゃあやっぱり無理があるからって、誰か先生紹介してくれって。俺は正直乗り気じゃなかったんだが、かといって止《や》めさせる権利もないし、あいつらがそこまでやりたいって言うんなら――おい、一条！」

最後まで聞いていなかった。わたしは平野と少年たちに背を向けて、その不協和音を追い風に受けたみたいに、勢いよく吹き溜まりを飛び出していた。

雨だ。大きな水滴が頬を強く打って、走るわたしの背後にあっという間に消えていった。梅雨らしい、凍《い》てつくような冷たい雨。部室棟の隙間を駆け抜ける間に全身ずぶ濡《ぬ》れになった。地面も当然ぬかるんでいる。踏み込むと泥水が跳ねて、嫌な予感がして足元を見たらソックスに斑《まだら》模様ができていた。あーあ。それでも飛沫《しぶき》を飛ばしながらグラウンドを一直線に横断する。校舎へ駆け込むや下駄箱に靴を放り込み、上履きをひっかけて廊下を走る。

階段を二段飛ばしに駆け上り、三組の教室へと突入したところで、ようやく急ブレーキをかけた。まだ居残っていたいつもの帰宅部メイトが、目を丸くしてわたしを見返した。

「あれ、アキ、無事だったの」

「ちょうど先生呼びに行こうかって話してたとこ――なに息切らしてんの？」

「わたしの鞄！　取って！」

「へっ？　あ、もしかして逃げてきたの？　じゃあ一緒に帰」

「帰らない！　ゴメン、また今度！」

彼女たちが取ってくれた鞄を奪取して、踵《きびす》を返す。

「なんか、見覚えのある忙《せわ》しなさだね……」

「ちょうど一年前も、あんな感じだったっけ」

「おーいアキ、階段でこけるなよぉー」

「わかってるぅー」

海羽の忠告に手を振って叫び返しながら、わたしは登ってきたばかりの階段を駆け下りた。

バクバクと心臓が跳ね回るのは、急な運動のせいだけじゃなかった。そのときのわたしは、確かに興奮していた。

肩で息をしながら再び吹き溜まりへ向かった。あんな合奏で火がついたように走り出した胸の内の情熱には、我ながら成長がないなと思う。節操もない。柚香に言われたまんまだ。呆れちゃう。それでもニヤけちゃう。本当に我ながら救いようのない音楽バカ。

吹き溜まりへ踏み込むと、中の音は止んでいた。ヤンキーたちは心なしか沈んだオーラをまとって、薄暗い吹き溜まりの真ん中に文字通り吹き溜まっていた。いっちょまえにショック受けてたらしい。なんかかわいいな、ヤンキーのくせに。

「もっかいやって」と、わたしは叫ぶ。

少年たちは揃ってぽかんとした。平野だけが、なんだか食えないニヤリとした笑みを浮かべた。

もどかしいわたしは、急《せ》かすように声を張る。

「さっきの、もっかいやって！」

平野が、発破をかけてくれた。

「ほらおまえら、もう一度だもう一度」

「えー」「見せモンじゃねえんだぞセンセー」「なんで二回も」

「やかましい。音楽なんて誰かに聴いてもらってナンボだろーが。そら、吹いた吹いた」

　ぶつぶつ言いつつも、再びの「せーのっ」が響くと、やっぱりわたしは前髪を吹き上げる風を感じた気がした。不良少年たちの拙《つたな》いブラスバンドは、まるで小さな台風。風が吹き込む場所が吹き溜まりのはずなのに、ここから風が吹き出している。ヤンキーがブラバンという奇異な光景なのに、やっぱりそれはわたしが望んでやまなかったものに重なって見えた。

　鞄からフルートを取り出して、マウスピースに唇を寄せる。

　これでも吹奏楽歴は三年、音楽歴ならもっと長い。上を向いて歩こうくらいのシンプルな曲なら、主旋律は空でも吹ける。お腹に空気をため込むように息を吸うと、輪《りん》郭《かく》のはっきりとしない少年たちの音の中央を貫くように、わたしはめいいっぱいフルートを吹き鳴らした。一年間、胸の内に溜まりに溜まったモヤモヤとしていた気持ちが、全部吐き出されていくような気がした。

目を閉じていたので、不良少年たちがどんな顔をしているのかは見えなかった。もっとも、音のブレで、動揺しているのはおかしいくらいにわかる。なまじヘタクソだから、音が出なくなったり、ひっくり返ったり、わかりやすくて、わたしの音も笑うように弾んでしまう。飛び跳ねるようにスキップしたその音色もまた、曲調からはズレた奔放なものだったけれど、今はそれが妙に楽しかった。

どんなにヘタクソでも、やっぱり誰かと一緒に吹くのはいいな。

どんなにヘタクソでも、誰かが聴いてくれているっていうのはいいな。

自然と一番の終わりで曲は途切れ、唇から離したフルートをそっとおろして、わたしは平野に向き直った。

「センセイ、わたし、やります。彼らに音楽、教えます」

——まあ細かいことは本人たちでやれや。

と、平野は無責任に言い置いて吹き溜まりを出ていってしまった。職員会議があるとか言ってたけど絶対嘘《うそ》。ちゃっかりもう一本吸っていったし。

「ええと……」

恐る恐る視線を彼らの方に戻す。赤茶色の髪のチャラ男と目が合うと、彼はにへらと破顔した。人好きのする、でもなんかアヤシー笑顔。

「とりあえず全員の自己紹介から、かな？」

その日吹き溜まりにいたのは八人。演奏してた六人で全員ってわけじゃないみたい。件のチャラ男は、黒川竜太《くろかわりゅうた》と名乗った。トランペット担当の彼がリーダーというか中心らしく色々まとめている感じなのは、なんだかしっくりくる。トランペットはブラスバンドでも花形の楽器で、見た目にも派手な彼とはどこか親和性がありそう。

「ここにいるのは好意的なメンツだよ。コースケと石間《いしま》は最初から話に乗ってくれた」

ツンツン頭の玉木孝輔《たまきこうすけ》はフルート担当の二年生。石間達也《たつや》は坊主頭で派手な色のTシャツを制服の下に着ているクラリネット担当の一年生。どちらも音量ではトランペットに遠く及ばないけれど、木管楽器としてブラバンにはなくてはならない存在だ。

二人の立ち位置は、この六人の中でもなんとなくそんな感じ。

「三馬鹿《ばか》トリオは……まあやる気だけはあるから。佐藤《さとう》はドラムの他にあの楕円形のクルンってなってるのもときどき吹いてる」

三馬鹿トリオと呼ばれた田中《たなか》、鈴木《すずき》、佐藤はそれぞれアルトサックス、トロンボーン、ドラムを担当。楕円形のクルン……は、たぶんユーフォニアムかな。この三人の音が、そういえば特にひどかったなと思い返す。

「えっと、なんで三馬鹿トリオなの？」恐る恐る訊《き》いてみた。

「ウッス。俺らバカッスから」「バカが三人で三馬鹿トリオッス」「まんまッス」

なるほど、バカだわ。そういえば二学年にすごい馬鹿が三人いるって噂、聞いたことあったかも。

「で、あそこにいるのが久我山《くがやま》くん。向こうは海田《かいだ》さん。一応声はかけてるんだけどね……練習には参加してくれないんだ。久我山くんは見ての通りのパソコンにしか興味がなさそうだし、海田さんはあんまり音楽好きじゃないみたいでね……」

黒川が困ったように笑って指した先には、隅っこでなにやらパソコンの山に囲まれてキーボードを打鍵《だけん》する痩《や》せこけた男の子の姿と、だるそうにしわくちゃのコミック雑誌に目を通している大柄なヤンキーの姿があった。雑誌から一瞬目を上げた海田さんとは数秒目が合った。けっこう離れていたはずなのに「チッ」と舌打ちするのがはっきり聞こえた。こわっ。

「あとは……ここにいないのは夏目《なつめ》と伊庭《いば》だけかな。二人にはそもそも最初から声かけてないから、人数的にはこの八人ってことになるね」

夏目。伊庭。こっちの名前には聞き覚えがある。二人は丹高きっての問題児として有名だった。去年の文化祭中にも二人で暴力沙汰《ざた》を起こして停学を食らってる。以前柚香がぼそっと言っていた事件というのはコレのことだ。

「うぅむ」

わたしは唸《うな》った。八人……実質は六人。木管と低音域が弱いな。フルートはわたしが加わるからいいとして、クラリネットがもう一本くらい……あとはチューバとか。去年ここから持ち出した楽器の内訳を考えると、その二つはちょうど余ってるはずだ。

「感想は？」と、黒川に訊かれて、わたしはもう一度うぅむと唸った。

「濃ゆいメンツだね……」

「まあねー。みんな何かと周囲から引かれてる連中だからね」

かくいう黒川も、女の子にかたっぱしから声をかける手を出す股《また》をかけるそのたらしっぷりから、丹高きってのプレイボーイと呼ばれるサイテー男子らしい。ツンツン頭の玉木が鼻を鳴らしながら、そんなふうに紹介してくれた。

「でも、言うほどヤバイ感じでもないでしょ？　ココ不良のたまり場とか言われてるけど、実際ヤバイのは夏目と伊庭くらいで……まあそのイメージがでかいんだけどさ。他はちょっとチャラいだけだから」

「ちょっと……？」

黒川をちょっとチャラいと形容するなら、世の一般的高校男児は聖人君子だ。必要以上にビビる必要もなさそうだけど、まだ警戒は怠《おこた》れない。

「それで……その、ちょっとチャラいみなさんは、なんで音楽やろうと思ったの？」

一番の疑問が、つい口をついて出た。

そのとき、にっと歯を見せて笑った黒川の言葉は、なかなかに名言だったと思う。

「『ヤンキーが音楽？』なんて疑問を、世界から失くすためさ！」


吹き溜まりを出るともう日が暮れていた。梅雨時にしては珍しく、綺麗な夕焼けが空を茜色《あかねいろ》に染めていた。さっきまでの雨がウソみたい。

もうみんな帰っちゃったよねと思いつつ、校門の方へ向かおうとしたところで、

「よう」

「ひゃっ」

慌てて振り返ると、講堂の陰に人影があった。タバコの箱を片手に、手持無沙汰《てもちぶさた》そうにライターをいじっている……

「センセイ？」

平野だった。さっき吹き溜まりを出ていったときと寸分違わぬ格好で、影を伸ばした夕暮れの薄暗がりにたたずんでいる。

「なんで疑問形なんだ」と、心外そうな顔をされた。

「あれ、だって職員会議って……」

「ありゃウソだ」

ですよね。信じてたわけじゃないけど。

「わざわざ待ってたんですか？　なにかご用ですか？」

平野は気まずそうにライターをいじくっている。

「いや、まあ……どうだ、あいつらとは上手《うま》くやっていけそうか？」

「一応気にはしてくれるんですね」

「教師をなんだと思ってるんだ、おまえは。言っておくが、別にあいつらのことだけ考えておまえを引っ張り込んだわけじゃないぞ。おまえのためにもなると思ったから、声かけたんだ」

「はあ……そりゃどうも」

「もうちょっと感動しろよ」

前にも聞いたセリフをぼやいて、平野はタバコとライターをポケットにしまう。いつもの飄々《ひょうひょう》とした雰囲気に戻って、そのまま両ポケットに手を突っ込むと、もう全然教師になんて見えなかった。なんでこんな人が吹き溜まりの不良たちの面倒なんか見てるんだろ。

「なんであいつらの肩を持つのかって顔だな」

顔に出てたらしい。酔狂だよ、と、平野は懐かしそうに講堂を見上げて言った。

「この学校が全面禁煙なのは知ってるよな。田舎のくせに今どき気取ってて生意気だと思うだろ。……思わない？　ああそう。まあそれはいいんだけどよ。とにかく禁煙って非喫煙者のことばっかり考えてて喫煙者の都合がだいぶ無視されてると思うんだよな。特に教師なんてよ、学校が全面禁煙だったら勤務中一本も吸えないんだよ。昼休みのたんびに外出て近所のジジババに白い目で見られながら吸っても美味くないしな。そんで校内で秘密裏に吸える場所を探してたら、ここを見つけた」

「旧講堂、ですか」

「そう。不良がたむろしてるだのなんだのって噂は俺も聞いてたからな、むしろ好都合だと思った。あんまり軽々しく人が入ってくる場所じゃあこっちも困る。ついでにやつらも喫煙しててくれればカモフラージュになるしな、はっはっはっ」

本当に教師なのか、と思うようなことを平気でペラペラと言ってのける。本音なのかどうかは怪しいとこだけど。

「あいつら、タバコ吸ってたんですか？」

「ああ、あの頃は吸ってたよ」

　平野は手をひらひらと振ってどうでもよさそうに肯定した。

「注意はしたさ。俺も教師だからな。けどま、若気の至りってやつだろ、俺にも身の覚えの一つや二つある。他にやることがないと、あの手のガキ共はああいうことに手を出したくなるんだ」

「見てきたみたいに言いますね」

「見てきたんだよ、実際。身の覚えの一つや二つあるって言ったろ」

　ケロっとして言う平野。で、こっからが俺の酔狂だよ、と口の端をひん曲げてひねくれた笑みを浮かべる。

「去年の夏だったか、珍しくあいつらが本広げてるから何かと思ったら、古い世界史の問題集見てるんだよ。しばらく様子見てたら、フランスの皇帝がヘンリーだのスペインの女王がエリザベスだのめちゃくちゃなこと言い出すもんだから、つい口出しちまってな……」

　笑ってしまう。確か、どっちもイギリスの名前だぞそれ。

「それで、気がついたら世界史の補習を始めてたんだ。教室じゃない分気が楽だったのか知れんが、それがけっこうウケてな。それからちょくちょく宿題見てやったり、他の教科も勉強教えてやったりするようになった。それまではろくに口もきかなかったのに、やつら急に饒舌《じょうぜつ》になってな。まあ、あいつらも飢えてたのかもしれん。その頃から黒川はシゲちゃんとか呼び始めやがったっけな……」

そう言う平野の顔が、鬱陶しそうな口調とは裏腹になんだかうれしそうに見えて、わたしはへえっと思う。目の前の少女がニヤニヤしてるのに気づいたか、彼は照れ隠しのようにそっぽを向いて、投げやりにつぶやいた。

「そうこうしてるうちに、変に情が移っちまった。そんだけの話だよ」

そんだけの話にしては、楽しそうに話すセンセイだった。

第二部　同じ五線譜の上で

「えー、練習を始める前に、目標を決めたいと思います」

と、わたしは言った。吹き溜まりの隅っこで埃をかぶっていたキャスター付き黒板を引っ張り出してきて、白っぽい板面にチョークを走らせる。

初めての練習日は、休日のブランチタイムだった。昨日はちょっと眠れなかった。遅くまで練習メニューとか方針とか必死に考えた。ベッドに入ってからも全然寝つけなくて、結局眠ったのはたぶん三時とか。我ながら緊張しすぎ。今は今で、目の前にするとやっぱり少し怖い六人の不良少年たちの視線に、眠気こそ吹っ飛ぶけれど緊張は絶えない。休日だからか、久我山くんと海田さんの姿が見えなかったのは幸いだった。このうえギャラリーがいようものなら、緊張がスパークしちゃう。

「目標？」

と、黒川が問い返してくる。答えようとして、言葉が喉《のど》に詰まった。まだ緊張してる。小さく深呼吸して、気持ちを落ち着けた。大丈夫、不良って言っても、彼らはわたしと同じ、音楽がやりたくてしょうがない人間なんだ。だったら、大丈夫。

「――うん。発表の場がないと自己満足に終わっちゃうから。やるからにはちゃんと誰かに聴いてもらうのを前提にやった方がいいと思う」

「たとえば？」

「たとえば……んー、全日本吹奏楽コンクール高校生の部において全国出場、とか？」

えぇーっ！　と、一同リアクション。「お嬢冗談キツイっス！」と、石間が悲鳴をあげた。

「た、たとえばですよ、たとえばっ」

慌てて両手を振る。目標の後ろにコロンを打つ。

「その、音楽なんて誰かに聴いてもらってナンボだから。読まれない小説、観られない絵画、聴かれない音楽なんて、どれも自己満足以上なんの価値もないわけで……」

自分で言ってて耳の痛い言葉だ。

「そうならないために、目標となる発表の場を決めようってワケか」と、玉木。

「うん。まあ無難なところで文化祭かなあ」

わたしはコロンの後に「文化祭？」と書き込み、黒川の方を見て首をかしげた。

「じゃあ、リーダーさんから。なにか意見はありますか？」

「えっ、オレなの？」

「えっ、違うの？」

黒川は首を横に振る。

「リーダーなんてガラじゃないよ。どっちかっていうとコースケの方がまだ向いてるんじゃないかな……。そもそもオレらの関係ってわりと横並びだからさ、誰かの下につくとか考えられないんだよね。ふつーにアキちゃんにやってもらうのがいいと思うけど」

「ええーっ」

「つか他に誰がいんだよ。すでに仕切ってんだしおまえでいいだろ」

「っスね」

「「オナシャスお嬢！」」

玉木と石間と三馬鹿にまで肯定されてしまった。わたしはあたふたする。

「ええと……具体的にはリーダーってなにするの」

「さあ。こないだ『もっかいやれ』って言ってきたときみたいな感じでいいんじゃない？　あのときのアキちゃんなんかガツガツしてたじゃん。あんな感じで」

「そうそう、あのギラギラした感じで引っ張ってってくれりゃいいんだよ。意見がありゃ言うよ」

「っスね」

「「「オナシャスお嬢！」」」

なんかすっごい遠まわしに音楽バカって言われた気がして憤慨《ふんがい》だ。

「まあ、とりあえず目標は文化祭での演奏ってことでいいんじゃない？」

黒川がとりなすようにそう言って、頭の後ろで手を組んだ。

「場所はここ片付けてさ。整理整頓《せいとん》したら使えそうなもんいっぱいありそうじゃん。あー、でも文化祭実行委員会とかになんか出さなきゃいけないのかな」

「企画書はわたしが書く！」

慌てて言った。こいつらに任せたらなにしでかすかわからない。

「じゃあ任せる」黒川はニヤリ。「あとは、創部届とか？」

「それはセンセイがやってくれるって」

「うーん、そうなるとあとは……」

「あーめんどいめんどい！　そーゆう小難しいことはセンセーとリーダーに任せりゃいいんだろ。それよか早く練習やろうぜ！」

玉木がそわそわと楽器を持ち替えながらそんなことを言って、三馬鹿たちが「修業だ修業だ」と喚き出したので、結局話し合いはグダグダに終わった。わたしはため息をついた。ホントこんなんで演奏できるのかな。

黒板消しを手に取って板面に走らせたところで、なんか視線を感じた。振り返ると、入口のところからさっと身を翻《ひるがえ》す黒髪の少年がチラっと見えた。あれは……？

「アキちゃーん」

「はいはい」

黒川の呼び声に応えて、わたしは乱暴に黒板を拭《ぬぐ》う。

お昼を挟《はさ》んで午後から練習を始める。

――アキって、本気になると怖いもの知らずだよね。

友だちによく言われる言葉。英語が得意なクラスメイトに言わせると〝あぐれっしぶ〟。強引、積極的、押しが強い。褒めてないよね絶対。一年前はあぐれっしぶ過ぎて失敗してしまったってことになるんだろう。今回は大丈夫だ。たぶん。

梅雨前線以上ナシ。じめじめと外よりも一層湿っぽい吹き溜まりの中で、わたしは埃まみれの黒板を勢いよくひっぱたいた。

「まず、吹奏楽とはなんぞや！　という話をするけど」

「なんかさっきとエライ性格変わっててんぞおまえ……」と、心なしか青ざめた顔で玉木が言った。黒川と石間がコクコクうなずいてる。うう、いきなり突っ走っちゃったかな。

　吹奏楽というのは、その名の通り「吹き」「奏でる」楽器――いわゆる管楽器が主体だ。これにコントラバス、ハープといった弦楽器、ドラムス、ティンパニなどのパーカッションを加えたものが一般的な構成として知られていて、日本においてはそれをブラスバンドなどと呼んだりもする――というようなことをチョークで書き殴り、気を取り直してしゃべる。

「管楽器っていうのは、息を吹き込む人間の体まで含めて一つの楽器なの。唇で鳴らす金管楽器は特にそうだし、木管楽器だって誰かが空気を送り込まなきゃ鳴らない。同じ楽器でも弾《ひ》き手によって音が変わるのはピアノだって同じだろうけれど、管楽器は息の仕方はもちろん唇の形一つ違ったって音が変わるって人もいる……」

　同じ楽器を使っても、人が違えば同じ音は出ない。当たり前のようで不思議な話。ある程度は適性だ。金管と木管、どっちが難しいかといったら初心者にとっては金管だと思うし、チューバみたいな大きな楽器は肺活量があった方が吹きやすいという話もある。

しかし、どの楽器にしろ、これだけは言える。

「吹奏楽は、一に呼吸《ブレス》、二に呼吸《ブレス》」

ブレス、とでかでかと書く。

「管楽器を吹くのは、自分の息に音という色をつける感覚……っていうのはわたしの持論だけど、実際鍵盤を叩けばある程度一定の音が出るピアノと違って、管楽器は個々人の息によって全然音が変わるんだよ。元々息についている色と、楽器から染み出す色が混ざって、色んな色の音になる……って言ったらわかるかな」

大事なのは呼吸、と繰り返し強調する。

「吹奏楽でいうところの呼吸っていうのは、腹式呼吸。横隔膜《おうかくまく》っていう肺の下の筋肉を上下させて、お腹を膨《ふく》らませたり凹《へこ》ませたりしながら息をするの」

「それってなんかメリットあんの？」と、玉木。

「いわゆる胸式呼吸——肋間筋《ろっかんきん》を使って胸部を膨らませる呼吸方法に比べて、大量の空気を吸い込むことができるって言われてる。吹奏楽では一度にたくさん吸って、ゆっくりと少しずつ吐くことが必要になるから、この腹式呼吸が大事なの。まあこれは諸説あるうちの一つだけどね。……ハラミ呼吸ね」

「ハラミ？」黒川が首をかしげる。

「横隔膜が焼き肉でいうところのハラミだから、わたしが勝手にそう呼んでるの。まあそれはともかくとして……ハラミ呼吸を鍛えるための訓練には、呼吸法というものがあります。一般に吹奏楽部が呼吸法から練習を始めるのは、それが本当に基礎《きそ》の基礎だから。だからみんなもそこから始めようと思う。オタマジャクシの読み方でも、チューニングの仕方でもなく、呼吸の仕方から」

うぇい！　と返事だけは威勢のいい野郎共。なにかしたくてうずうずしてるのが見え透いて、なんだかちょっと微笑《ほほえ》ましい。こういう一面は、確かに噂からは読み取れなかったなと思う。軽く呼吸法について説明して、全員に立ってもらう。

「じゃあ、実際にやってみるよ。腰に手当てて。メトロノームに合わせて、四拍で吸って四拍で吐く。お腹膨らませてね。サン、ハイ」

六十に合わせたメトロノームの針が左右に揺れ始める。なぜか三馬鹿トリオの体も左右に揺れ始めたので、すかさず声を張り上げた。

「田中くん鈴木くん佐藤くん体を揺らさない。ぴしっと立つ！」

「「「うぇ〜い」」」

「黒川くんと石間くん、猫背！」

二人がほんの少しだけ体を起こした。でも背中はまだ曲がっている。

「ごほん。……姿勢が悪いと空気がちゃんと体の中入ってこないんだよなあ。これができてないといつまでたっても楽器持たせられないんだけどなあ」

びしっと二人の背筋が伸びた。ヨシヨシ。

「次、四拍吸って、一拍で全部吐いて。サン、ハイ」

「え、無理じゃね」と、玉木。

「無理じゃない。吐くとき四倍の力で吐けばいいの」

「なるほど」

そう言ったら吐くときだけやたら力むので肩の力を抜かせた。だって般若《はんにゃ》みたいな顔になるんだもの。玉木は力むクセがあるみたい。

「次、四拍吸って、二拍止めて、四拍吐く。サン、ハイ」

また三馬鹿の体が揺れ始めたのでギロっとにらみ、なぜか三拍ずつでやってる石間を注意して、真ん中で止めてない黒川にため息をつく。あっち見たりこっち見たりけっこう忙しい。息してるだけなのになんでこんなにテンパってんだろう。

「よーし。おなかポカポカしてきたぁー？」

「よぉーし。じゃあ楽器持ってー」

「うぇーい！」

楽しそうに楽器を抱え上げる面々。何度見てもシュールな光景。

今彼らが使っている楽器は、わたしが去年吹き溜まりから持ち出したのと同じものだ。元をただせば、潰れてしまった吹奏楽部の備品。楽器の選択に関して、わたしは何も口出しをしないことにした。その権利は、やはり当事者のものだと思うから。

「じゃあ次、ロングトーンというのを」

「なんの騒ぎだ、こりゃ……」

「わっ」

不意に誰かが後ろからぬっと顔を突き出してきたので、とっさに飛び退ってしまった。

のっそりとした動作で現れたのは、背の高い男子生徒だった。一瞬さっきの黒髪の男子かと思ったけど違う、髪が派手に金髪だ。おまけにこいつ、タバコ臭い。その冷たい目が吹き溜まりを一瞥《いちべつ》すると、ピリッと空気が張りつめる。あまりよく思われていない人物らしい。

「してきたぁー」

「おう、伊庭ちゃん」

と、黒川がこころなしか引きつった顔をして手を上げた。伊庭って……あの伊庭？

「おまえらまだそんなもん……ってか、誰コイツ」

金髪不良少年は、わたしに気がつくと胡散臭《うさんくさ》そうに顔をしかめた。遠慮なくじろじろと舐《な》めまわすように見られて、鳥肌が立つ。ヤな目つきだ。

「オレたちの新しい先生。ほら、シゲちゃん音楽教えてくんねえじゃん」と、黒川。

「ケッ、くだんねえ……」

伊庭は気に食わなそうに口にしていたタバコを吐き出した。火はついていなかった。吹き溜まりに入ってから火をつけるつもりだったみたいだけど、文字通り水を差してしまったらしい。

「……夏目は？」

「いねえよ。ここんとこ見てねえ」

夏目というのは、去年この金髪少年と事件を起こしたという相方の名前だ。

「フン……」

伊庭は鼻を鳴らし、わたしたちに背中を向ける。喫煙以外本当に用事はなかったらしい。講堂の扉を叩きつけるように閉め、ズバンッとものすごい音を立てながら出ていった。思わず閉じてしまった目を恐る恐る開けると、キーコキーコと蝶番《ちょうつがい》が不吉な音を立てている。

あれが、例の不良少年の片割れ……見た目通りのわかりやすい性格してやんの。夏目ってやつも、きっとハデな頭の見るからにいかつい不良なんだろうな。

微妙な沈黙の中に取り残されてしまったわたしは、ごほんと咳払《せきばら》いして笑顔を繕《つくろ》った。

「ええと、じゃあ気を取り直して……ごほん！　ロングトーンというのをやります」

わざとらしい二度目の咳払いで、みんながはっとしたようにわたしを見た。

「ロ……ローグトーン？」

「ロング。長いってこと」

「トーンは？」

「ええと……」

英語は苦手なんだ。

「音の三要素では〝音色〟を意味する言葉だったかな？　直訳だと〝音〟そのものを表したりもするみたい。な、長い音だと思っておけば……」

「具体的にはなにすんの」と、玉木。

「一つの音を出して、そのままずーっと伸ばし続けてもらいます」

調子を取り戻したわたしはそう答えて、黒板に水平な一直線を引いた。

「吹き始めの音が最後までブレないようにね。さっきの呼吸意識して、お腹から空気出すの。音程まっすぐに。この線みたいなイメージ。ダメなイメージは――」

波打ったぐにゃぐにゃの線や右肩下がりの線、まっすぐだけどときどき太さが変わる線を引いてみせる。

「――こんなん。とにかく、吹き始めの音を維持。一呼吸で。八拍吹いて、二拍休みでいってみよう。B♭《ベードゥア》の音階出すから合わせて。せーの」

わたしが鍵盤ハーモニカでシ♭の音を吹いて、みんなが合わせる。

吹き溜まりで埃をかぶるばかりだった楽器たちが、下手クソにしろ奏者を得たとたん、うれしそうに音を鳴らし始めるのはなんだか一瞬だけ愉快だった。ポァー、とそれぞれのタイミングで色んな音が飛び交う。さっそく音階があちこちズレていく、音が切れる、そもそも音が出てない、コラ勝手に上を向いて歩こう吹き始めたの誰だ。

「はい二拍休んでー、音階あげるよー」

ドの音。てんでバラバラ。こんだけズレてるのによく合奏してたな、こいつら。

レの音。もはや誰もレの音になってない。わかりやすく、不良少年たちの顔には不満気で退屈そうな色が滲んでいた。

まあ、最初はそうなるだろう。でも、この退屈な練習を乗り越えないと、きっと後々続かなくなってしまう。基礎ができてなきゃ、合奏したって綺麗に合わない。今はあんな合奏で楽しくても、いつかきっとつまらなくなる。楽しくないことを続けるのは、誰だって嫌だ。彼らには音楽を教えてくれと言われてる。それは、とりあえず吹ければいいって意味じゃ、ないハズだ。今のままじゃ、ダメなんだ。

B♭、C、D、E♭、F、G、A、B♭——ひとまず音階を吹き切ったところで、すでに息切れしている少年たちを見ていると、なんだか数年前の自分を見ているみたいでちょっと可笑しい。


「おう、やってるな。感心感心」

しばらくすると、今度は平野がやってきた。近々肩書上吹奏楽部顧問となる彼は、まったくの音楽音痴《おんち》らしいけれど、それでも一応は練習を見にきてくれた——のかと思いきや、片手にはタバコの箱。

「えーと。まさかと思うけど一服しにきただけですか、センセイ」

「それ以外なにがあるってんだ」

開き直られた。目の前で火をつけて、煙を吹きつけられた。

「くっさ！」

「これがわからんうちはまだまだガキよ」

「じゃあ一生ガキでいいよ！」

歯向かってたら、黒川が気がついてやってくる。

「おー、シゲちゃーん。アキちゃんなかなか教え上手だよー」

「ほう、そりゃよかった」

と、平野はそっけない。

「シゲちゃんもやめりゃあいいじゃんタバコ。体に毒だぜ」

「キミが言うの、それ……」

「大人にはな、毒も必要なのさ」

「大人にも必要ありません！」

「ま、ほどほどにがんばれよ」

言いつつ紫煙を燻《くゆ》らせて、隅っこの椅子にどっかと腰を下ろす。

黒川がみんなのところへ戻って熱心にもロングトーンの復習をし始めたので、わたしは平野の横にちょこんと座り込んでなんとなしに問いを投げかけた。

「どうして彼ら、音楽やりたがってるんですか？」

ぷはぁー、と煙とともに返事が返ってくる。

「あいつらに訊かなかったのか？」

「訊きましたけど……」

黒川の答えは、なんというかボカされてる感じがしたから。

平野はトントンとタバコで灰皿の縁を打ち、なにかを思い出すみたいに目を閉じる。

「……去年の文化祭後にな、教師陣で呑《の》みにいったんだよ」

やがて発せられた答えはあまりに素《す》っ頓狂《とんきょう》で、わたしは「はあ？」と無遠慮に訊き返してしまった。いったいなんの話をしているんだろう。

お構いなしに、平野は続ける。

「俺はちょっと酔っぱらっちまってな、あんまその日の記憶はないんだが……ただこれだけは覚えてる。帰り道ひとりになってからフラフラしてたら、あいつらに会ったんだ。吹き溜まりからの帰りだったのかもな。その後のことはもう覚えてないんだが、どうも酔った勢いであいつらに自分語りしちまったみたいでよ。それで、あいつらにレコード鑑賞が趣味ってことをバラしちまったらしい」

「え、センセイ音楽聴くの？　いがーい」

「そういう反応になるから隠してるんだろうが」

平野はわたしのおでこを突く。

「んであいつらはおもしろがって、その日以来俺にレコードをかけるようにせがんできた。文化祭後だってのに、あの場所は相変わらず辛気《しんき》臭《くさ》い雰囲気でよ、まあちょうどいいかと思った。吹き溜まりに古いレコードプレイヤーがあったから、それで俺が持ってるレコードを回したんだ。いろいろ……クラシックからモダンまで幅広く、な」

話が見えてきた。わたしの質問に対する答えも。

「あいつらそれ以来レコードがやけに気に入ったらしくてな。ヒマさえあれば同じ曲だろうと限りなく聴いてたぞ。上を向いて歩こうとかもそうだ。そのうち空で歌えるくらいになってた。なんだってそんなに気に入ったんだか、俺にはよくわからんが……まあだんだんあいつらがタバコを吸わなくなったのは事実だ。久我山と海田はずっとうるさがってたし、伊庭と夏目はあんまり変わらなかったけどな」

「それで、彼ら自身も音楽をやりたいって言い出したんですか」

「ん、文化祭後しばらくしてからだったかな、吹き溜まりにあった吹奏楽部の楽器見つけた黒川と玉木が言い出した。楽譜とか自分たちで調達してきてよ、本当にやり始めたんだ。なんだかんだで本当はなにかやりたくてしょうがないんだよな、あいつらは。持て余してるんだよ、若いってエネルギーを。タバコなんかじゃ、誤魔化《ごまか》せるわけもねえんだよな」

そう言ったときの平野の目が、どこか遠くを見ていたのをわたしは見逃さなかった。もしかすると平野の過去にもまた、タバコなんかじゃ誤魔化せない青い日々があったのかもしれない。

「そうそう、創部届出しといたぞ。これで晴れて部活動だ、よかったな。ま、ほどほどにがんばれよ」

一本吸った平野は、さっきと同じことを繰り返してフラフラと帰っていった。一服しにきただけとか言いつつ、今のをわざわざ言いにきてくれたのかな。

「またなーシゲちゃん」

黒川はにこやかだ。なつかれてるね、センセイ。

♪

梅雨が明けた七月初旬のことだった。

昼休みにふらふら吹き溜まりの近くを通りかかったら、ひとりの男子生徒が旧講堂が落とす影の中に突っ立っているのを見つけた。黒いボサボサとした毛並の野良猫相手にひょいひょいと手を出しては、どういうわけか逃げられまくっている。黒いぴんぴんとハネたくせっ毛が、その黒猫そっくりでなんか変なの。

そのまま通り過ぎるつもりが、なんだか見覚えがある気がして二度見する。

「あ」

あのときのドラマーだと気がつくのに少しだけ時間がかかったのは、件の髪の毛が伸びていたせいだ。姿勢の悪い猫背に、夏だというのにポケットに突っ込まれたままの左手。全体的に漂う不機嫌な黒猫みたいな雰囲気に、一年前の出会いを思い出した。相変わらずどこか眠そうなのに猫みたいな野性を残した瞳が、わたしの目を強く惹きつける。

今なら声かけられそう、と思って言葉を探す。ちょうど彼がまた猫に逃げられたところだった。

「逃げられてやんの」

と、ついそんなことを言ってしまった。

少年はゆらりと振り向いて、少しだけ目を丸くした。

「誰だっけ」

「あ、ごめんなさい。その、つい……」

興味なさそうに黒猫に視線を戻すと、少年は再び手を伸ばした。黒猫はびくっとして逃げる。でも、日向は暑いのかまたこそこそと戻ってきて、彼から少し離れた位置で丸くなる。少年はまた手を伸ばして、黒猫はまた逃げる。奇妙なイタチゴッコ。

「……立ったままだからダメなんだよ」

わたしは三度こそこそと日陰に戻ってきた黒猫ににじり寄ると、威圧しないようにしゃがみ込んだ。そっと、ゆっくり、手を伸ばす。わずかに顔を上げた黒猫が胡散臭そうにわたしをにらんだけれど、逃げはしなかった。ゴワゴワの頭を撫《な》でてやったらものすごく不機嫌そうな顔をされた。ちょっと得意げな顔をして振り返ったら、猫そっくりの表情をした少年がいた。

「ほらね？」

「ウィンディー、裏切りじゃないか、それ」

少年は不服そうに黒猫に話しかけている。ウィンディー――変な名前だ――は素知らぬ顔。

「いつもエサやってるのに」

「上から目線はよくないよ。同じ視線で見てあげなきゃ」

「ご高説をどうも」

彼はまだ不機嫌そうだった。ウィンディーはゴロゴロと喉を鳴らし空を見上げている。

黒猫の視線の先には、夏らしい白い入道雲が青空にもくもくと浮かんでいた。ついこないだまでじめじめと湿っぽかった梅雨がウソみたい。からっと晴れた夏空が、晴れ晴れとした表情でお天道様を迎えている。

夏の日差しがじりじりと日向を焼いていくのを、わたしは日陰からぼんやりと眺めていた。最近じゃ講堂の中は暑くって、ドアというドアを全開にしてはいるんだけど、本当にあの場所はちっとも風が通わないのだ。モノが多すぎるせいかもしれない。あの環境で音楽をやるというのは、なかなかにたまらない。

「アンタ、こないだここで黒川たちといた人か」

不意に少年がぽつりとつぶやいた。こないだ……いつだろ。最近は入り浸っているから、いつ誰に見られていても別段不思議じゃない。でも吹き溜まりで彼を見かけた覚えはなかったような——あ、

「あのとき、覗いてた……」

伊庭が来る前にチラッと見かけた、黒髪の男の子？

「もしかして、ブラスバンドに興味ある感じ……？」

少し期待を込めてそう尋ねたわたしを、彼は鼻で笑った。

「いや。あいつらとそれをやろうとするアンタに興味があるんだ。不良に音楽教えるなんて変なやつだと思ってさ」

そこで初めて、少年がまっすぐにわたしの目を見た。ボサボサの前髪の隙間から覗く、眠そうなのに獅子《しし》みたいな瞳。ライオンってネコ科なんだっけ。思わず吸い込まれそうな獣の眼差し《まなざし》に、生唾《なまつば》を呑んだ。次の瞬間、なんの前触れも前置きもなく、ライオンの口からその質問が飛んできた。

「かつて吹奏楽部作ろうとして失敗した人間が、不良たち集めておんなじ失敗しないって言い切れんの？」

息が止まった。

時間が止まったようにも感じた。

「なんで、知ってるの……」

黒川たちにだって、話してないのに。

「アンタ、一年前ここに楽器取りにきただろ。で、一ヶ月後にはそれを戻しにきた。簡単な推理だよ」

トントン、と嫌味ったらしく頭を突いてみせる。なんだよ、そっけなかったわりにきっちり見てたんじゃないか。

「だいたいアンタ、あいつらに音楽ができると思ってんの。そもそも誰が聴くと思ってんの」

カチン、とくる。止まっていた時間が動き出す。

「そんなのやってみなくちゃわかんないよ。だいたいなんであんたにそんなこと……音楽になんか恨みでもあるわけ？」

「……ねえよ」

少年は不機嫌そうに鼻を鳴らす。

「それで？　どうなんだ。やりきれるのか」

「……そんなの訊いてどうするの」

「それこそそんなん訊いてどうすんだ」

「ぐっ……ああ言えばこう言う……」

かわいくない黒猫だな！

なんとかやりこめたくて、わたしは考えなしに啖呵《たんか》を切った。

「やる……やります、絶対にやりきりますっ！　ほら、これで満足？」

少年は少しの間、ちょっとだけ目を見開いてわたしをまじまじと見ていた。やがてその口元がひん曲がり、ニヤリと笑って、

「……言ったな」

背筋が寒くなるような笑み。彼がポケットに手を突っ込んで、なにやらくしゃくしゃに折り畳まれた紙切れをずいっと差し出してくるのを、わたしは身震いしながら受け取る。

「一ヶ月」

「……はい？」

「一ヶ月でモノにしろ。できなきゃ手を引け」

「はいぃぃぃ？」

思わず二度見する。広げてみると、それは楽譜のコピーだった。視界の真ん中で『アルヴァマー序曲』というタイトルがチラチラと光った。さーっと血の気が引いた。

「んなっ！　無茶だよ！　まったくの素人に一ヶ月で吹けるような曲じゃない！」

「別に完璧《かんぺき》に仕上げろとは一言も言ってない」

「そういう問題じゃ……だいたいなんで部外者のあんたにそんな上から目線で課題なんか出されなくちゃいけないの！」

「……アンタだって部外者だろ」

不意に冷たくなった声音に、わたしは口をつぐむ。

少年は表情を消していた。見上げるその瞳の先には、すっきり晴れた初夏の青空がある。けれど、彼の瞳にはせっかくの青色も灰色に濁《にご》って映っているように見えた。先日までの、曇天の梅雨空に似ている。

「……アンタにはわからないかもしれないが、不良と努力ってのはあまりいい食い合わせじゃない。人並みにがんばっただけじゃ人並みの評価は貰《もら》えないし、かといって人並み以上にがんばったとしても、誰にも理解されないことだってある。音楽だって例外じゃない。どんなにがんばったって聴いてもらえないことが、あり得るんだ」

それって、演奏者にとって一番不幸なことだろ、と彼はぼやく。

「……まるで見てきたみたいに言うんだね」

そう言ったら、意味深な笑顔を浮かべていた。寂しそうで、それでいて自嘲《じちよう》気味の、なんだか救いのない笑み。

彼はそのことにそれ以上何も触れなかった。吹き溜まりを指差してこう言った。

「別にあいつらとは友だちでもなんでもないが、あいつらがそういう目に遭《あ》うのは見ていて気持ちのいいもんじゃない。だから、もしアンタが自分の都合のためだけに吹き溜まりを利用しようってつもりなら」

「そんなつもりない！」

ようやく彼の言いたいことを理解した。

一年前吹奏楽部を作り損ねたわたしが、それでもやっぱり吹奏楽部を作りたくて、手段を選ばず吹き溜まりを巻き込んだと思ってる。だけど、不良のブラスバンドなんて世間の風当たりは厳しいぞ、と。自分勝手な野心だけで最後までやりきれるほど甘くないぞ、と。だからおまえがどこまで本気なのか示してみろ、と。手の中にある楽譜は、たぶんそういう意味。

「……今ここでこの楽譜を破り捨てたらどうなるのかな」

「吹き溜まりにある楽器を全部同じ目に遭わせる」

……上等だコンチクショウ。

「一ヶ月でいいのね」

わたしは少年をにらみながら勢いよく立ち上がった。少年がうなずく。

「もし俺を納得させられなかったら、吹き溜まりを諦めろ。余所《よそ》で吹奏楽部作るのは別に止めやしない。それから、あいつらには言うな。言ったら意味がない。条件はそれだけだ」

最後の意味がそれこそよくわからなかったけれど、わたしもうなずく。

「じゃあ、もしわたしがあんたを納得させられたら？」

当たり前のことを訊いたつもりだったけれど、少年はそこで目をぱちくりさせた。納得しないの前提だったのか。

「んー、そうだな」

顎《あご》に指を添えて考え込む。

「じゃあ、そのときは俺もアンタのブラスバンドに参加する」

「参加……？」一瞬ぽかんとしてしまった。「あ、そっか、ドラム叩けるんだっけ。バンドとかやってたの？」

「昔な」

「今はやらないの？　なんで？」

背の高い少年の顔を見上げながら首をかしげると、うるさそうに耳を塞がれた。もうっ。せっかくドラム叩けるんなら、一緒にやってくれればいいのに。

ふてくされたわたしが黙り込むと、周囲には微妙な沈黙が満ちた。ちらっと見やった少年の瞳は、どこか遠くを見るように再び空を見上げていた。やっぱり灰色。

「……伊庭は？」

「伊庭くん？　が、なに？」

「ブラバンやってんの？」

「あ、ううん。こないだ見かけたけど『ケッ』ってすぐ出てったよ」

「……だろうな」

あれ、なんだろう。黒川たちとは少し、伊庭に対する態度が違うような。

ぼーっと考えていると、不意に少年がしゃがみ込む気配がした。見れば、また猫に手を伸ばしている。けれど、彼がウィンディーに触れることはなかった。威圧感が弱まっても、黒猫は少年を避けるようにして日向へ飛び出し、今度は戻ってこなかった。

彼は、そんな猫の背中を自嘲気味な笑みを浮かべて見送る。

「……そういう問題じゃないらしいな」

その灰色に濁った瞳が、威圧感というより恐怖感を抱かせるのかもしれない。

名前を聞き忘れたことにふと気がついたのは、彼が去った後のことだった。

♪


「はい、休憩《きゅうけい》おわり。じゃあ今日はタンギングやります！」

試験期間にもかかわらず、この日もわたしたちは基礎練習に励《はげ》んでいた。耳慣れない単語を耳にした玉木が眉間《みけん》にしわを寄せる。

「たんぎん？」

「ぐ。これも大事な基礎練習です」

「えぇー基礎ばっかぁ」

「なにか学ぼうと思ったら近道はないの！　並べ並べーい！」

「……いちじょー、何かあったのか？　今日のおまえ、鼻から火ィ吹いてんぞ」

燃えてんの。ほっといて！

「とりあえず上の歯の付け根に舌をくっつけてみて」

一列に並んだ面々にそう指示を飛ばす。すると上の歯をぐいぐい押し込んでるのか、みんな変な顔になってて噴いてしまった。

「違う違う！　くっつけるだけ！　くっつけて離すのがタンギング！」

タンギング、英語の綴《つづ》りだとtonguing。これは舌を意味する単語tongueの動詞形で、無理矢理和訳を当てはめると〝舌突き〟と訳されるんだったと思う。ただ、実際のタンギングの動きというのはみんなに説明したように、歯の後ろにくっつけた舌を離す動作だ。

「その状態でタ、タ、タ、タって言ってみて。発音の瞬間に舌が離れるでしょ？　それがシングルタンギング。実際に楽器を吹くときに、このタと同じ舌の形を作って、音を区切るの。吹奏楽っていうのは、口笛やハーモニカと違って吹くときしか音が出ないからね。だから長いフレーズを吹くとき、一度息を吸ったらあとは吐き続けるしかない。そのために腹式呼吸が大事っていう話はもうしたよね？　タンギングは、その吐き続ける息を区切るための動作だよ。音と音の切り替わりを明瞭《めいりょう》に、美しく見せる……言ってみれば、音の輪郭を作る工程ってところかな」

我ながらわかりやすい説明だと思ったけど、少年たちの頭には疑問符が浮かんでいた。ええい、じれったい。

「楽器持って。ロングトーンやりながら、舌くっつけたり離したりしてみて。……そう、舌が歯の裏にくっついてるときは空気の流れが止まるから、音が出ないでしょ。極端な話、綺麗な演奏をしようと思ったら音と音の間には無音の瞬間が必要なの。たとえば、ドの音からレの音に繋《つな》げるとき、ドとレの間にドでもレでもない中途半端な音が挟まって、音のグラデーションみたいになっちゃうと、綺麗に聴こえないんだ。だから、ドからレへ、ぴしっと繋げるために、その一瞬をタンギングで切る」

フルートに唇を寄せる。八音階。繋がっていく、その八つの音と音の間に、ほんの一瞬だけ空気の隙間があるのが、今度は彼らにもわかったみたいだった。

「今のが吹けるようになれば、だいたいの曲は問題なく吹ける。そのためにはスケールの練習もしないとね」

スケールっていうのは日本語だと音階のこと。一般にピアノでドレミファソラシドを弾けば、それがハ長調と呼ばれる音階だ。こういった調はたくさんあって、曲や楽器ごとに割り振られている調が違ったりする。それらはある程度暗記の世界だ。

「どっちにしろ有名なスケールはある程度吹けるようになってもらわないと合奏にならないからね……楽譜の読み方勉強しつつ覚えていってもらうしかないかな。まあでも、腹式吸法がしっかりできて、スケールとタンギングを組み合わせて綺麗に音が出せるようになれば、キミたちも立派なブラスバンドだよ！　一ヶ月である程度マスターしてもらって、こないだ楽譜渡したアルヴァマー序曲までやるからね」

「無茶だろ……」

苦笑とともに漏れた玉木のつぶやきに、一瞬気持ちが揺らいだ。頭を振って、空元気に声を張り上げた。

「ほらほら、やるよっ」

魂が抜けた顔をした一同に発破をかけて、練習は実践《じっせん》へ。ややこしい理論に渋い顔をしつつも、少年たちは熱心に音楽の世界へ没頭していった。

七月中旬。練習のない日の放課後は図書室へ行くようにしていた。腐っても学生、試験期間くらいはいくら音楽バカのわたしだって勉強する。試験後に貼り出される順位表で、どんなによくても中の下なわたしは、きちんと勉強しないと軽く赤点とか取ってしまうんだ。こんなんだから音楽バカとか言われるんだとわかっていても、好きなことにしか熱が入らない性分はどうかと思う。

案の定、英語の試験範囲のテキストを辞書片手ににらみつつ、気がつくと頭の中にはアルファベットじゃなくて音符の群れが浮かんでいた。慌てて頭を振って、テキストの一文目をにらむ。習った範囲の文法や単語をきっちり覚えるなんて芸当はできないから、いつも和訳をフル暗記してかろうじて赤点を回避するのが常套《じょうとう》手段だった。

ルーズリーフに最初の一文を書き始めたときだった。目の前を横切っていった人影になんだか見覚えがあるような気がして顔を上げたら、ガタイのいい背中が人気のない本棚の前で立ち止まるところだった。あれ、海田さんだ。あの辺は確か、音楽系の棚……吹奏楽とか、フォークソングとか、ロックバンドとか。なにしてるんだろ。

「おい、一条！」

気づかれてないのをいいことにこっそり眺めていたら、図書室だというのにあまり抑えていない声で誰か話しかけてきた。振り返るとヤなやつと目が合う。うげ、駿河だ。

「……なによ」

「おまえ、吹き溜まりのヤンキーと吹奏楽やってるってホント？」

耳の早いやつ……どこで聞きつけたの。

顔をしかめたわたしの反応をイエスと取ったか、駿河は大げさに驚いた。

「うわ、マジなの？　おまえ頭どうかしちゃったわけ？　普通の吹奏楽部作んのだって失敗してたろ」

「うっさいなあ……用はそれだけ？　勉強の邪魔なんだけど」

「おまえ英語ダメダメじゃん。勉強するよか赤点取って補習受けた方がいいんじゃないの？」

ニヤニヤ笑う駿河の脛《すね》を蹴《け》っ飛ばそうとしたけど、ひょいっと避けられてしまった。

「せいぜいがんばれよ。ま、誰が聴いてくれんのか知らんけどさ」

手を振って去っていく駿河の背中に、あらん限りの侮蔑《ぶべつ》を込めて中指を立ててやる。

それからふと海田さんのことを思い出して棚の方を見やったけれど、すでにいなくなっていた。あーもう、駿河のせいだっ。なにしてたのか気になったのに。

それからしばらく、図書室にはカリカリと筆が走る音が響いていた。もっとも、それは周囲の生徒が無心にシャーペンを走らせている音だ。わたしの手はずいぶん前から止まっていた。

駿河に言われたことが、先日誰かさんに言われたことと重なって、耳の奥にこびりついて離れていかない。

――かつて吹奏楽部作ろうとして失敗した人間が、不良たち集めておんなじ失敗しないって言い切れんの？

――おまえ頭どうかしちゃったわけ？　普通の吹奏楽部作んのだって失敗してたろ。

手の中のシャーペンが不吉な音を立てて軋《きし》む。

練習のペースを上げざるを得なくなったのは、言うまでもなくあの黒猫少年のせいだった。一年前のことを思えば、多少の不安はある。今はみんな熱心についてきてくれてるけど、そのうち「ついていけない」って言われるんじゃないかって。飽きられるんじゃないかって。嫌われるんじゃないかって。けっこうハイペースだし。退屈な基礎練も多いし。玉木にはすでに「無茶だろ」って言わせてるし。例の一ヶ月の期限のことは抜きにしたって、文化祭に間に合わせようと思ったら現実的なペース配分・メニューなのかもしれないけれど、それはあくまでわたしがそう思うだけだし。彼らにとって不快なペースだったら、長くは続けられない。

でもこの無理難題を乗り越えなきゃ、今度はあいつの不興を買うことになる。みんなに嫌われるのを恐れてチンタラ甘々にやってたって、わたしにとっては結局ゲームオーバー。

ルーズリーフの上に、アルヴァマー序曲の楽譜を広げた。みんなへの指示とか、わたしの独り言とかが赤字で書き込んである。楽譜に書き込みをすること自体は昔からやってる。ただ、今のわたしの譜面は指揮者のそれに近いのかもしれない。こんなふうに他人の注意点を楽譜に書き込んだことは、今までにない。

――みんな、本当はわたしをどう思ってる？

楽譜の一番上の空白に、そんなふうに書いてみる。独り言。怖くて面と向かっては口にはできない言葉を、こうして楽譜に書き込むのだ。表向きはみんな仲良くしてくれてるけど、実際はどう思われているんだろうって。実はけっこう気にしてる。すぐ下の曲名を見ていたら、ふっと頭の中にあいつの顔が浮かんだ。あいつがわたしをどう思っているのかは、なんとなくわかる気がした。

あいつはわたしを疑ってる。だから、試してるんだ。

わたしが不良たちをどこまで引っ張っていけるのか。

わたし自身が音楽に対してどこまで本気なのか。

たぶん、あいつが見たいのはそこらへん。

なら、求められているのは技術じゃないんだ、と思う。

彼はやりきれるのかと訊き、わたしはそれにイエスと答えた。

たぶん、同じ質問を繰り返されているのだ。彼はこの楽譜を通じて「本当にやりきれるのか」と、確認している。わたしはそれに、もう一度イエスと答えなくちゃいけないんだ。啖呵じゃない、本当の心で。

悩んでいるってことは、自信がないってことだ。

一年前の影を、わたしはまだ引きずっているらしい。

♪

試験が終わる頃には、もうすっかり夏になっていた。

音楽にかまけていたせいで散々な結果に終わった最終試験日、練習のために吹き溜まりへ顔を出すと、まだ誰も来ていなかった——いや、よく見ると隅っこで久我山くんがキーボードを打鍵していた。あの子テストちゃんと受けたのかな。気になりつつもやっぱり話しかけんなオーラ全開だったので、声はかけずに二階へ登る。

講堂には体育館と同じように二階にバルコニーがあって、いくつかある羽目板の外れる窓（黒川が教えてくれた）から外を覗くと、そこから丹山が一望できる。高台にある丹高は、二階以上の高さに登れば基本見晴らしはいい。

窓を開けてよいしょっと羽目板を外すと、涼しい風が汗の滲む肌を撫でていった。もうすっかり夏の気配をまとった町並みは、あちこちで緑が青々とまぶしい。キレイ。これから徐々にうるさくなる蟬《せみ》の鳴き声や、少しずつ生い茂る夏草にホオズキ山が賑《にぎ》やいでくると、夏も本番だ。もうすぐ暑い暑い夏休みがやってくるのだと思うと、なんだか意味もなく胸が高鳴った。夏って不思議だ。

今年は暑くなりそうだな、と思いながら凝った肩をぐるぐると回していると、階下からバタバタと足音が近づいてきた。

「やっほーアキちゃん。早いねー」

声をかけてきたのは黒川。振り返ると、その後ろに玉木と石間もいた。

「ご飯食べたー？　まだなら一緒にどう？」

と、誘ってくる。そういえばお弁当まだだった。

下に降りて、三人と一緒にお昼を囲んで、わたしはおにぎりをぱくついた。シャケとタラコ。猫が好きそうなラインナップ。フローリングに胡坐《あぐら》をかいて、もぐもぐ口を動かす合間に軽口を投げ合った。お行儀悪い。でもちょっと悪ぶった感じが楽しかったりもする。

「お嬢は試験どうだったんスか」

「うーん、まあま……ウソ、全然ダメでした。最近練習のことばっか考えてたから全然勉強に集中できなくて」

「おまえどうせ元々そんな頭よくないだろ」と、玉木。

「あう……否定できない」

「大丈夫だよアキちゃん、コースケなんて多くても下に三人しかいないから。つかコースケさぁ、そろそろ赤点回避しないと来年留年するんじゃないの。おまえが後輩になるのもそれはそれで楽しそうだけどさ」

「うるせー、どうせ俺は脳筋だわ。そういう竜太はどうだったんだよ」

憮然《ぶぜん》とした玉木に、黒川はニッコリして答える。

「うん。各教科ごとに一番できる女の子に泊まり込みで教えてもらったからバッチリ」

「サイテーっス。そんなんだからクラスにいられないんスよ」

「ああ、それでおまえなんだかんだいっつも順位高いのか……」

他愛もない話をしながら、わたしたちはまるで友だちのように笑う。

友だちなのかな、とわたしはなんだか間抜けなことを考えた。不良と友だち。変な感じ。仲間っていえば、しっくりきそうな気もする。彼らの方は、わたしのことを友だちと思ってるのかな。それとも、やっぱり仲間？　それ以下？

視界の隅に黒っぽい影が閃《ひらめ》いた。目をやると、ボサボサの毛並をした黒猫が素早い身のこなしで机の山を駆け下り姿を消すところだった。

「ウィンディー？」

シャケとタラコ嗅ぎつけたのかしら。

「あれ、アキちゃんウィンディー知ってるんだ？」

その名前、公認なんだ……。顔に出てたのか、黒川が笑った。

「変な名前だよね。夏目がつけたんだよ。一番最初からかまってるくせに、いまだに嫌われてんだよなあ、あいつだけ」

「夏目？」

「そう、夏目茜《あかね》。悪い意味で有名人だし、アキちゃんもたぶん知ってるっしょ。えーとね、黒いボサボサ頭で」

そこまで聞いてもうわかった。有名人だからじゃなくて、二回ほど実際会っていたからだけど。

「いつも眠そうな目してて猫背でひょろっと背の高い人でしょ……」

あいつ、夏目だったんだ。意外。もっと伊庭みたいに怖いんだと思ってた。

黒川が「ビンゴ」と笑っている。

「彼って、どういう人なの？」

「どういうって……うーん。なんで？」

「ええと、そう、バンドやってたって聞いたから。なんで今やってないのかなーって」

「へえ、それ知ってるんだ。となると、オレ知ってるのは、うーん」

黒川はウーンと眉根にしわを寄せて唸っている。代わりに口を開いたのは石間だ。

「夏目サンは独特なんスよ。なんつーか、オレらとは別世界を見てるんス。いっつもつまんなそうだし、誰も寄せつけないし。オレ付き合い短いからあんまよくわかんないスけど、たぶん退屈なんじゃないスか。人生みたいなのが」

「なにそれ。カッコつけ？」

茶化してみたものの、納得できる部分はあった。こないだ見た夏目の目は、濁っていた。ウィンディーの瞳が映していた青い夏空を、彼の目は灰色に映している——そんな気がした。一年前、ドラム叩いていたときの彼は、そんな目はしていなかったはずなのに。

玉木がもしゃもしゃ口を動かしながら言う。

「あいつら自分からしゃべんないからよくわからんけど、夏目と伊庭の因縁《いんねん》ってさ、例のバンド時代からなんだろ？　それがぶり返して去年大ゲンカして停学食らった……って噂で聞いたけど」

「えっ、伊庭くんもやってたの？　同じバンドで？」

「らしいぞ。中学は違うけどな。伊庭は竜太んとこだろ、確か。でも仲は良かったって。三人で組んでて、ボーカルが女の子だったたって聞いたな。都会の方まで出てって路上ライブとかやってたらしいじゃん」

「女か。それでモメたんじゃない」

「竜太が言うんならそうなのかもな。あるいは……音楽にそっぽ向かれたのかも」

黒川と玉木は軽い調子でそんな会話を交わしている。

「……だとしたら、ちょっと――と似てるよな」

最後にぽつりと黒川がこぼしたその言葉は明らかに独り言で、よく聞こえなかった。そんなはずないのに「シゲちゃん」と聞こえた気がしたのはやっぱり気のせいだろう。だって、夏目とセンセイに似てるところなんて一つもないもの……いや、わたしを小馬鹿にするところは似てなくもないけど。

「まあ、あいつと伊庭はほっとけよ。こっちからちょっかい出さなきゃなにもしてこねえから。触らぬ神になんとやらだ」

玉木が言うのを、わたしはぼんやりと聞いていた。

ちょっかい、ね。わたしは彼にちょっかいをかけてしまったんだろうか。あの日話しかけなければ、あんな無理難題吹っかけられることもなかったんだろうか。

……いや。あいつは、楽譜を持ってた。待ち構えてたのか知らないけど、最初からそうする意図があったんだ。わたしが吹奏楽部作るのに失敗したことも知ってた。そして、もう一度失敗することを危惧《きぐ》している。

その危惧が、わたしにも移ってしまったみたいだ。気にし始めたら、止まらなくなった。最近はずっと胸の内になにかがつっかえてすっきりしない。

「さーて、練習しよっか」

黒川が快活に言って、唐揚《からあ》げでも食べたのか油で光る唇でトランペットを吹こうとする。「コラっ」と大声を出したけれど、そこまで元気じゃない自分がいた。


午後。ロングトーンのために鍵盤ハーモニカを吹きながら、わたしは膝の上に乗せた楽譜をにらんでいた。

アルヴァマー序曲。

ジェイムズ・バーンズ作曲。その生涯《しょうがい》を通して最もよく知られた、彼の代表的吹奏楽曲。テンポの速い第一部、ややゆったりとした第二部、再びテンポを上げる再現部の三部で構成される。再現部での木管パートをはじめとした一部を除けば比較的難度の低い曲なので、吹奏楽の世界に入ってそう遠からず、多くの奏者が目にする楽譜としても知られている。

もっとも、今言ったように一部難度の高いパートがあって、完璧に吹きこなそうと思ったら土台一ヶ月では不可能。全体の演奏速度を下げることで多少難易度を落とすことはできるけど、それでも彼らが演奏しきれるかどうかはアヤシー感じ。

顔を上げて楽器を鳴らしている不良少年たちを見やる。

以前説明したロングトーンの理想に一番近いのは、黒川だ。音程がブレず、音量が変わらず、音色も比較的一定。呑み込みも一番早くて、彼はたぶん技術的に完走はできるだろうと思う。上手い下手の話は別として、最後まで吹き切ることはできそう。

玉木はちょっと不器用で、まだ音自体が安定していない。ロングトーンをやらせると、すぐに音程がフラついて音量も上下する。今合奏に手を出しても足を引っ張るだけだろうし、そもそも音が出てないときもある。

石間は音はいいけど致命的にリズム感がなくてテンポが乱れる。ロングトーンはわりと上手だけど、演奏になると途端に合わなくなる。三馬鹿も、まだまだ初心者以前の段階で先は長い。

残り一週間。すでに手をつけてはいるけど、アルヴァマー序曲が形になる未来はなかなか見えない。かと言ってこれ以上ペースを上げるのも、

「――ちゃん。アキちゃんってば」

呼ばれる声で、我に返った。

「あ、はいっ。なに――わっ」

弾かれたように顔を上げると、黒川の手が目の前でヒラヒラと振られていて、もう一度弾かれたようにのけぞってしまう。黒川が心配そうに首をかしげた。

「どうしたの、ぼーっとしちゃって。音止まってるよ？」

気がつくと、鍵盤ハーモニカの卓奏唄口《ホース》がべろーんとぶら下がっていた。

「えっ、あっ、ごめんなさ――わーっ」

わたわたしながら立ち上がったら、膝の上に乗せていたアルヴァマー序曲の楽譜がバサバサと散らばった。黒川が「なにしてんの」と笑いながらそのうちの一枚を拾い上げて眺め、目を丸くした。

「うわあ、すごいなこれ。アキちゃんこんなにいろいろ考えながら演奏してんの？」

「あ、いや、あの……恥《は》ずかしいから見ないでっ」

取り返そうと手を伸ばしたけど、黒川はひょいっと避けて、あろうことか音読し始めた。

「なになに……〝玉木はすぐ力む。もう少し肩の力抜いて〟だって。あはは、いつも言われてんのにここにまで書かれてやんの」

「んだとコラッ。貸せっ」

「あ、ちょっとダメだって！」

黒川から玉木に手渡された楽譜を必死に追いかける。玉木もひょいひょいとわたしをかわしながら、譜面の独り言を音読する。

「おまえも書かれてんじゃん。〝黒川はいつもニコニコしてる。わたしが女の子だから？　気をつけよう……〟ははっ、めっちゃ警戒されてんぞプレイボーイ」

「心外だなあ……オレそんなに怪しい？」

「オレは？　オレはないっスか⁉」

石間がぴょんぴょん飛び跳ねながら玉木の手元を覗き込んでいる。やめてってば！

「石間は……えーと、〝石間のあのTシャツにはなにかこだわりがあるのだろうか……黄色ばっかり〟だって。うん、これは俺も気になってたな。オマエ黄色好きなの？」

「いいいいじゃないっスか別に黄色好きだって！」

「「じゃ、じゃあ俺たちのは！」」

「ちょっと待て。なんだこれ……」

三馬鹿が割り込んだところで玉木の動きが一瞬止まって、楽譜の一点を見つめた。

わたしはその隙をついてジャンプ、玉木の手から楽譜を掠《かす》め取った。怒られるかと思って身構えたけど、怒鳴り声は一向に飛んでこない。恐々振り向いたら、玉木がなんだか寂しそうな表情を顔に浮かべてわたしを見ていた。

「……いちじょー、それ、どういう意味だよ。本当は、って」

少年が指差しているのは、たった今わたしが掠め取った楽譜。

はっとして手元を見つめる。玉木が見ていたままの状態で開かれていた。アルヴァマー序曲の一枚目。タイトルの上に書き込まれた独り言。

——みんな、本当はわたしをどう思ってる？

玉木がこっちを見ている。その視線は、痛いほどに突き刺さった。逃げられないと感じた。

「……その、みんなは、今の練習とか、わたしの指導とか、なんも文句とか言ってこないけど、本当はどう思ってるのかな、って……早すぎるとか、ヘタクソとか、む、ムカツクとか……」

ぽろぽろと本音をこぼし始めたら、一年前のことを思い出してしまった。半ば強引に集めた創部メンバーと顧問の署名の載った創部届を、生徒会室へ持っていった日のこと。生真面目そうなメガネをかけた生徒会副会長は、それに目を通しもしてくれなかったっけ。わたしがそれを提出する以前に、すでに彼の元には数枚の退部届が提出されていたんだ。まだできてもいない部活から、退部したいって。要は、無理矢理にさせられてしまった署名のクーリングオフ。

あの日ほど、自分を惨めに思った日はなかった。自分勝手に突き進んだ道の果てに、わたしはひとりきりで立っていた。楽器を吹き溜まりへ戻しにいく間、頬に滲んだ汗だけがやけにしょっぱかったのをよく覚えてる。

もう二度と、あんな思いはしたくない。心の底ではやっぱりずっと怖くて、だからその独り言は、彼らに対して問うのが一番怖いことだった。

「わ、わたし、独りよがりになりがちだから。人の気持ちとか、察するの上手くないから。教えるのも、あんまり自信ないし……だから、その、みんなにウザがられてないかなって、ときどき心配になるっていうか……前に一回、そういう失敗したことあるから……」

「——なんだ、そういうことか」

と、玉木が言った。

やけにあっけらかんとした言い様だったので、思わず「へ？」と間抜けな声をあげてしまった。玉木はまさしく「そんなことかよ」みたいな少し怒った顔をした。

「そりゃおまえ、文句言わねえのは文句がねえからだよ。俺らがそういうの我慢できる性分に見えるか？」

わたしが呆《ほう》けていると、頭をがしがしかいてそっぽを向く。

「オマエのこと、誰もウザイなんて思ってねえよ。それに、オマエの指導が早いともヘタともムカツクとも思ってねえ。オマエはちゃんと教えられてる。全然独りよがりになんかなってねえよ」

「……ウソ」

「ウソじゃない。オマエが本当に独りよがりだったら、そもそも俺らのレベルに合わせて基礎練習になんか付き合っちゃくれないだろ」

「そうだよ」と、黒川が肯定する。「アキちゃん、いつもすごい丁寧に説明してくれるじゃん。最初の練習の日も、腹式呼吸のメリットとか、ロングトーンの言葉の意味とか、横槍《よこやり》気味の質問にもきちんと答えてくれたし」

「だいたいらしくないっスよ、お嬢。音楽やってるときはあんなに楽しそうなのに、なんでそんなことで悩んでんスか」

下唇を噛みしめていても、涙がこぼれてしまいそうで、上を向いた。

音楽のこととなるとバカになって、周囲が見えなくなる。今でも変わらない、わたしの中の音楽バカ。

あの頃は、楽器吹ける人間を集めて同じ楽譜読み込んで合わせれば、吹奏楽部になるんだと思ってた。吹奏楽の経験者や同郷の伝手《つて》に声かけて回って、無理矢理音楽室に引っ張り込んで、まるで足並みが揃ってないのにいきなり合奏からやろうとした。とにかく音楽がやりたくて、吹奏楽がやりたくて、それ以外のことはなんにも頭の中になかった。本当にバカだった。

でも、同じ音を聴けない人間同士で、合奏なんてできるわけがないんだって、今はわかってる。どんなに綺麗な音を組み合わせたとしても、それが同じ五線譜上にならなきゃ意味がない。それじゃ和音にならないんだ。一年前のわたしは、五線譜の上で孤独だった。でも今のわたしは……どうやら違うみたい。

バカはバカのままでも、成長はしてるってことなんだろうか。

胸の内のつっかえが、少しずつ消えていくのを感じた。

「オマエこそどうなんだ」

と、不意に玉木が問う。顔を上げると、少し気まずそうに視線を逸《そ》らした少年が、歯切れ悪そうに訊いてきた。

「その、オマエは、俺たちの出来をどう思ってんだよ……たとえば、あー、理解が悪いとか、えー、バカだとか、うー、それこそウザイとか。あと竜太が気持ち悪いとか石間がハゲとか」

「あ、コラ、コースケ。絞《し》めるよ？」

「ドサクサに紛《まぎ》れてなに言ってんスかつかハゲって！　これ坊主！　スキンヘッド！」

「……あはは」

笑ってしまった。胸のつっかえの、最後のひとかけらが、その衝撃でどこかへ飛んでいったみたいだった。

友だちみたいに、じゃなくて、もうちゃんと友だちじゃん。

わたしは目元を拭って、にっと笑いながらこう言ってやる。

「理解が悪くてバカでうざい！」

「んなっ…………ぷっ……ははははっ」

玉木が目を丸くして、それから吹き出した。ひでえ、と黒川が笑いながら額を押さえ、石間が呆れたように肩をすくめつつ、ニヤリとした。三馬鹿たちには普通に青い顔をさせてしまったけど、わたしもう笑うのを止められない。窓の外にチラっと黒いくせっ毛の翻るのが見えた気がしたけれど、もうそんなこともどうでもよくて。

もちろん、理解が悪くてバカでうざいなんて、これっぽっちも思ってない。最初はちょっと怖いって思ってたし、今でも少しはそうだ。だけど、彼らの音楽への熱意は本物だって思うし、見た目ほどに悪いやつらじゃないっていうのももう知ってる。みんなもわたしのそういう気持ち、たぶんわかってくれてる。それくらいには、わたしたちはちゃんとお互いを理解しているんだ。だからそういうことも、笑って口にできる。

わたしたちの関係はきっと、不協和音。勝手気ままで、荒々しくて、てんでバラバラなノイズの和音。

だけどその瞬間、わたしたちは確かに、同じ五線譜の上で笑えていた。

一週間はあっという間に過ぎて、あれからちょうど一月になるその日。夏目は吹き溜まりに来ていた。埃っぽい講堂の床に座り込み、今日も今日とてウィンディーにちょっかいをかけてはまた逃げられてる。なにしてんだか。と思ったら不意に彼がポケットから右手を出すのが見えた。タバコが握られていた。彼が一本咥《くわ》えて火をつけようとしたところで、気がつくとわたしは慌てて駆け寄ってそれをひったくっていた。

「なにすんだ」

「なにすんだじゃないよ！　夏目くん未成年でしょ！」

「別に死にやしないだろ。平野は見逃してくれたぞ。たまに」

たまに見逃してんのか、サイテーだ！

手の中のタバコはぽいっと遠くへ放り投げてやったけど、夏目はかまうことなく別の一本を取り出して火をつけた。燻《くゆ》らせる紫煙が吹き溜まりの淀んだ空気に混ざって、なんとも言えず嫌な臭いがした。

「……ニャロウ」

ひゅっと手を伸ばして、再びタバコをひったくる。今度はそれを自分で咥えて一口吸ってみた……間接キス？　知ったこっちゃな、

「うっげほげほっ！」

「……バカなのか、アンタ」

「バカはそっちだよ！　こんなの全然おいしくないじゃん」

涙目で訴えると、夏目はつまらなそうにわたしの手からタバコを取り返して唇の端で咥え直す。二口三口吸って、なんだかマズそうに顔をしかめる。「……ウマ」とものすごく説得力のないセリフを煙とともに吐き出していた。なんなんだいったい。

それ以上バカに付き合う気にはなれなかったので、わたしは本題に入ることにした。

「返すよ」

と、楽譜を差し出す。アルヴァマー序曲小編成楽譜のオリジナル。書き込みで赤っぽく染まったそれは、この一ヶ月のわたしの軌跡《きせき》をそのまま刻んだ小さな歴史だ。

夏目は顔を上げて、問うように視線を合わせてきた。わたしは首を横に振った。この答えは最初からわかりきっていたことで、そういう意味ではとても遠回りをした。でも一周回っただけの価値はあって、わたしは今とても自信に満ちている。だから、迷わず口にできた。

「まだ演奏はできない。人に聴かせられるほど、完成してないから」

夏目は無言だ。

「でも約束する！　わたし、必ずみんなと一緒に文化祭までやりきる。だからアルヴァマー序曲の披露はそれまで保留にしてくれないかな。絶対、最高の聴かせるから」

少年は、しばらく無言のままだった。タバコの煙だけがふわふわと昇っていく。

やがてふっと小馬鹿にしたように笑い、

「……だったら、返さなくていいだろ」

静かにそう言って、夏目はわたしが差し出した楽譜を押し返してきた。

拍子抜けするほどあっさりしていたので、わたしは押し返された楽譜を受け取り損ねて落っことした。床の上で開いた最初のページに、赤い文字が現れる。その上に自分で引いた二重線は、力強く迷いを否定しているように見えた。

――みんな、本当はわたしをどう思ってる？

すくっと立ち上がって歩き出した夏目の背中に、思わず声をかけた。

「……結局きみは、なにがしたかったの？　できないって、たぶんわかってたでしょ」

火の消えたタバコが、近くのスタンド灰皿の中にぽーんと飛んできた。ナイスシュート。

立ち止まっている背中は、やっぱり猫背だ。ポケットに突っ込まれた左手は、今日も暑そう。ボサボサした黒髪が、笑ったかのように少しだけ揺れた。

「一ヶ月でこれをやれって言ったら、どうしたってハイペースになるだろ。一ヶ月間そのスパルタなペースを維持したまま、アンタがあいつらに見放されないでいられるかどうか。それを知りたかった」

――あいつらには言うな。言ったら意味がない。

そういうこと。

これでついてきてもらえないようなら、わたしは一年前からなにも成長していないってことになる。最初から、やっぱり技術を見るつもりなんてなかったんだ。

夏目は振り返って、イジワルな顔をして笑った。

「おもしろいよ、アンタ。俺は絶対失敗すると思ってたんだ。あいつらに見放されるか、アンタが投げ出すか、どっちかだと思ってた。演奏ができないのは当然としても、こんな結果になるとは思ってなかったよ。ホント、変なやつだ」

だいぶ失礼なことも言われた気がするけれど、そこは精力的に無視しておこう。

「じゃあ、わたしの勝ちってことでいいのかな」

「……ふん」

鼻を鳴らして去っていこうとする黒猫の尻尾《しっぽ》——ワイシャツの裾《すそ》を、わたしは小走りに追いかけていって捕まえた。

「待ってよ。わたしが納得させられたら、一緒にやるって約束だったよね」

「……言ったっけ、そんなん」

「言ったよ」と、わたしは憤慨する。「ドラム上手なの、知ってるんだから。去年の梅雨時に、ここで叩いてたよね。ずっと気になってたんだ。あれ、何の曲だったの？」

「……ああ、あのときの。聴く？」

不意に回れ右すると、夏目は吹き溜まりの真ん中目指して歩き始めた。最近わたしたちが練習で使っているスペースで、ドラムセットも置いてある。

慌てて追いかけていくと、少年はドラムセットの中に腰を下ろしていた。腕まくりもせずスティックをひゅっと引き抜いて、いきなりビートを刻み始める。

「スタンドバイミー」

そう言われると、わかるような。玉木が好きなんだっけね。

小さく歌詞を口ずさんだら、鼻で笑われた。

「発音悪いな」

「悪かったね。どうせ英語は赤点だよ」

「楽器は？　なに吹くのアンタ」

「フルート」

「ふーん」

ハイハットをバシンと鳴らして、サビに入る。そばにいてくれ、そばにいてくれ——そう歌う歌詞は今は聞こえないけど、どこか物悲しいパーカッションのリズムは、歌詞を代弁してるみたいに切ない。リズムの表現力が、すごく豊かだ。

確かに上手いなあ。今ドラムは佐藤が叩いてるけど、夏目とじゃ月とスッポンどころか太陽とオタマジャクシだ。

「今持ってないの」

ドラムを叩きながら、夏目が言った。

「えっ」

「フルート。ドラムだけ鳴ってても興が乗らないんだけど」

「え、あ、うん。吹いていいの？」

「いいよ」

久々の合奏……！　自分の目がキラキラし出すのがわかって、夏目にも笑われた。いいんだもん。どうせ音楽バカだもん。

本能に躍らされるままに、放り出したままの鞄からフルートを引っこ抜いて戻ってくると、次の小節からメロディーを吹いた。ドラムとフルートのセッション。チューニングなしで入ったから微妙に音がズレた。いいんだ、どうせわたししかメロディー吹かないんだから。何調でも構いやしない。

映画のイメージもあるだろうけれど、夏草に覆《おお》われた線路の上を歩いてるみたいだった。並行して伸びるレールの上を、両手でバランスを取りながら歩いてく感じ。夏の日差しが照りつけて、首筋には汗の玉が浮かぶ。ドラムがリードするテンポを追いかけるように、左のレール上で一歩先を行く黒猫を追いかける。

「歌よりはマシだな」

と、夏目がえらそうに言うので横目でにらんだ。ドラムは口が自由だからズルイ。言い返せないじゃないか。

でも、たとえ口が自由だとしても、あんまり悪口は出てきそうになかった。それくらい心地いいセッションだった。この一ヶ月の変な疲労があっという間に飛んでいく。夏目自身も、なんだかんだいって楽しそうに叩いているじゃないか。額に汗滲ませちゃって。素早いスティック捌きのたびに飛び散る汗の玉が、なんだかキレイ。埃に混じってキラキラしてる……あ、
夏目の目を見たわたしは、ふっと気がつく。

青だ。

羽目板が外れる例の窓からは、青い夏空が顔を覗かせている。それを映す夏目の瞳も、今はちゃんと青く澄んで見えた。

なぁんだ。きみもたいがい、音楽バカだね。

少しだけフルートの音が躍って、そんな言葉を伝えた。夏目がわたしを見て、少し気まずそうに顔をしかめ、そして、

「……しーっ」

不意にピタッとドラムを叩くのをやめ、唇に指を当ててみせる。振り返らなくたっ

て、ウィンディーが昼寝を始めたことは容易に想像がついた。夏目が変に神経質なのが可笑しくて、わたしはクスクス笑いながらフルートから唇を離した。

♪

第一回の作戦会議は、テストが終わった週明けの月曜日、夏休み初日に行われた。場所は〝茶処ホオズキ〟。寂れた駅前の商店街にある小さな喫茶店。メンツは黒川、玉木、石間、三馬鹿とわたし。ヤンキーのくせにみんな甘いものを注文するものだから、なんだかわたしまでガキっぽく見られるのが嫌でつい「アイスコーヒー一つ」と、妙な意地を張った。

「いちじょー……なに背伸びしてんの？」

大人ぶってんの、ほっといて！

やがてごほん、と咳払いを一つすると、わたしは大々的に宣言する。

「えー……めでたく企画が通りました！　ので」

「「「うぇーい！」」」

ので、の後は野郎共から歓声があがったせいで掻き消えた。

十月に行われる文化祭の企画書を提出したのはつい先日のことで、吹き溜まり発のブラスバンドってことで実行委員会ではちょっとした物議を醸《かも》したらしい。ただ、普段まるで役に立たない平野が口をきいてくれたみたいで、結果的にはそのセンセイの温情に包まれる形でゴーサインが出た。という話を昨日聞いたときは、わたしも小躍りの一つくらいした。だから彼らの気持ちはわからないでもないけど。

「ので！　本日は仕事を割り振ろうと思います！」

声を張り上げて続きを言い切る。玉木が首をかしげた。

「仕事ってなんだ？」

「文化祭だからね、それなりにやることはあるよ。この場所の片付けもしなくちゃだし、宣伝だってしないと。練習ばっかりにはかまけていられない」

えー、とぶーぶー言う野郎共を視線で黙らせて、わたしはルーズリーフを取り出した。

「ええとね、ちょっとわたしなりに考えてみたんだけど」去年のクラスでの文化祭を思い出しながらみんなの名前を書き込む。「みんなの得意なこと活かせばいいのかなって思って……まず黒川」

黒川の名前の後ろに、広報と記入する。

「黒川は、広報活動してください。なんだかんだ女の子に顔広そうだし。なるべく早い段階から動いてもらって、吹き溜まりの悪いイメージ上手く払拭《ふっしょく》してほしい」

　プレイボーイはへらっと笑ってうなずいた。

「ああ、女子のネットワークは広いからねえ。いいよ、引き受ける。音源とかあるといいな」

「もうちょい上手くなったらね……次、玉木」

「ん」と、ツンツン頭の少年が短く相槌《あいづち》を打つ。

「玉木は力あるし周りもよく見えてると思う。だから、会場設営とか吹き溜まりの片付けとかの指揮とって。全部任せる」

「オッケー。労働力に三馬鹿借りるぞ」

　わたしはうなずいて許可する。玉木なら人を上手く使えるだろう。

「そんで次は、石間」

「うっス」

「石間は備品係ね。今回、吹き溜まりっていうイレギュラーな場所を使わせてもらう代わり、わたしたちには予算が下りないの。だから吹き溜まりにあるものを極力活用します。片付けのときとか、使えそうなものあったらキープしといて」

「了解っス」

具体的には暗幕とか延長コードとか、本来はレンタルを申請したり外部から借りなきゃいけないもの。それらをこの場所にあるもので代用する許可は、文化祭実行委員会からも取り付けている。

「田中、鈴木、佐藤は力仕事必要な局面でみんなに手貸してあげて」

「「うぃ～す」」

本当は、この手のゴタゴタは自分ひとりでやろうと思ってた。事務というか雑務というか、そういうの全部。彼らには音楽だけ必死にやってもらって、文化祭というステージに向けてわたしがプロデュースしてやるんだ、みたいな。

でも、それじゃダメなんだと今は思う。わたしたちは同じ演奏者で、同じ高校生で、同じチームにいる。だったら、文化祭に向けて演奏会を作っていくのも、一緒じゃなきゃウソなんだ。——だから。

「よし、と」全員分の名前の後ろに仕事を書き終えると、その上にギャッと横線を一本引く。「それじゃ、もう一つ大事なことを決めます」

えっ、まだあるの？　という顔をした一同に対し、わたしは当たり前でしょという顔をして腰に手を当てた。

「わたしたちの、名前」

「え、吹奏楽部じゃないの？」と、黒川。

「まあ、そうなんだけどね。バンド名っていうのかな、楽団ってやっぱりそれぞれ名前持ってるものだから、そういうのあった方が一体感出るかなって」

「名前、ねえ。たとえば？」

「そうだなあ……なんとかボーイズ、とかいいんじゃない？　男の子ばっかりなんだから」

黒川が「アキちゃんもいるのに？」とフェミニストっぽいことを言い出す。

「いいんだよ。わたしはあくまでサブなんだからさ。ボーイズ……なんかしっくりくるのない？」

「吹き溜まりボーイズ」と、玉木。

「語呂が悪い」

「ウインドボーイズ」と、石間。

「なんか爽《さわ》やかすぎる」

「スカイボーイズ」「それだ！」「大空に向かって羽ばたくぞ！」

「爽やかすぎるってば！」

「じゃあアキちゃんはどんなのがいいと思うの」

黒川の問いに、首をひねる。

「わたしは……」

彼らの演奏を初めて聴いたときのことを思い出した。ノイズ、という言葉が頭に中にぽっと浮かんだ。直訳は雑音、だったかな。こないだ試験勉強してたときに覚えた。でも、彼らの場合不協和音とでも訳す方がキレイ。似合う。

平野は言った——こんなやつらが真面目に音楽なんてやるはずがない、って思っただろ。あるいは、できるはずがない、ってな。

夏目は言った——だいたいアンタ、あいつらに音楽ができると思ってんの。そもそも誰が聴くと思ってんの。

駿河は言った——せいぜいがんばれよ。ま、誰が聴いてくれんのか知らんけどさ。

吹き溜まりの不良たちが織りなすブラスバンドミュージック。率いるのは一度挫折《ざせつ》を経験した音楽バカ。誰もが見向きもしないような食い合わせは、それこそ不協和音。でもだからこそ、その音に誰かを振り向かせることができたら、すごく誇らしい。

文化祭、せいぜい多くの人間を驚かせてやろうじゃないの！

そんな夢を込めて、わたしはその名前を口にする。

「ノイズ……ノイジーボーイズとか」

「おっ」

玉木が弾かれたように顔を上げた。

「いいじゃん。なんかカッケェ。それでいこう」

「えっ、これでいいの？」

黒川と石間がうなずき、三馬鹿もそれぞれに肯定の意を示してくれるものだから、あっさり決まってしまった。

「わたしの考えた名前だなんて、なんか恥ずかしいな……」

つぶやきつつ、わたしはルーズリーフの一番上にノイジーボーイズと書き込んだ。

ふっと、不思議な感じがした。ボーイズだけど、わたしもこの中に入ってるんだなって。一年前に吹奏楽部という場所を失ったわたしもまた、吹き溜まりに吹き寄せられた木の葉の一枚だったのかもしれない。まだまだ課題も問題も山積みだけれど、確かに繋がってるんだなと思うと、なんだか無性に心強かった。

そう、わたしたちは、同じ五線譜の上にいる。

第三部　音の心臓

夏休みに入ってからは、基本週五で練習する日々が続いていた。弥生たちに海行こうよと誘われたけど練習だからと断ったら、「この音楽バカ。……がんばりなっ」と呆れ顔で応援された。いや、けなされてるのかな。

いずれにせよ七月も終わろうかというその日、弥生たちは海で夏を満喫していた。わたしは吹き溜まりで、ようやく練習に顔を出した夏目と渋面を突き合わせていた。ココも砂浜みたいに暑くて、これはこれで夏を満喫していると思う。まあ、わたしが満喫しているのは音楽なんだけど。

「上を向いて歩こうにスタンドバイミー……？　なんか古臭い」

「そういうコンセプトなの。とりあえず」

「つか平野よくこんなの持ってんな……」

坂本九とベン・E・キングの古ぼけたレコードジャケット。センセイのレコード趣味ってほんと渋い。似合わない。そうやって二人で平野を小馬鹿にしていたら、黒川が一度こっちを見て通り過ぎ——二度見した。

「うわ！　なんで夏目いんの！」

素っ頓狂な叫びは講堂内に反響して、それぞれに作業していたみんなが一斉に振り返る。

「マジだ！　夏目サンじゃないっスか！」

「おい、なにしにきたんだ不良！」

石間と玉木にジロジロ舐めまわすように眺められて、「いちゃ悪いのかよ……」と、さしもの夏目も居心地が悪そうにしていた。

「……つうか、なんでいちじょーは夏目と仲良さげなワケ？」

「別に仲良くないよっ。ドラム叩いてくれるっていうから連れてきただけ」

「うっそぉ！」

黒川がまた素っ頓狂な声をあげる。

「だって夏目、おまえ前に叩いたときは」

「前は前、今は今だ。俺がやるっつってンだから文句ないだろ」

「文句は……そりゃ、ないけど」

「じゃあその話は終わりだ――オラ、佐藤そこどけ」

現ドラム担当の佐藤をドラムセットから蹴り出して、夏目はデンと我が物顔でドラムチェアに腰掛けた。黒川がなんだか心配そうな顔でその背中を見てる。

確かに、彼の音楽への姿勢はちょっと変。気になる。わたしに対するあの質問とか、あれだけ技術があるのにバンド組んでない理由とか、伊庭との関係とか。きっと夏目は過去になにかを経験したのだ。それを、わたしはまだ彼に訊いてない。

でも正直、一緒にやってくれるんなら、そんなのはどうだってよかった。あのセッションを通して感じた夏目の音楽への気持ちは、きっとノイジーボーイズが持ってるのと同じモノだ。なら、それだけで、十分だと思った。

佐藤は夏目のドラムの腕を知っているからか素直に席を譲って、吹き溜まりの隅っこからユーフォニアムを取ってくる。そういえばそっちもやってたんだっけ。なんとかなるかな。うん。

「人数足りてんの、これ」

ざっとメンツを見渡した夏目が、怪訝《けげん》そうに言った。

「足りてはいない、かな。久我山くんと海田さんは戦力に入らないし。でも少人数編成の吹奏楽ってけっこう楽譜あるし、これはこれで味があると思う」

「久我山そこにいんじゃん。シンセでだいたいの音作れるよ、あいつ」

「え、吹奏楽にシンセサイザー使うの」

「まあ……使わないよな。なんでもない。で、練習はいつやるの。ってかなんでみんなジャージ？」

誰も練習の準備をしていないことにようやく気づいたか。わたしはニヤリとして答える。

「残念でした。これから毎日午前中はお掃除の時間です」

「お掃除……？」

疑問符を浮かべた夏目に、わたしはニッコリして軍手を差し出した。

窓を全開にして、埃を追い出しながらの大掃除が始まった。

夏休みの当直で学校に来ていた平野は、最初だけ顔を――呆れ顔を覗かせていた。

「ホントにこれ片付けんの、おまえら」

「だって片付けないと演奏できないし」

「そこまでしてやるかあ……若いねえ、青いねえ」

いつものように一本だけ吸って、平野はあっさり職員室へ戻っていった。顧問なんだから、ゴミの一つも運んでけっての。

でも、不満を口にしているヒマはない。長机や机、椅子、教卓……その辺の重たいモノをどけて、その隙間から出てくる小物をせっせとより分ける。だいたいはゴミだ。ときどきトランクスとかエロ本とか出てきてやんなっちゃう。捨てるならゴミ箱に捨てなさいよと思う。

「ま、この有様じゃあゴミ捨て場と大差ないけどね」

黒川が言うことももっともだけど。

分別用のリストを、わたしは玉木に手渡した。

「じゃあ、片付け隊長よろしく！」

「へーい」

吹き溜まりの半分を埋めているのは、古い机・椅子類。古臭い木製のものもあれば、わりと綺麗なステンレス脚のもあって、玉木はまずそれらの分別から指示を出した。

「コースケー、この机は？」

「えーと、脚まで木製のやつは捨てていいんだと。脚が金属でできてるのは端っこにまとめとけ」

「椅子もっスか」

「おう、椅子も同じ」

「コースケー、教卓はどうすんのー」

「ええとちょっと待って……いちじょー、教卓はどうすんだ？」

「廃棄じゃなかったっけ。リストの下の方に書いてない？」

「あー、あったあった。廃棄で合ってる」

バタバタ動き回るわたしたちを、跳び箱の上からヒマそうに眺めるウィンディーがちょっと恨めしい。職員室でクーラーに浸っているであろう平野はもっと恨めしい。

ゴチャゴチャと廃棄物を吐き出す吹き溜まりの姿は、なんかジブリのカオナシみたいだと思った。あるいはカルチェラタン。通りすがる生徒たちも、一様に驚愕《きょうがく》の眼差しでこっちを見てる。そりゃ驚くよね。なにせ掃除してんのが当の吹き溜まりの住人たちだもの。少し前まで、音楽やってるってだけで疑わしい眼差しを向けられてたんだから、その視線が驚愕に変わってるのはたぶんいいことだ。というか、そもそも吹き溜まりのそばを通る人間が増えていること自体、大きな変化だ。

女の子が通りかかると、すかさず黒川が飛んでいって声をかけている。

「すごい埃でしょ。ごめんね、ちょっとしばらく埃っぽくなるからこの辺通らない方がいいかもしれない。秋にね、ここで演奏するんだよ。うん、楽しみにしててよ。来てくれたらサービスする。大丈夫、キミたちのことは忘れないって。オレ一度見た女の子の顔忘れないもん。ホントだよー」

顔だけはいい黒川のトークに、単純な女子はあっさり引っ掛かって、顔を赤らめながら去っていく。なんかフクザツ。女ってヤーね。男もだけど。

「あれじゃ女の子ばっかり集まっちゃうじゃん」

そう言ってみたら、黒川は知った風にこんなことを言った。

「大丈夫。女の子って噂話好きだから、そのうち男子にも話し出すよ。それにこういうのは男から広めるより女から広めた方が絶対広がりやすいの。いい感じに尾ひれついたりするしね。イメージ払拭にはちょうどいいっしょ」

知った風というか、実際知ってるんだろうから、ちょっと質《たち》が悪い。

講堂の中では、玉木と石間がなにやら手を止めて話し込んでいた。玉木が片付け途中に見つけた暗幕を、石間に見せている。

「この暗幕とか使えるんじゃないの」

「やっぱ暗くした方がいいんスかね」

「雰囲気って大事っしょ。俺コンサートとか行ったことないからわからんけど」

片付け係と備品係らしい会話にちょっと笑った。がんばってんじゃん。

「お嬢的にはどうっスか。やっぱ暗い方がいいんスか」

石間が話を振ってきたので、少し考えて答えた。

「科学的根拠とかは知らないけど……暗いと視覚情報が乏しくなるじゃない？　人間が視覚の次に頼ってる五感って聴覚らしいから、やっぱり暗くなると無意識にしろ耳を澄ますんだと思う。よく音を聴くための工夫なんじゃないかな」

「じゃあ、やっぱり暗い方がいいんかな」

玉木がそういうのに、わたしは首を横に振る。

「ううん、ノイジーボーイズの場合は音の質より、雰囲気とか、音楽を楽しむっていう感覚とか、そういうの方が大事だと思うから。全開でいいんじゃないかな。窓とかドアとか全部開けてさ。学校中に音が響くようにやったらいいんじゃない。せせこましくおとなしくやるんなら、そこらの中学生の演奏聴くのと変わらないもの」

「さりげなくひでえな」

「でも、わかる気はするっス。じゃあこれは廃棄……」

「あー待って待って。窓塞がないにしても暗幕はあっていいと思うから一応とっとこう。控室くらい作るだろうし」

ついつい手を止めて話し込んでいたら、通りかかった夏目が声をかけてきた。

「これはどこに片付けるんでしょうね、リーダーサン」

「あーもーうるさいな。ちょっと待って、電機類は……と」

「そうそう、電機類といえば、あれどうすんの。あの一画あのままってわけにはいかないんだろう?」

夏目の声に顔を上げれば、吹き溜まりの隅っこでもくもくとキーボードを打ち続ける、痩せこけた少年の姿があった。


久我山くんは、小さい体に不釣《ふつ》り合いな大きいヘッドホンをして、カタカタとキーボードを打っていた。画面にはわけのわからない文字列がズラッと並んでいる。なんだろ、プログラムかなにかいじってるのかな。見てると目がチカチカする。

いつもそんなふうに吹き溜まりの隅っこに引きこもっていた久我山くんの存在は、気にはなっていたけれど今まで声をかけたことはなかった。話しかけんなオーラが露骨に出ていて、そもそも近寄りがたかった。でもこの場所を文化祭で使うとなると話は別だ。舞台側の隅っこなら最悪暗幕で隠しちゃえば放置でもいいんだけど、久我山くんのスペースは入口側にある。動かさないわけにはいかない。

わたしは、少年の痩せこけた肩をトントンと叩いた。

「久我山くん、そこ掃除したいんだけど……」

……反応なし。

「久我山くんってば。おーい」

気づいてないわけがない。無視してるわけね。

ムカっときたわたしは、迷わずヘッドホンをつかんで引っこ抜いた。

「うわっ！」

さすがにびっくりしたか、久我山くんがぴょんと飛び上がるようにして振り返った。

「なにすんだっ」

「ごめん。聞こえてないのかと思って」

しれっと言ってのけると、むすっとした表情になる。

「……聞こえてるよ。話しかけないでほしいからヘッドホンしてんの」

同級生だと思われてる？　平然とタメ語を使われて、ちょっと憤慨。

「じゃあもっかい言う必要はないかな。そこ掃除したいんだけど、パソコンとかどかしてもいい？」

「やだ」

即、答。うー、このコ苦手なタイプだ。

「えっとね、ここ、文化祭で使うの。そこをそのままにしとくと配線コードとか危ないし、当日ちっちゃい子とかがいじったりしても困るでしょ？　イラナイものは捨てて、必要なものだけ動かすとかじゃだめかな。移動ならみんなが手伝うから」

「全部必要なの。まだマシン完成してないんだ。この夏であと二つくらい作るつもりだし」

「そんなに作ってどうするの」

「作ることが好きなんだ。悪い？」

うーん、ヤンキーよりよっぽど扱いにくいな、彼。

「とにかく、動くつもりはないよ。わかったらほっといてくれ、しっし」

「あ、おい久我山、お嬢に向かってなんて口きいてんだ！」

一瞬誰かと思った。通りかかった石間が噛みついただけのことだったんだけど、彼のタメ語は初めて聞いたから。そうか、そういえば彼らは同学年だ。

「別に誰にどんな口きこうとボクの勝手だろハゲ」

「上等だコラちょっと表出ろやヒッキー」

「ちょっとちょっと喧嘩《けんか》はダメだよ！」

辛辣《しんらつ》な言葉を浴びせ合う二人の間に慌てて割って入った。相性めっちゃ悪そうだな、この子たち。

「お嬢、ほっとくっスこんなやつ。自分以外のことなんてどうでもいいんスよこいつは」

「その通りだ悪かったな。アンタも時間の無駄だったろ。もう二度と話しかけないでくれ」

久我山くんはわたしの手からヘッドホンをむしり取るようにして奪い返し、また自分の世界に没頭し始めた。


お昼を挟んで午後は練習をする。ほんのちょっぴり片付いた吹き溜まりの真ん中にみんな集まって、各々楽器を抱える。ジャージから着替えた面々はだいたいがTシャツにスラックス姿だった。なんかクラスTシャツみたいなの作りたいな。赤いのがいい。似合いそう。

呼吸法を終えて、ロングトーンをやって、タンギングにスケール、それだけで三十分くらいはあっという間に過ぎてしまう。時間が限られていることだけはみんなわかっているのか、無駄話もなく次の指示を待っている。

「今日からパート練習を始めます」と、わたしは言った。

「パート練習？　中学の合唱コンクールとかでもやったな、それ。ソプラノとかアルトとかに分かれて……」

玉木の言葉に、うなずいてみせる。

「管楽器には、金管楽器と木管楽器の二種類があるっていうのは前にも教えたよね。金属とか木とか、そういう材質の違いじゃなくて、楽器の発音方法の違いによるって話」

付け加えれば、その名称は、本来は中の管の材質が真鍮《しんちゅう》であったとか木であったとかいう部分に由来してる。でも、現在では技術が進んでかつて木製だったものも金属管になってきているから、その分類で区別することはできなくなっているのだ。

「少しだけ復習ね。金管楽器は、演奏者の唇の振動によって音が鳴ります。リコーダーのように、ただ息を吹き込むだけじゃ音は鳴らない。そういう楽器は木管楽器と呼ばれてて、基本的に金管楽器でないものはすべて木管楽器であるとされています。まあ、みんなは自分の楽器がどっちかわかってればいいよ」

「オレは金管、だったよね」

「正解。トランペットは金管です。鈴木のトロンボーンもそうだね」

金管楽器でわかりやすいのは、トランペット。楽器の先端が、さかさまにしたジョウゴみたいになっている——朝顔《ベル》という——ものは金管楽器だと思えばいい、って吹奏楽始めた頃先輩に習った。全部が全部ってわけじゃないけど（たとえば、クラリネットは木管でも朝顔《ベル》がついている）。

「お嬢と玉木サンのフルートは、金属製だけど木管楽器、って話っスよね？」

「正解。フルートは木管楽器。昔は本当に木製だったらしいけどね」

木管楽器は、わたしと玉木のフルートが代表的だ。リコーダーみたいに、筒に音孔が空いている笛がだいたいそう。田中のサックスも、一応分類上はこっちになる。

「本題に戻るよ。パート練習っていうのは、この金管楽器と木管楽器、これに打楽器《パーカッション》——ウチの場合は夏目のドラムね——を加えた三つのパートに分かれて、その中でさらに楽器ごとに分かれたりして個々に練習をするものです。それぞれに発音の方式が違うから、必要な練習も変わってくるの」

「なるほど。わかった」

「わたし、前にトランペット吹いてたこともあるから一応金管も見れるんだ。木管と金管交互に見るから、とりあえず木管はアルペジオ、金管はリップスラーやって、それからアルヴァマー序曲進めていって」

「……で、俺はどうすればいいの」

唯一のパーカッション、夏目が自分を指差してぼーっとつぶやく。そっか、えーと、どうしよう。

「……じゃあ、わたしについてきて。最初木管からやるから」

夏目は無言でわたしをまじまじと見た。なによ。目でそう言ったら、なぜかクルリと踵を返し、そして……あ、あいつ金管の方行きやがった！　あんにゃろう！　天《あま》の邪鬼《じゃく》か！

「仲良いな、オマエラ」と、玉木。

「どこが！　どこがよ！」

夏目なんか大っ嫌いだ！

暑苦しい講堂での練習も、日暮れ時にはだいぶ涼しくなる。ヒグラシがカナカナカナカナと鳴くのをＢＧＭに、午後七時頃太陽はようやくホオズキ山の陰へと沈んだ。

日がだいぶ長くなった。

午前中片付けして、午後はガッツリ練習して、日暮れと同時に帰路につく。やってることはたいがいの部活動並みか、それ以上にハードだ。だというのにノイジーボイーズの体力ときたら底なしで、ヒグラシのオーケストラに負けじと大きな声でしゃべりながら帰っていくのだ。見送るわたしは呆れるしかない。あいつら本当は中学生なんじゃないの。若っ。

騒々しい野郎共の尻尾に、夏目がむすっとしながらもついていくのを見ると少し安心する。彼が一番見てて不安なんだよね。協調性皆無。連帯感ゼロ。黒川は比較的よく話しかけてるけど、反応うっすいし。せめて帰り道くらいしゃべったらいいのに。

「ま、頭一つ抜けてるのは事実か……」

夏目のドラムは、練習中もよく響いていた。各パートに混じって、まるでメトロノームみたいに正確なビートを刻んで、みんなのテンポを引っ張っていた。ドラムが綺麗に鳴ると曲の輪郭みたいなものがはっきりしてきて、みんなのヘタクソがより一層目立ってしまうんだけど、それでもリズムがしっかりしてるから意外と聞けちゃうんだよね。パーカッションってすごい。自分でできないから余計にそう思う。

変なやつ。それだけドラム叩けるのに、どうしてあんなに音楽への情熱が薄いんだろう。なんで周囲との距離を置くんだろう。あと、わたしに対して無駄にいじわる。気まぐれな黒猫。かわいくない。

ちょうどそのとき、わたしの真横をすり抜ける影があった。久我山くんだ。ノートパソコンを小脇に抱えて、吸血鬼みたいな青白い顔に無表情の仮面を貼りつけて足早に去っていく。

「……でもまあ、あの子に比べたら気まぐれな黒猫の方がまだ幾分かわいげがあるか」

つぶやいた言葉は、丹山の宵闇《よいやみ》に溶けて消える。

久我山くんは、翌日も吹き溜まりの隅でうずくまっていた。片付けで舞い上がった埃がふわふわ漂う中、今日はなにやら古いデスクトップパソコンを分解している。

放っておくわけにもいかないので、わたしは昨日と同じことを言いにいった。どいてくれない？　って。けれど、返ってきた久我山くんの返事も、昨日と同じだった。やだってさ。まるで進展がない。だから一つだけ、昨日と違う質問をしてみた。

「久我山くん、音楽は好き？」

彼は、手の中で音漏れしているヘッドホンをトントンと叩き、

「好きでなかったら聴かないよ。作曲とかもする」

ちょっと得意げにそんなことを付け加える。そういえばシンセサイザー使えるんだっけ。パソコンの山の隅っこに白と黒の鍵盤が見えた。

「じゃあさ……実際に本物の楽器を吹いてみたりとか」

「しない」

「でも、音楽好きなんでしょう？」

「ボクが好きなのは完璧な音楽だよ。今どき楽器の音なんてほとんどシンセサイザーで作れるんだ。それを利用すればひとりでもオーケストラが編成できる。ミス一つない演奏も、ね。それなのにわざわざ出来の悪い人間が集まってチグハグの音を繋ぎ合わせてパッチワークみたいにみすぼらしい音楽作って……いったいなにが楽しいんだい？」

そう言って、彼はまた耳に悪そうなヘッドホンを装着し、自らの世界に沈み込んでいく。

生の音の良さを、彼は知らないのかもしれないと思った。吹き溜まりにいる間中ずっと、あのヘッドホンをしているのだから。

どんなにヘタクソでも、自分で音を出す喜びってやつは格別だ。シンセじゃ絶対に味わえない。実際の楽器じゃ、音一つ出すのだって自分の思い通りになんていかないのだ。でも、たった一度の呼吸で長い長い小節を吹く息苦しさも、唇の形を作る試行錯誤も、複雑な指遣いにイライラするのも——そういった苦労の積み重ねが、演奏が終わって拍手をもらった瞬間、全部含めて喜びになる。音楽って、そういうものじゃないか。苦労して、苦労して、苦しんで、苦しんで、それでも最後にほんの少しだけ報われるのがうれしい。何かを好きって、きっとそういうことだ。運動部の誰かも言ってた。スポーツなんて苦しい練習が九割九分九厘《りん》で、報われる瞬間はほんの一厘なんだって。だけどその一厘のために九割九分九厘があるんだって。音楽だってそうだし、ひょっとすると人生だってそうなのかもしれない。やってられないね。そう考えると人間って、みんなバカだ。

でも、そのバカがいい。パソコン上で仮想の五線譜に電子のオタマジャクシをぽんぽん打ち込んで、それでどんなに精密で実物に近い音を作れるのだとしても、わたしはたとえ拙くとも人が吹くバカな音を聴きたい。久我山くんの音も、ちゃんと彼の息が混じった音として聴きたい。

別にどちらが優れているとか、そういう話じゃない。ただ単に、わたしの好みとわがまま。

♪

【パーカッション】
ドラム：夏目茜
【木管楽器】
フルート：一条亜希
フルート：玉木孝輔
クラリネット：石間達也
サックス（アルト）：三馬鹿・田中
【金管楽器】
トランペット：黒川竜太
トロンボーン：三馬鹿・鈴木
ユーフォニアム：三馬鹿・佐藤

現在の楽器担当一覧。伊庭と久我山くん、海田さんの名前は当然抜けていて、現状のメンツは八人。三人が加わってくれれば十一人だから、二桁《けた》の大台に乗る。合奏ってやつは、楽器ひとつ増えるだけで全然音の彩が違うんだ。コントラバスはさすがに厳しいだろうけど、チューバあたりが増えれば低音域にだいぶ厚みが出てくるし、見た目にも存在感がある。ちょうど今その二つの楽器が余っていて、誰かにやってほしいとは前々から思っていた。もちろん、もう一個余ってるクラリネットでもいい。やっぱり、人数はひとりでも多く欲しい。

でも、あんまり強引に引きずり込んだって、それじゃ一年前の繰り返し。自主的に「やりたい！」って思ってもらわないと、絶対長続きしない。夏目みたいに、やってもいい、くらいでもいいんだけど。

「久我山くんと海田さん、なんとかできないかな……」

海田さんはわたしたちが吹き溜まりに来るようになって以来、伊庭と同じく姿を消したままだった。図書室でも見たし、ここでも一度か二度見かけたけど、わたしたちが和気あいあいとしてるのを見ると、不機嫌に去っていくことが多かった。今はもう夏休みだから、学校に来る理由もないんだろう。

久我山くんは、吹き溜まりにはいるけれど自分の世界に没頭している。無理矢理引っ張り出したところで、きっとノイジーボーイズに馴染んではくれない。音楽そのものは好きそうだし、やってみたら絶対ハマる気はするんだけどな。

膝の上にアルヴァマー序曲の楽譜を広げたまま、お弁当の箸《はし》は一向に進まない。

「……なに唸ってんの」

唸りながら首をあっちこっちにひねっていたら、ひょいっと細長い影が差した。夏目だ。わたしは首だけ持ち上げて、相変わらず眠そうなのにどこか爛々《らんらん》としている黒猫の顔を見上げる。あくびをしていた。もう、人の気も知らないで。

「夏目はさ、もう少しチームに貢献すべきだよね」

つい、そんなことを口走ってしまった。

「なんだよ、急に」

「久我山くんのこと、なんとかしてよ」

夏目は目を丸くする。わたしは愚痴《ぐち》る。

「完璧な音楽が好きなんだって。今どきシンセでオケを再現できるのに、わざわざ不良が集まってチグハグな音を繋ぎ合わせて音楽作るのなにが楽しいんだって……そんなこと言われた。教えてあげたいけど、どうしていいのかわかんない」

「それで唸ってたのか。そんなん、いくらでもやりようはあるだろ」

えっ、とわたしはびっくりして膝の上から楽譜を落っことした。勢い任せの無茶ブリだったのに、そんなふうに応じられるとは思ってなかった。

「そうなの？　言っとくけど、脅しとか強引に引っ張り込むとかそういうのは」

「わかってるよ」

夏目は言って、わたしが落とした楽譜を拾い上げる。

「アルヴァマー序曲、ね。ちょっとこれ借りるぞ」

「いいけど……なにするの？」

「久我山をなんとかしてほしいんだろ？　まあ見てろ」

不敵な笑みを浮かべて、夏目はそれを手にしたまま久我山くんのところへ歩いていった。なにするつもりだろ、あいつ。

少し離れたところから見ていたら、夏目はいきなり久我山くんの頭をグワッと鷲摑《わしづか》みにして、目の前に楽譜を突きつけていた。なにしてんのあいつっ！　慌てて止めに入ろうとしたところで、夏目の声がぼんやり聞こえた。

「これ、シンセで打ち込め。全パート。できんだろ」

少年は一瞬顔をしかめて、それから慎重にうなずく。

アルヴァマー序曲を、シンセサイザーで打ち込ませようとしているようだった。あらゆる音は音量（Volume）・音高（Pitch）・音色（Tone）の三要素から成るとされ、それらを電気的に制御し音を作り出すシンセサイザーには、それらをすべて再現しうる可能性がある。つまり、どんなオーケストラの、どんな曲でも、理論上は再現できる。あくまで理論上、だけど。

「再現部だけでいい。やれ」

「なんのために？」

「上手くできたらこの場所そのまま使わせてやる」

そんな約束はしてないぞ。

「……もし嫌だと言ったら？」

「パソコン全部ブッコワス」

夏目はぐしゃっと久我山くんの顔面に楽譜を押し付けると、スタスタと去っていった（なんかデジャヴだ……）。残された久我山くんはあっけにとられたような、不機嫌そうな、とにかく夏目の背中を憎らしげににらんでいたけど、やがてヘッドホンを付け直すと、食い入るように楽譜を見つめ、なにやら高速でシンセを打鍵し始めた。

再現部……現在ノイジーボーイズが悪戦苦闘中の、第三部の木管地獄。そんなのシンセサイザーで打ち込ませて、どうしようっていうんだろう。

「夏目サン、久我山となに話してたんスかね？」

同じものを見ていたのだろう、石間に声をかけられた。

「ん、喧嘩売ってたみたいね」

「あの楽譜、お嬢のっスよね」

「うん。取られた……わたしが久我山くんなんとかしてって言ったら、夏目が持っていっちゃったの」

石間は呆れ顔をする。

「久我山のこと諦めてなかったんスか……諦め悪いっスね、お嬢は」

「うん、よく言われる」

それこそ諦め半分で笑いながら答えたら、石間はなんだかふてくされ気味に頭をかいていた。

「……ついでに、優しいっス。あんなやつにまで声かけて」

耳が熱くなるのを感じて、わたしは慌ててぱたぱたと両手を振った。

「そ、そんなことないよ。ただ、彼にも感じてほしいだけ。自分で音を出す喜びとか、みんなで合奏する楽しさとか、そういうのをさ。彼が好きだって言ってる音楽は、なんだか孤独で窮屈でもったいないなって思ったから」

「孤独、っスか……」

石間の視線は、同学年の丸まった背中に注がれていた。

黒川たちと久我山くんは、〝違う〟んだと思う。何がって言われると難しいけど。たぶん、黒川たちはここがちゃんと居場所になってて、でも久我山くんはそうじゃないとか、そんな感じの違い。久我山くんは吹き溜まりへ吹き寄せられてなお、コンピューターの世界に閉じこもって自分の場所を見出《みいだ》すのが精いっぱいなんだ。彼の見ている世界はきっと、文字や数字や細やかなドットが描き出すデジタルな次元で、そこには音も匂いも味も触覚も存在しない。ゼロとイチのモノクローム・ワールド。

石間は口を開けばこそ喧嘩腰だけど、そんな世界に引きこもる久我山くんのことをときどき気にかけている節があった。確かに一年生からあんなんじゃ、この先が思いやられる。すでに授業だって相当数をフケているみたいだし、このままじゃ留年一直線コース、タメとしては一応気にしてるって感じなのかな。

「まあ確かに、少なくともあの場所から出てきてもらわないとまともに話もできないっスからね」

最後の一言はやや皮肉げだったけど、裏を返せば話をしたいということなのかもしれない。石間も、見かけによらずけっこう優しいじゃん。


その日の練習が終わった直後、見計らったように久我山くんがわたしのところへやってきた。

「ん」

ぶっきらぼうに突き出してきたのは、一枚のコンパクトディスクだった。キラキラ光る記録面を、わたしはまじまじと見つめてしまう。

「……なに？」

「夏目に頼まれてたやつ。アンタに渡せって言われてたから」

そこで、わたしはようやく昼休みの一件を思い出した。

「えっ、もうできたの？」

「短かったし」

「すご……もっと時間かかると思ってた」

受け取ったディスクは、拍子抜けするほど軽かった。この中に、木管地獄として名高いアルヴァマー序曲の再現部が入っているなんて、とても信じられない。

「なんスかそれ」

と、石間が寄ってきたので、わたしはちらっと夏目の方を見やった。ドラムセットの中で寝てやんの。どうするのさ、これ。

「CD？　なにが入ってるんスか？」

「えっと、これは……」

「えっ、なに、なにか聴くの？」

　黒川が楽しそうにやってくる。それにつられるようにして玉木、田中、鈴木、佐藤……うつらうつら舟を漕《こ》いでいる夏目以外、みんな集まってきてしまう。あーんもうどうするんだってば、これ。

「……じゃ、ボクはこれで」

あっさり踵を返して帰ろうとする久我山くんの腕を、わたしは反射的に捕まえた。

「なんだよ」

「あの……これ、どうするとか聞いてる？」

「知るわけないだろ！」

「だよね……」

聞こうぜ聞こうぜと黒川がCDをひったくっていったので、わたしはため息をついた。そうだよね、CDなんだから聞くしかないよね。黒川が埃をかぶったCDプレイヤーにディスクを嚙ませていくのを、ぼんやりと見送る。ホント、夏目はなにがしたいんだろう。

「もういいだろ。離せよ」

久我山くんが鬱陶しそうに腕を振り払うので、わたしは手を放した——が、

「……待て。そいつにも聴かせろ」

のっそり身を起こしながらそう言ったのは、当の夏目だった。わざとらしくあくびをしながら、久我山くんを指差している。絶対起きてたな、こいつ。

「なんでだよ！」

「なんでもだ」

喚く久我山くんにまるで答えになってない答えを返して、夏目もプレイヤーのそばにどっかと腰を下ろした。どうやら彼の企みはまだ進行中らしい。

結局久我山くんはぶすっとしながらも残ってくれた。ノイジーボーイズの輪の中にいると、一層その小柄感が目立って変な感じ。属性が違うんだろうな、たぶん。でも、彼が人溜まりの中にいる光景はなんだか妙に安心感があって、ちらっと視線をやったら石間も心なしかほっとしたような顔をしてる気がした。これはこれでいいのかな。

プレイヤーに噛ませたディスクはややの沈黙を挟み、やがてオンボロのスピーカーからひび割れた音を吐き出し始めた。しばらく聴いて、わたしは、なんじゃこりゃ、と思った。アルヴァマー序曲屈指の難所と言われる再現部を、管楽器群が一音も漏らさず恐ろしく精密に吹き鳴らしている。すごっ。機械だからミスがないのは当然なんだけど、それでもすごい。頭の中に入ってる楽譜と、一分のズレもない。演奏速度の加減や楽譜に記載のある音楽記号まで、作曲者の意図が余すことなく拾われている感じ。個々の楽器の音色はサンプリングとかいうのを使ったらしいけれど、いずれもちゃんとその楽器の音に聞こえた。完璧すぎてちょっと人工的な感はあるけれど、思っていたほどの不自然さはまったく感じない。

黒川たちは、この音源がシンセサイザーだなんてきっとわかんないだろうな、と思った。みんな聴き入っちゃってる。玉木なんかは唖然《あぜん》としてる。石間は半ば呆れ顔で、反対に久我山くんの顔は今にも鼻が伸び出しそうな天狗《てんぐ》顔だ。

久我山くんが言うところの、出来の悪い人間《ノイジーボーイズ》がチグハグの音を繋ぎ合わせて作る音楽には決して再現しようのない、圧倒的な完成度だった。すごい。確かにすごい……んだけど……。なんとなく感じた違和感を言葉にできないまま、やがてスピーカーから流れ出る音が途切れ、周囲には沈黙が満ちる。

「確かに完璧だな。すごいすごい」

突然、嫌味ったらしい乾いた拍手が響いた。夏目だった。びっくりするくらい挑発的な態度に、一瞬みんなぽかんとした。

「な……なんだよその小馬鹿にした言い方！」

久我山くんが食ってかかった。

「別に馬鹿にはしてないだろ」

「してる！　まるで自分たちの演奏の方が全然いいけどおまえもまああすごいなみたいな言い方だ！」

「そんな具体的な言い方があるか……」

夏目はうんざりしたように久我山くんをあしらっていたけれど、よく見ると瞳が爛々と、イタズラを企む猫みたいに光っていた。

あの目をしょっちゅう向けられてるわたしにはわかる。あれは、エンギだ。

「すごいっつってんだろ、突っかかってくんな」

「その態度が気に食わないんだよ！　なんだよ自分で楽器鳴らせることはそんなにえらいのか！」

「そんなことは一言も言っていない」

「顔が言ってるんだよ！」

……それは一理ある。ちょっと悪い顔になり過ぎだよ夏目。

「そこまで言うなら、おまえらのもボクに聴かせてみろよ！　絶対ボクの音源の方が優れてるって、それでわかる！」

久我山くんがついにそう喚いた。夏目がわたしの方を振り向いて、久我山くんに見えないようにニヤっとした。ホント性格悪い。

「おーいリーダーサン。こいつがそう言ってるけど？」

やれやれ、とわたしはため息をついた。ひどい三文芝居をどうもありがとね。

まあ、やり方はともかくとして、彼がチャンスを作ってくれたのは事実だった。そうだ。最初からわたしが久我山くんに教えてあげたいと思っていたのは、彼が言うところのチグハグでパッチワークな、ノイジーボーイズの音楽の楽しさだったんだから。

それをわかってもらおうと思ったら、演奏を聴いてもらうしかない。感じてもらうしかない。肌がビリビリっとする、あの感覚をさ。

わたしはうなずくと、ノイジーボーイズの方に向き直って声を張り上げた。

「みんな準備して。アルヴァマー序曲やるよ」

アルヴァマー序曲、再現部。バイ、ノイジーボーイズ。アンド、ア、ガール。

さっきのCD音源に比べたら、お粗末なんてもんじゃなかった。普段から演奏速度は遅めなんだけど、夏目がさらに速度を落としてドラムを叩き始めたときは何事かと思った。でも結果的には正解。あんな音源聴いた後だから、みんな緊張してた。というか意識してた。音が強張《こわば》ってて、ときどきトーンが震えて、生まれたての子牛みたいな音だと思った。久我山くんもたぶんそう思っただろうな。これのどこがいいんだと言わんばかりにわたしたちをにらみつけてる。数秒に一回のペースで混じるノイズのようなミスを、鼻で嗤《わら》ってる。こんなハズじゃなかったって、わたしもちょっとテンパっちゃって、フルートの音をすかした。しゅこーって。

気が散るから目を閉じた。五感を耳以外切り離す。そうやって一心に自分のフルートの音だけを聴いていたら、ちょっとだけ心が落ち着いた。みんなまだまだ初心者に毛が生えた程度、しかも練習を始めて一ヶ月強のアルヴァマー序曲。どんなに上手に吹けたってそのレベルなんてたかが知れてる。大事なのは、上手なことじゃないんだ。プロだっていつも必ずミスなしでなんて吹けないんだし。毎回が違う演奏で、ミスもあるかもしれないけど、その一つ一つが等しく尊くて、そこには上手い下手よりもなんか大事なもんがあるんだと思う。今しか、わたしたちにしか、出せない音ってやつ。

フルートが平常を取り戻すと、夏目が耳ざとくテンポを上げた。タン、タタン、タタン。タン、タタン、タタン。小刻みなビートが、ついてこい、って言ってる。わたしは迷わず乗った。音の群れの中から、フルートとドラムが飛び出して、先頭を走り出した。

少しずつ、バラバラだった音が、まとまっていくのがわかった。やがて、その音色は熱を帯びる。みんながついていきていた。徐々に興が乗ってくるその高揚感に、胸が震えた。楽譜にはない、目には見えない、けれど確かにそこにある、もう一つのクレッシェンド。横倒しのV字が、どこまでも伸びていく。機械が生み出す音に、この気持ちが生み出せるだろうか。どんなに精密に作っても。どんなに本物に近づけても。決してたどり着くことなんてできないんじゃないだろうか。

いつしか久我山くんの瞳から、あざ笑うような色が消えていた。その瞳に、わたしは茜色の光を見た気がした。

思うんだけど、管楽器って、吹くとき、管の先から目には見えないシャボン玉が出てる。それは音符の形をしてて、天井や壁にぶつかって弾けると、そこら中にメロディーをぶちまけるんだ。そうやって空間に音が満ちてくると、不思議と景色まで変わって見えてくる。今も殺風景な吹き溜まりが、普段不愛想な不良少年たちの表情が、秋の木の葉みたいに鮮やかに楽しげに色づいて見える。久我山くんの目が映している茜色は、きっとそれだ。そしてそれは、彼のシンセの音源越しには決して見ることのできない色。モノクローム・ワールドにはない色。

どんなにヘタクソでも、人の出す音ってやつは温度を持ってる。どんなにミスをするとしても、人が、人の演奏する音楽――アナログな音色を求める理由は、そこにあるんだろう。デジタルじゃ代わりにならない。音って本当は四要素なんじゃないかな。四つ目の音の要素は、もちろん演奏者そのものだ。

やがて最後の音が途切れ、余韻《よいん》のようにすぅーっと反響が引いていった。

久我山くんははっとしたように顔を背け、ふんと鼻を鳴らして言った。

「ほ……ほら、ボクの音源の方がよっぽど綺麗だったじゃないか」

「……だろうな」

ぽつり、と夏目が答える。それから何か言いたげにわたしの方をチラっと見た。……訂正。なにか言いたげ、というより何か言わせたい感じだ。

「ええと……」

久我山くんと目が合った。何を言えばいいんだろう。

「ええとね……久我山くんが作ったこの音源は、確かにすごいと思う。シンセサイザーさえあれば、本当にどんな音楽だって再現できるんだね。素人が聴いたらきっと本物と区別なんてつかないよ。ホントにそう思う」

しゃべり出したら、なんとなく伝えたいことが見えてきた。

「……でも、実際には人間の吹く音ってのはそんなに単純じゃないんだ。三要素以外にもそのときの気分とか調子とか、ちょっとした気まぐれや偶然が手伝って、全然違う音になる。楽器の音っていうのは、生き物なの。当たり前だけどね、生きてる人間が吹くんだから。それは今ので久我山くんもわかったんじゃない、かな……？」

生きている音。ノイジーボーイズの出す音は、まさしく活きのいいとびきり元気な音だ。機械には再現しようもない、破天荒で奔放で、何物にも縛《しば》られない自由な音色。

さっき感じた違和感の正体がわかった。久我山くんの音源には、鼓動がない。ロボットみたいに正確無比で、綺麗で、だけどそこには心臓がない。シンセサイザーや久我山くんの技術が悪いんじゃなくて、本来人が吹いて音を出す楽器を、電子的に再現することと自体に無理があるってことなんだろう。

「ムラもあるしブレもある。それがいいの。パッチワーク上等。完璧さがすべてじゃないんだ。どんなにチグハグでも、ヘタクソでも、自分で音を出す喜びを知ってる人だけが生み出す音があるんだと思うの。そういうのは……えっと、あの、気を悪くしないでほしいんだけど、シンセじゃちょっと再現できないんじゃないかな。――少なくとも、今はまだ」

「……っ」

久我山くんの天狗の鼻が折れる様といったら、いっそ悲痛なくらいだった。

彼はきっと、何も間違ってない。音源もすごかった。すごい才能だ。ただ、音の世界は彼が思ってるよりもたぶん、広くて、寛容で、楽しい。完璧さなんて強要しない。

それを、知らなかっただけなんだろう。

そしてそれは、これから知っていくことができる。

「ねえ久我山くん」

わたしはそっと声をかける。

「一緒にやろうよ。自分で音を出すのって、すごく楽しいことだよ。思い通りにいかなくて、全然綺麗にできなくて、ミスもいっぱいする。でも、そういうのいっぱい繰り返してちょっとずつ、ちょっとずつ、できるようになるのが楽しい。ほんの数時間でこれだけのものを作れてしまうのはきっと素晴らしいことだけど、時間をかけてゆっくり作る音楽だって――それがどんなに拙いとしても――同じように素晴らしいものだとわたしは思うよ。そういう音楽も経験したら、久我山くんがシンセで作れる世界ももっと広がるんじゃないかな」

わたしもまた、間違ったことは言ってない……つもりだ。

「……うるさい」

でも、久我山くんには届かなかったみたいだった。鼻をへし折られた天狗は、顔を真っ赤にして勢いよく立ち上がりそう言った。

「ボクはッ！　楽器なんてやらないッ！」

「あっ、ちょっと久我山くん！」

「ついてくんなッ！」

鋭い叫びは、ほとんど絶叫だった。

転げるようにして吹き溜まりを飛び出していく小柄な背中を、わたしたちは茫然として見送った。夏目が素知らぬ顔で口笛を吹いている。

♪


翌日から、久我山くんは吹き溜まりに姿を見せなくなった。

隅のパソコンと配線コードの山は、結局そのままにしてある。本人がいない間に勝手にいじっていいものかわからないし、いじったとして元通りに戻せる自信もなかった。パソコンはからっきしだ。

吹き溜まりの片付けは続いている。椅子と机の運び出しはもうほとんど終わった。あとはロッカーとか跳び箱みたいな大物を運び出して、細かいゴミと私物の分別、そして最後に待っているのは大掃除。

刻々と暑さを増す八月初旬の熱気にうんざりしながらも、ノイジーボーイズのモチベーションは目下右肩上がりだった。毎日少しずつ、それでも確実に上手くなっていく実感……うれしいよね。わたしにも経験あるよ。何事も成長幅が一番大きい時期って、初心者の頃に訪れる。ゼロから一になる瞬間というのは、一が二になる瞬間よりもずっとうれしいもんだ。

そういうのが、大事なんだと思う。そういうことをいっぱい経験しておかないと、なんていうか、もったいない。高校時代って色々やっとかないと、後々なんか手遅れ感出てきそう。色んなことが、なにげないことが、全部ラストチャンスなんだと思う。

そんなことを考えながら練習後に吹き溜まりをウロウロしていたら、ふと奇妙なことに気がついた。吹き溜まりの隅にまとめておいたはずの三つの楽器が、二つになっていた。

「ねえ、ここにあったクラリネット誰か知らない？」

クラリネットとチューバとコントラバスが余ってたはずなんだけど。

知らなーい、と返事が返ってくる中、石間だけがなぜかびくっと身を竦《すく》ませている。

「石間、どうしたの？」

「なななんでもないっス。オレも知らないっス。あ、スイマセンオレ今日はちょっと用事あるんで早く帰るっス……」

そそくさと吹き溜まりを出ていく石間。なぜか自身のクラリネットも一緒に抱えて持っていった。自主練でもするんだろうか。

「わかりやすいやつだな」

夏目がなぜかそんなことを言っていた。わたしには全然わかんない。変なの。どうしたんだろ石間。

それから数日の間、石間は練習後に同じセリフを繰り返しては、そそくさとクラリネットを抱えて帰っていった。わっけわかんない。


久我山くんがいないまま、数日が過ぎた。

ここんとこチラチラと隅のパソコンを気にしてたら、ついに玉木にツッコまれた。

「気にしてんの？」

「気にするっていうか……ウン、気にしてる」

「あいつ、けっこうプライド高そうだったしなあ。傷ついたんじゃん？　まあ俺もいちじょーが言ってたことは間違ってなかったとは思うけどな」

「わたしもそう思いたいけどね……」

がくっとうなだれる。そうなのかなあ。やっぱり傷ついたのかなあ。生音のよさに気づいてもらいたかっただけなんだけどなあ。結局一年前とおんなじことやらかしちゃったのかなあ。……などと、ぐちぐち胸の内でぼやきを繰り返していたら、

「久我山は、傷ついてないだろ」

ぽつり、と通りすがる夏目がつぶやいて歩いていった。立ち止まらないのでわたし

は顔を上げて、

「どーゆう意味！」

猫背に向かって叫ぶ。振り向いた顔には、鈍い人間でも見ているかのような不愉快な表情。なによその顔。

「イガグリがなんで練習後にクラリネット持ってそそくさ帰ると思う」

イガグリって……石間のこと？ なんでかわかれば苦労しないよ！

夏目はやれやれというように頭を振った。

「練習後、あいつ追《っ》けてみろ。鈍いアンタにもそれでわかるだろ」

「何が？」

「それは自分で確かめろ」

のっしのっしと歩いていってしまう。いじわる、教えてくれたっていいじゃん！

「お、お先に失礼するっス！」

今日も今日とて石間はそそくさと荷物をまとめ、クラリネットを抱えて吹き溜まりを出ていった。

わたしはちらっと夏目の方を見る。目が合うと、彼は石間の後を顎でしゃくってみせた。行けってか。もう。素直に教えてくれればいいのに。

荷物を適当に鞄に突っ込んで急いで吹き溜まりを出ると、石間の背中が校舎の方へ消えていくところだった。あれ、校門の方行かないの？

「どこいくんだろ……」

人気のない校舎の中は、音がよく響いた。石間の足音は頭上を通過していく。階段を登ってるみたいだ。音からすると、三階まで。踊り場に響く足音が途絶えたところで、わたしも二段飛ばしに階段を登った。三階まで上がると、窓から差す夕焼けが廊下を淡く赤色に染めているのが目に入った。

そして同時に聞こえる、微かな楽器の音。

音の方向には、苦い思い出の染み込んだ音楽室があった。その場所から、二つの音が漏れ出している。石間がいるのは間違いない。漏れ出ている音の一つは彼のクラリネットだ。猛練習の甲斐《かい》あって、最初に聴いた頃に比べたら本当に上手になった。音が歌ってる。防音仕様の音楽室の壁をすり抜けてきた音符が、廊下でスーパーボールみたいに跳ねてる気がする。

それに比べて相方らしきもうひとりのひどい演奏ときたら。こちらもクラリネットだけど、とても同じ楽器とは思えないひどさだった。あの石間がいったいどこのどいつと二重奏なんて。扉の隙間から、そっと覗き込んでみれば……

「あーもうっ、上手くいかねっ」

「そうそう最初から上手くいったらこっちがたまんねえよ。オレだってまともに吹けるようになるには時間がかかったんだぜ」

「シンセで打ち込みゃ数時間で済むのに」

「おい、それは言わない約束だぞ。オレだって酔狂でオマエの秘密特訓に付き合ってんじゃないんだからな」

「わーってるよチクショウ」

ああ……なるほど。なるほどね。

やっぱり彼のタメ口は新鮮だなと思いつつ、わたしはそれ以上盗み聞きするのを止めて音楽室に背を向けた。これでクラリネット紛失の謎も解けた。どうやって知ったのか、夏目はこのことを言ってたんだ。ヤなやつ。もっと早く教えてよ。

そう思いつつ、口元が綻《ほころ》ぶのは止められなかった。あの日の演奏は、ちゃんと届いてた。無駄じゃなかった。その証拠に、モノクロームの世界を飛び出してきた彼自身のクラリネットに、わたしは今、確かにアナログの響きを感じている。

第四部　フリント・ノイズ

金管楽器の高らかな音色。木管楽器の滑《なめ》らかな旋律。乱れない打楽器のビート。綺麗に絡まり合った三つのパートが、楽譜の終止線に合わせてピタっと音を止める。金管楽器の朝顔《ベル》が揃って上を向いているのはなんだかカッコイイな、と思いつつわたしはフルートを下ろした。合奏の後特有の、ふわふわと心地よい余韻が吹き溜まりに広がっていく途中で、自然と野太い歓声があがった。

最初に同じ曲を聴いたのは、梅雨の頃のことだ。あれから二ヶ月弱、きっちりみっちりやってきた基礎が実を結びつつあった。まず金管楽器のソロがずいぶん綺麗に聴こえるようになった。タンギングで丁寧に区切られた音色は、ロングトーンとスケール練習で鍛えた甲斐もあって、以前よりもずっとしっかりして力強い。木管も打楽器も、みんな上手になった。基礎を押さえられた音は、やっぱり無鉄砲な音なんかよりもよく響いて、遠くへ届く。いい感じ、いい感じ。

基本はもうできてると思った。これからは基礎練の時間を少し減らして、曲の仕上がりを意識したパート練習を増やしていこうかな。最低限のラインには、乗ったんじゃないかな。

歓声の後、誰もしばらく言葉を発さなかった。なんと言っていいのか、わからないみたいだった。

「なんだなんだ、ずいぶん上手くなったな」

久しぶりに顔を出した平野が、代わりに感想を言ってくれて、ようやくみんなの顔にも笑みが浮かぶ。わたしは大いに満足して胸を張った。

ちょうど合奏をやってみたところだった。文化祭では最初から彼らが吹いている『上を向いて歩こう』、それから玉木推しの『スタンド・バイ・ミー』、最近特訓している『アルヴァマー序曲』あたりをやろうと思っていて、パート練習ではリップスラーやアルペジオといったトレーニングの後に、これらの楽曲を練習している。特に『上を向いて歩こう』は彼らにとっては成長を確認することのできる曲でもあるわけで、合わせてみたいとうるさかったのだ。まだ早いかなと思いつつ「じゃあやってみよっしれない。

か」と乗ってしまったのは、わたし自身、彼らの成長を見てみたかったからなのかも
「だろー。見たか、シゲちゃん！」

「俺らが本気出せばチョチョイノチョイよ」

調子に乗り出した黒川と玉木に、ゲンコツを一発ずつくれてやった。まだまだヘタクソなんだからあんまり調子乗らないの。

平野は微笑みつつも、なんだか落ち着かない様子でタバコに火をつけた。

「……なにそわそわしてんの、センセイ？」

「ん？……ああ、いや、あいつらも結局ハマっちまったんだなあって思ってな」

「音楽にハマらない人なんていませんっ。センセイも顧問なら、やってみればいいじゃないですか」

「オタマジャクシわからんっつってんだろ」

「彼らだって楽譜はそこまで読めてませんよ。わたしがつきっきりで、いつどの音出すのか教えてるだけで」

「若いってのはいいねえ。オジサンにはもうそんなことはできません」

「ええー。じゃあ……そうだ、指揮者でもいいですよ？」

「あいつら指揮なんて見るガラじゃないだろ。それにオジサンにはやっぱりそんなことはできません」

おどけて紫煙を吐き出すと、平野はまだ半分も減ってないタバコを携帯灰皿に押しつけて踵を返した。またそのパターンなの？

「禁煙しなよセンセー」

後ろから飛んできた玉木の声に、彼はふらふらと手を振るだけだった。しわだらけのシャツの背中。どことなく猫背。まあ、最近は姿勢いい人の方が珍しいけど。微かなタバコの残り香を置き土産《みやげ》に、その背中はすぐ見えなくなった。

「……玉木たちってさ、なんていうか、センセイになついてるよね」

「なついてる……っていうか、まあ恩は感じてるかな」

玉木の返答は意外なものだった。

「恩って？」

「んー、なんつーかこんな場所に吹き溜まってる俺らのこと、見捨てないでくれたっていうか。特にすごいことしてくれたわけじゃないんだけどさ、同じ目線でしゃべってくれる大人ってだけで俺らにしてみれば希少価値だったから」

「補習とかしてくれたこともあったよ。世界史以外てんでダメだったけど」

黒川が笑いながら口を挟む。

「授業サボっても世界史の成績だけは絶対落ちなかった。そりゃそうだよね、ふつーに授業受けるよりよっぽど濃い補習受けてんだもん。あとは……酒のウンチクとかも教えてくれたっけ。この国は大学生になったら二十歳《はたち》だとかなんとか言って、居酒屋の年齢確認誤魔化す手段いろいろ教えてくれんの。文化系サークルの女は呑ませちまえばチョロいとか。勉強になったなあ」

「無駄な知識ばっか増えたよな」

「変に物知りなんスよね、センセー」

「でもセンセーのおかげで世界史の赤点だけは絶対まぬがれんのな。去年の期末なんて他の教科の点数全部足しても足りなくて笑ったわ」

ちょっと置いてけぼり感を覚えつつ、わたしは彼らの会話を聞いていた。

以前平野から聞いていた話ではあったけど、当人たちの口から聞くとまた少し違った印象を受けた。文字通り、なついている、っていうか、恩を感じている、みたいな。

こいつらは、数年後にはあのズボラ教師を恩師と呼ぶんだろうか。

想像してみて、笑ってしまう。

とてもおかしいのに、不思議としっくりくる画だったから。

いつのまにか、吹き溜まり隅のコンピューターブースは解体されていた。あれ以来姿を消したままの久我山くんがこっそり片付けたのか、それとも石間がやったのか、いずれにせよある日来てみたら綺麗さっぱりなくなっていた。パソコン自体は舞台側の隅っこにいくつか移動されていたけれど、数自体は少ない。おかげで吹き溜まりの片付けは一層促進されることとなった。

その日、みんながガタンゴトン音を立てながらモノを運び出していく中、わたしはひとり壁際でウンウン唸りながら背伸びしていた。

「うん……しょっ！」

身長百五十七センチ。ほぼ高二女子の平均身長。まあどっちかって言えばチビ。背の順なら前から数えた方が早いもん。高いところに刺さってる画鋲《がびょう》なんか取れやしないわけよ。海羽なら届くかな。

「んー……しょぉっ！」

そう思いつつも背伸びする。吹き溜まりの壁に突き立った数個の画鋲は、かつてはなにかしらのポスターを留めていたのだろう。でも今は千切れた紙の端切れが画鋲に縫《ぬ》い止められているばかりで、見てくれが悪かった。こういうのは気になる性分だ。

「んーっ」

「チビなんだからムリすんな」

不意に声がしたかと思うと、頭の上からぬっと手が伸びてきた。わたしが取ろうとしていた画鋲を摘み取ると、ぽかんとしたわたしの手のひらにそれを落っことしてくる。夏目だった。相変わらず眠そうで無愛想な顔。この夏でさらにぼさっとしてきた黒髪が目元を暗く見せてますます人相が悪い。でもたまに今みたいに優しいときがあって、そういうときのこいつはやけに色っぽく見える。背が高いって卑怯《ひきょう》だ。

「あ、う、よけいな、うにゅ……」

変に慌ててしまって、妙な声が出た。

「そういえば、海田の居場所がわかったぞ」

「にゃ？」

唐突だったのでテンパったまま返事をしてしまった。海田さんの居場所？

「……なんだよそのマヌケ面」

「な、なんでもない。なに、それでわたしにどうしろっていうの」

「音楽バカなアンタのことだから、知りたいんじゃないかと思っただけ。メンバー増やしたいんだろ？　……ほら、これで全部」

「わっ……」

以前チームにもっと貢献すべきとか説いたから、彼なりに協調的になっているのかしら……とか思っているうちに他の画鋲も全部抜かれてしまっていた。ジャラジャラと手の中に落とされる画鋲をふくれっつらでにらむ。素直に喜べない。

「なにブサイクな顔してんの」

「う、うるさい！」

もうペース乱されっぱなしだ。なんだかニヤニヤしてる黒川に画鋲の入ったケースを投げつける。去っていく猫背にヤケクソでお礼を叫んだりして——ああもうなんだか自分だけが空回りしてるみたいでバカみたい。やんなっちゃう。

夏目は重たそうな長机をひとりでひょいと抱えると、危なげもなく講堂を突っ切って外へ出ていった。その猫背をぼーっと目で追っている自分にはっとする。頭をぶんぶん振る。

「くそぅ、なんであんなやつに心を乱されにゃいかんのだ。平常心平常心……」

「おい、いちじょー」

「ひゃあっ！」

びくっとして振り向いたら、真後ろに玉木がいた。

「あ、ワリィ」

「わわわワリィじゃないよびっくりしたじゃん！」

「そんなに驚くと思わなかったんだよ」

玉木はふてくされて、頭をかく。

「……その、おまえ、海田さんも誘いにいくつもりなのか」

「ああ、聞いてたの……」

夏目にはあんなふうに言ってしまったけど、彼の言葉は図星だった。次に海田さんに接触できたら、とにかく声をかけてみようとは思っていた。久我山くんのときみたいに上手くいくとは限らないけど、フラれるのが怖いからって逃げてたら何も始まらないし。

「海田さんは……きっと難しいぞ」

「ウン、わかってる」

ヤンキーを吹奏楽に誘うってだけで難易度は天井知らず——そういう意味だと思ったんだけど、玉木は首を横に振った。

「わかってない。おまえ、なんであの人が俺らがブラバンやるようになってからここに来なくなったか知ってる？」

「知らない……あ、音楽嫌いなんだっけ？」

「単純な好き嫌いの問題じゃねーんだ、あの人は……」

少年は呆れたようにため息をつく。なんだか見慣れた仕草。わたしって、どうしてこう呆れられやすいのかしら。「学年イッコ上ってこともあって俺も詳しくは知らねーけど」と前置きしたうえで、玉木はちょっと声を潜めてこう言った。

「……海田さん、昔中学フォークソングの界隈《かいわい》でちょっとした有名人だったらしいんだよ。けどなんかワケありでやめちまったって。そういう〝キライ〟ってさ、普通に嫌いなのよりもずっと面倒なもんだろ」

「ふぉ、フォークソング？」

突然の情報に目を白黒させる。あ、でもそういえば前に図書室で音楽系の棚見てたっけ。

「リコーダー死ぬほど上手いんだって。今の姿見てると想像できねえよな。中学ン頃は今みたいにヤサグレてなかったらしいけど」

「ああ、その話ならオレもう少し詳しく知ってる」

段ボールを運んでいた黒川が首を突っ込んできた。

「ヤサグレちゃったのは、周囲と上手く折り合いがつかなくなったからだって聞いたよ。技術的な差がそのまま人間関係の距離にも出ちゃった、みたいな？　海田さん人間関係不器用そうだしね。最後はほとんど部を追い出される形になったってハナシ。それでエネルギー持て余して夜の町うろついてるうちにヤサグレたって。まあ元々荒っぽい性格ではあったらしいんだけどね。あのガタイだし」

「わかりやすっ。けど、ある意味伊庭よりかずっと厄介かもしんねーな。天才ゆえの苦悩なんて共感もできねえや」

「そうなんだぁ……」

危機感のないわたしの様子に呆れたか、玉木は再びため息をついた。

「いいか、おまえが音楽のこととなると無我夢中になるバカだってことはもうわかってるけど、あんま首突っ込み過ぎるとヤケドすんぞ。自分でこんなこと言いたかねえけど、不良って呼ばれるってことは、そいつがなにかしら良くないもの持ってるってことだからな。海田さんにしたって、俺にしたって、竜太にしたって、だ」

玉木にしては珍しく真剣なお説教だったので、目をぱちくりさせてしまった。

「……心配してくれてるの？」

少年は再び頭をがしがしとかいて、

「心配つーか。不安つーか。おまえ、海田さんから一番嫌われそうなタイプだと思うから。下手に傷つくくらいなら、最初からやめといたほうがいいんじゃねえかって思っただけ。久我山ンときだって、変にちょっかい出して嫌われてへこんでただろ」

一番嫌われそう、か。確かに好き嫌い分かれそうな性格してるよね、とはたまに言われる。それでも、たぶんわたしは海田さんに声をかけるだろう。玉木の言うとおり、音楽のことととなるとバカだから。それに海田さんがあのとき図書室で探していたのがフォークソングの本なのだとしたら、一概に〝キライ〟になったと決めつけるのは早い気がする。

「海田さんに会うことがあったら、気をつけるよ。ありがとね、玉木」

結局笑ってそう返すと、玉木は照れ隠しのように鼻を鳴らして去っていった。黒川に肩をぽんぽんと叩かれて鬱陶しそうにはねのけてる。まったく、素直じゃないんだから。

第二回の作戦会議は、閑散とした校舎の一画、二年三組の教室で行われた。吹き溜まりにはクーラーがないので、練習じゃないときくらい文明の恩恵にあずかろうというワケ。茶処ホオズキも検討したんだけど、最近いつも混んでるからやめといた。夏だからカップル多いんだよね。知った顔とかもいるから居づらい。あと長時間居座ってると店長ににらまれる。

参加者はわたし、夏目、黒川、玉木、石間、三馬鹿の八人。

「なんか話し合うようなことあったっけ？」

と、玉木が暇そうにコーラの缶を傾けながら言った。

「えーっとね。完全にわたしのワガママなんだけど、クラスTシャツみたいなの作りたいなって思って」

一瞬みんなの頭上に疑問符が浮かんだ。こいつらクラスTシャツも知らないの。

微妙な沈黙の後、黒川がぽんと手を打つ。

「ああ、クラTね。そういえば去年一組で作ったっけ」

「なにクラTって」と、玉木。

「クラスTシャツ。ほら、文化祭で同じクラスのやつが同じ柄・同じ色のシャツ着てたりするじゃん。宣伝効果とか団結効果狙ってさ」

「ああ、あれか……へえ。ああいうのって作れるもんなの？」

「ひとり千円も出せばそういう会社がやってくれるんじゃないの？　オレよく知らな

いけど……」

「わたしの記憶もちょっと曖昧だけど……今時インターネットで発注からデザインの指定までできるみたいだよ。去年ウチのクラスで作った子がそんなこと言ってた気がする」

「じゃあ、一応備品担当だし、これはオレの仕事っスかね。知り合いにパソコン強いやつもいるんで」

知り合いねえ、とわたしはニヤリとする。

「お金はどれくらいかかるのかな」と、黒川。

「一枚千円もしないでしょ。予算下りないから個人出費だけどね」

「じゃあ、オレが集金するっス。ちなみに枚数は？」

「ここにいる八人分で八だろ」

玉木の言葉を、すぐさま石間が訂正した。

「あ、九枚っスね。その、予備っス。備品係っスからね、そこんとこはきっちりと」

「じゃあ、十だな」

これは黒川。疑問の視線を向けられると、ニヘラと笑って「シゲちゃんのぶん」なんて言う。センセイか。まあ一応顧問だし、本人からお金とるんならそれは構わない。

「十一」

意外にも、夏目が言った。思わずそっちを見ると、目が合う。

「リーダーサンが海田を勧誘するんだと。だから十一。万が一来なかったらその分はコイツが払うって」

「ちょっと！　そこまでは言ってない！」

「海田さんかあ……可能性薄いと思うけど、じゃあ、とりあえず十一……」

「十二！」

最後にそう叫んだのは、もちろんわたし。

「十二にしといて。ええと、その、予備の予備として」

「なんだよ予備の予備って。まだ久我山でも誘うつもりなのか？」

「それはイシ……なんでもないっ。あー、その、二人くらいは失くす人いそうだなっていうわたしの読み、です」

「……わかったっス。じゃあ十二枚で。デザインとかは話し合って決めるっスかね。目途がついたら集金かけるっス」

石間が言って、この話は打ち切られる。

「お金といやあ、こっちもいくつか欲しいもんあるな」

玉木が次の議論の口火を切った。

「ガムテープみたいな消耗品。こればっかりは買わないとダメだろ。他にも模造紙とかいるんじゃねえの？」

「あ、そうそう広報用に画用紙とかも欲しいんだけど」

黒川もそう言って、それから思いついたように手を打つ。

「Tシャツのデザインになんかロゴっぽいの入れてさ、それとおんなじのチラシに入れたらなんかカッコよくね？　女の子ってそういうの好きだし」

「おおー！　なんかいいっスね！　こう、男っぽい感じでいっそ学ランみたいな」

「「「却下」」」

なぜか三馬鹿から全否定を食らった石間はいたく憤慨して、トリオにつかみかかっていた。静かにしてよ職員室近いんだから。

「……ホントに十二枚でいいのか」

騒ぎの中でぼそっと、夏目が耳打ちしてきた。十二枚目が誰のものなのか、彼にはお見通しみたいだった。

「いいの。ムリでもやる」

「大概にしろよ。ヤケドで済まないことだってある」

ポン。肩に残った小さな重みに、珍しく気遣いを感じた。

♪


八月中旬。練習がオフの日、夏目に連れられてわたしは商店街に来ていた。海田さんの居場所というのは、意外なことに茶処ホオズキなんだと。わたしたちもたまに行くけど、今まで遭遇したことはなかったぞ……という疑問を口にしたら、ばーかと言われた。

「表じゃねえよ。裏でバイトしてんだって」

「ば、ばいとっ？」

「この時期は毎年らしいぞ。店長と知り合いなんだって」

「へえ……っていうか、そういう情報どこで仕入れてくるの」

「店長とは俺も知り合い。そうでなきゃ今日だってアンタのお守りなんか引き受けない」

「ああそうですか！」

そりゃどうもありがとうございました！

お店の前には、普段は見ないブラックボードの看板が置かれていた。やけに精緻《せいち》なサックスのイラストは店長作だろうか。夜からジャズの生演奏があるんだって。ホオズキが不定期にジャズバンドを招いてジャズ喫茶をやっているという噂は、わりと最近出回り始めたものだった。

「興味あんの？　ホント音楽のことしか頭にないのな、アンタ」

「うっさいばか！」

こいつホントわたしにいじわるでヤだ。

ツンケンしながら喫茶店の扉を押し開ける。ジャズ調のＢＧＭ流れる涼やかな店内には、丹高のカップルっぽいのがちょいちょい。わたしたちもそういう目で見られるのかと思うとなんかフクザツ。強面の店長と目が合うと、露骨に嫌な顔をされた。こないだの、まだ根に持たれてるのかな。以前作戦会議で長々と居座ったら「おまえらがいると客が逃げる」って怒られたのだ。

「またおまえか。あんまり店内で騒ぐんじゃねえぞ……っていうか、なんだアカネ、おまえの女だったのか」

「アカネって呼ぶな。あと、俺の女じゃない」

「わたしの男でもありません！」

「ああそうかい。ご注文は？」

けっこう憤慨だったのに、さらりと流されてしまった。わたしはぷりぷりしつつ、

「アイスコーヒー。ブラックで」

「俺も」

思わず顔を見合わせる。

「うわあ……なに大人ぶってんの」

「人のこと言えた義理か。おまえブラック飲むときすごい顔するって玉木が言ってたぞ」

最近少し好きになってきたんだよ！

「アイスコーヒー二つね、あいよ」うなずいて、店長はカウンターに引っ込んでいった。視線でその背中を追うと、カウンターの奥に扉があるのが見えた。その向こうにはおそらく厨房《ちゅうぼう》があって、海田さんはそこで働いているんだろう。どうにか会わせてもらわないと。そのためにわざわざこいつを連れてきたんだし。

「お待ち」

店長がドリンク二つを置いて去っていく。

キンキンに冷えたこげ茶色の液体を、宣言通りブラックのまま、ずずずっと啜《すす》った。

コーヒーの味はよくわからないけど、とにかく苦い。香ばしい気もする。美味《おい》しくはないね。でも少し好きっていうのはウソじゃない。美味しいと好きは共存しやすいけど、ペアじゃないんだ。わたしと夏目が一緒にいるのとおんなじ感じ。マズイんだけど、嫌いじゃない。そんな感じ。だからなんだって話だけどさ。

なんだか急に恥ずかしくなって、わたしは向かいの夏目の脛をつま先で蹴っ飛ばした。ロックアイスがぷかぷかと浮かぶ手つかずのコーヒーを、なぜが渋い顔でにらんでいた少年は、痛そうに顔をしかめた。

「なんだよ」

「なんのためにアンタ連れてきたと思ってんの。取りついできてよ」

「コーヒーくらいゆっくり飲ませろ」

そう言うので待ってやったら、ストローで啜るたびにものすごく苦い顔をしていた。あげく「……にが」とつぶやいて店長のところへ行き、ガムシロップをもらってくる。結局ミルクもずいぶんたくさん入れていた。タバコのときといいなにがしたいのかしらね、彼は。大人ぶって失敗してる感じ。すごいカッコワルイ。

やがて空になったマグをコトンと下ろすと、夏目は満足げにうなずいた。

「よし、行くか」

わたしはもう一度彼の脛を蹴っ飛ばした。

「よしじゃないよ！　苦手ならブラックで頼むな！」

わたしよりも全然苦手じゃないか！

「いてーだろ蹴るな」

「蹴る！　何度でも蹴る！」

「仲良いなおまえら」

「〜〜〜っ」

店長にまでどこかで聞いたセリフを言われて、わたしは三度夏目の脛を蹴っ飛ばした。


夏目の口利きで入れてもらった厨房内で、海田さんは洗い物に勤しんでいた。派手めの茶髪と細い眉毛、吊《つ》り上がり気味の目、見るからにヤンキー面で大柄。伊庭以上に厄介と玉木は表現していたけど、容貌も伊庭以上に威圧的だ。黒川たちが楽器を持つ姿もかなりシュールだと思ったけど、喧嘩番長風がキッチンでカップを洗ってるっていうのも結構すごい。笑えないけど。

わたしたちが入っていくと海田さんは顔を上げ、まずわたしを見て怪訝そうな、それから夏目を見て不機嫌そうな顔になった。

「……なんだ？」

「俺は別に。用があるのはコイツです」

と、夏目はぐいっとわたしのことを押しやる。ちょっと待って待ってまだ覚悟が。

「店長とのパイプ利用されてんのか。お互いこき使われてるらしいな」

海田さんは、夏目に向かって口の端をひん曲げて笑った。見慣れた笑い方だ。夏目もよくやる。表の店長が地獄耳なのか、「なんか言ったかぁ？」と顔を覗かせるのに首を横に振り「なんでもありませんよ」と平然と答える——そのときはちゃんと外行きスマイルだったけど、あんまり好感じゃなかった。

店長の首が引っ込むと、海田さんの目が再びわたしを見た。

「おまえは確か……」

「い、一条亜希です」

どもりながらわたしが名乗ると、海田さんは鬱陶しそうに鼻から息を吐いた。

「ああそうかい。で、オレになんか用？」

「あ、ええと、その、わたし今、吹き溜まりで吹奏楽やってるんですけど、あ、一応わたしが部長で、その」

「一応な」

茶々を入れてくる夏目の足を踏んづける。変にビビっちゃって舌が回らなかったのが、それでちょっと吹っ切れた。

「ごほん……わたしがリーダーで、ノイジーボーイズっていうブラスバンド組んでるんです。みんなもうだいぶ楽器吹けるようになってきてて、合奏も聴けるようにはなってきてて、それでもしよかったら海田さんにも……」

「断る」

「まだ何も言ってないです！」

ほとんど言いかけたけどさ。

「顔に書いてあるわ。〝おまえもやれ〟って」

「う……書いてあるかもしれないですけど、それは無視してください」

くせというか、たぶん黒川たちが言うところのギラギラが出ちゃうのだ。

「む、無理強《じ》いするつもりはないんですけど、とにかく一回聴いてほしいなって思って。仮入部みたいな感じでもいいので……」

海田さんは手をひらひらと振った。

「そういうの、オレには向いてない」

「む、向いてるかどうかで言ったらこいつだって向いてないですよ」

わたしは夏目をわざと人差し指で指した。

「でも、夏目のドラムはノイジーボーイズにとってかけがえのない音です。みんなだって正直音楽に向いてるとは思わない。黒川は勝手だし、玉木は音痴だし、石間はリズム感ないし、三馬鹿なんてどんなに注意したって三秒後にはおんなじミスをします。それでも、みんながいるからノイジーボーイズの音になるっていうか……」

「そりゃけっこう。なおさらおまえらだけでやんな」

取りつく島もない人だな！

「久我山くんだって、参加してくれる予定なんですよ。残ってるのは海田さんと、伊庭くんだけです。わたしは、伊庭くんも誘うつもりです」

「大概にしろっつってんのに……」

「夏目は黙ってて」

わたしは海田さんをまっすぐに見る。もう遠まわしに言うのはやめだ。

「昔、フォークソングやってたって聞きました。リコーダーすごく上手だったって。でもキライになってやめちゃったって。本当にそうなんですか？　わたしには、ちょっと信じられないです。だってそんなに思いのままに吹けたら、絶対楽しいじゃないですか」

「めんどくせえ女だな……」

はぁ、とまたあからさまなため息をつかれた。海田さんの瞳には、ぼやけたわたしが映っている。濁った瞳だった。いつかの夏目の目によく似ていた。

「誰もがおまえみたいに、考えなしに音出せるわけじゃねえんだよ。オレはもう音楽はやらねえ」

お店を出る頃には空が赤く染まっていた。やや重たい足取りで、わたしは店を後にする。

──オレはもう音楽はやらねえ。

海田さんに言われた言葉が、耳の奥にこびりついていた。事前情報として知ってたことなのに、あの人の過去を聞いてしまった今は、それがひどく嫌な響きを帯びている。甘く見てた。知らなきゃよかったとさえ思った。

話してくれたのは、意外なことに店長さんだった。海田さんとは、実は遠い親戚なんだって。そういえば目つきとかちょっと似てる。厨房での会話を聞かれていたらしくて（本当に地獄耳だ）、フロアに出て目が合うと『昔は部活やってたんだけどな』と向こうから話しかけてきた。フォークソングでしたっけ、と確認すると『なんだ、知ってんのか』とぶつぶつしゃべり始めたのだ。

——そう、中学の頃はもうちょいかわいげのあるやつだったんだよ。小学校の頃からリコーダーが上手くて、中学じゃその腕を買われてフォークソング部に入ったってんだからびっくりすんだろ。今のヤサグレっぷりからは想像もできねえ。俺も聴いたことあるが、確かにアレには舌を巻いたな。そりゃあ規模をでかくみりゃあのくらいの才能は掃いて捨てるほどいただろうが、間近で見ちまうと天才としか言いようがなかった。けど、だからこそあいつの音は合奏になるといつも際立ちすぎるというか、浮いてるように聴こえちまうんだよな。フォークソング、なのにメインがリコーダーになっちまってるんだよ。あいつ自身、皮肉としてそういうことはけっこう言われてたみたいでな、周囲からはだんだん疎まれるようになってたらしい。

結局徐々に熱を失って、中学卒業する頃にはやめちまってた。理由を聞いたら「飽きた」っつってたが……ありゃあ、意地だな。本当は悔しかったろうよ。ちょっとばかし、成長が早すぎたのだけが不幸だった。グレてからのあいつは、完全に八つ当たりだよ。別に音楽そのものに恨みがあるわけでもないだろうに、それに対してやたら過敏に反応するようになった。毎年夏になるとここへ来て、まるで夏の間耳に入るすべての音を遠ざけるみたいにキッチンに立てこもるのさ。アレルギーみたいなもんかもしれん。俺がジャズ喫茶をやり始めたのはな、実を言うとあいつのためなんだ。無理矢理にでも音楽に触れさせてたら、ちったあショック療法になるかと思ってよ。まあ、今のとこ商売の役にしか立ってないがな――

「あんま考え込むなよ」

思い出していたら、夏目が声をかけてきた。

「アンタがなにしたわけでもないだろ。海田がグレてんのはどこまでいったってあいつ自身の利己的な理由だよ。別にへこむようなことじゃない」

夏目に言われると、なんだか顔が熱くなる。胸の内を見透かされたみたいで。

「別にへこんでない……」

大ウソ。またなにも知らないのにずかずか踏み込んで、海田さんを傷つけてしまったんじゃないかって、ちょっとへこんでた。自分と音楽観が違う人間がいて当然なのに、わたしはときどきそれを忘れてしまう。バカ。成長がない。そもそも、平野に頼まれただけのただの音楽指導のくせに、首を突っ込み過ぎなんだ。自分でもわかってる、玉木にも夏目にも言われたし。本来の役割は彼らに音楽を教えるだけで、たとえば久我山くんに生音の素晴らしさを教えるとか、海田さんに音楽の楽しさを思い出してもらうとか、そういうのは本分じゃない。それはむしろ教師の領域で、平野の仕事。でも、でもさ……胸の内の言い訳がしつこくて、自分でも嫌になった。そのまま考えていたら思考がショートしそうだったので、口に出した。

「……わたしってバカかな」

「何を今さら」

と、夏目が即答するので、ムッとしてその猫背をにらみつける。

「悪かったねバカで」

ぷん、と顔を背ける。夏目も、本当はわたしに声かけられるの疎ましかったのかな。

「……でもまあ、そのバカに救われたやつもいるんじゃないの」

意外な言葉が飛んできて、思わずわたしはもう一度その背中に視線を戻した。振り向かない夏目の背中が、夕日を受けて温かい茜色に染まっていた。

「誰のこと？　もしかして夏目？」

「ばーか。俺もアンタの音楽バカにはうんざりしてるよ」

振り向いた夏目の顔はなぜか笑っていて、わたしはドキッとする。その顔、反則だ。

普段愛想のない黒猫がじゃれてきたときみたいに、胸がドキドキした。こいつと一緒にいるのはなんだか心臓に悪い。

♪

夏真っ盛りの吹き溜まりは熱っぽい。ただ単に気温の問題じゃない。少年たちの体から吹き出す熱意みたいなものが、実際に熱を持って吹き溜まりを満たしている。そんな感じの暑さ。

ノイジーボーイズの練習は、ここんとこ日に日に苛烈《かれつ》さを増していた。その熱の入りようといったら、最近じゃちょっと異常なくらいだ。今まで吹き溜まりに置きっぱなしにしていた楽器を持ち帰って、家でも練習してる。午後の練習時間を少しでも増やすために、午前中の片付けはなるべく早く終わらせようとする。夜は夜で、用務のおじさんに追い出されるギリギリまで練習したがる。それだけなら熱心で片付くけど、どうにも彼らは焦ってるみたいだった。上手くいかないと、イライラするのをよく見るようになった。楽譜を食い入るように見つめている眼差しには、鬼気迫るものがあった。まあ、暑さのせいもあったのかもしれないけど、やっぱりちょっと変。

そういうのを見ていると、最初からずっと疑問だったことが、ふっと頭の中に浮かぶことがあった。どうして彼らは、音楽をやりたいなんて言い出したのか。

黒川の言葉を借りれば、それは「ヤンキーが音楽？」なんて疑問を世界から失くすため。でもそんなの冗談だってことくらいわたしにもわかる。

平野の言葉を借りれば、持て余していた情熱が、若さのエネルギーが、音楽に傾いただけ。でも本当にそうなんだろうか。

何か理由があるのだと思った。わたしが知らない、吹き溜まりの秘密が。

ついに久我山くんが練習に来た。驚きと疑いの眼差しを向けられて、じゃあ聴けよと演奏したクラリネットはわりとマトモで、初見のみんなは目を丸くしていた。石間との特訓の結果、ある程度のレベルまでは上達したらしい。得意げな石間の顔に、事情を知っているわたしはちょっと笑ってしまったり。

二本目のクラリネットを迎え入れ、これでメンバーは九人。合奏も始まったので、楽器の配置についても少し講義した。

「こないだの合奏のときにも少し説明したけど、オーケストラって楽器の位置が決まってるんだ。音の大きい楽器ほど後ろで、音の小さい楽器ほど前。具体的には、前から順に弦楽器、木管楽器、金管楽器って感じかな。打楽器は基本的に端っこの方。そうやって音量のバランスを取ったり、指揮者が見やすいようにしてるの」

「だからオレ後ろの方なのかあ。ちょっとがっかり。木管の方がよかったかなー」

トランペットの黒川の配置は、当然後列だ。

「まあウチは九人しかいないからアレだけど、規模の大きいオーケストラになるとこの配置次第で全然聴こえ方違ってきたりするの。もちろん例外もあって、ソロの奏者とかがいるときは、たとえその人が金管でも指揮者のすぐそばに置いたりする。独奏は他の楽器の邪魔しないから、って意味もあるだろうけど、やっぱりメインは目立つところに置きたいしね。他にもコンサートホールの構造的に横に拡がっちゃったり、縦に拡がっちゃたりっていうのもあるかな。まあ、よほどの理由がない限り、黒川が最前列にくることはないっていうのは確かだよ。トランペットは音で言えば一番目立つ楽器だし、迫力もあるから」

「えぇー」

ぶつくさ言いつつも、まんざらでもなさそうな黒川だった。

ここんとこの練習は、呼吸法、ロングトーン、スケールとこなして、金管、木管、打楽器に分かれてのパート練習、それから全体での合奏の流れで統一されている。合奏の中で見えてきた各々の課題を話し合い、それをもとに再びパート練習、そしてまた合奏。繰り返し、繰り返し、穴を潰して、タイミングをはかって、合わせるたびに新しい課題を見つけては修正、その繰り返し、繰り返し。成長の曲線は緩やかになりつつあって、ここからはもう地道な世界だ。上手い人を見て盗み、あるいは地道に時間をかけて、ゆっくり、ゆっくり、登っていくしかない。

今から始めても、追いつくのは大変だろうなとわたしはぼんやり思った。海田さん、いくらリコーダー上手だからといって、ブランクもあるだろうし、それにあの人に吹いてもらいたい楽器は金楽器《チューバ》だ。

そう、あれだけきっぱり拒絶されているのに、わたしはまだ彼のことを諦めきれずにいた。しつこい。そういう部分が、相手を不快にさせることがあるのをわかってるくせに、それでもなお諦めが悪い。ちょっと自己嫌悪。ホント、我ながらめんどくさい性格してると自嘲してしまう。

休憩時間に膝を抱えて吹き溜まりの隅っこでうつむいていたら、誰かがやってきた。

「ン」

何か突き出してくると思ったら、紙パックの牛乳。夏目だ。

「最近みんなイライラしてるから。黒川と買ってきた」

のんきに言って、自分もストローを咥える。

「……ありがと」

受け取っても、あんまり飲む気はしなかった。足の間にそれを置くと、またうつむいてしまう。足元に古いリコーダーが転がっていた。そのくたびれた感じは、なんだか今のわたしに似ている気がした。

「……アンタはイライラっていうか、疲れてる感じだな」

どかっ、と隣に夏目が座る気配。あんたは心でも読めるのか。わたしは顔を上げないまま、ちらっと横を見る。練習中はだいたいみんなTシャツに着替える中、ひとり制服のまんまで練習する夏目は、汗ばんだワイシャツを肩までまくって、白い二の腕をさらしている。

ドラマーの腕だ、と思う。特にごついわけでもない。めちゃくちゃ筋肉質ってわけでもない。でも、目に見えない部分にきっと、ドラムを叩くための筋肉がちゃんと発達してて、それが発するオーラみたいなもんがわかる。気がする。

気がつくと手を伸ばして突いていた。思ったよりやわらかい……と考えたところではっとして手を引っ込める。夏目が変な顔をしてこっちを見ていた。

「なにしてんだ」

「な、なんでもないっ。その、ドラマーの腕だな、って思って」

「わかんの」

「……わかんない。なんとなく」

わたしはだるい気持ちで顔を上げる。牛乳に付属のストローを差し込むと、チョロチョロとすすり始める。

「……ホント音楽のこととなるとバカだな、アンタは」

呆れたような声とともに、ゴツン、と頭上にこぶしが降ってきた。

「いだっ！　なにすん」

ずいっと人差し指が伸びてきて、おでこを突く。夏目の顔が近くて、思わず息を止めた。その目が、まっすぐにわたしを見ている。ああやばい、またドキドキしてる。

「不器用過ぎ。一年前の失敗のことがあるから、慎重になるのはわからんでもない。けど、一度断られたくらいで怖気《おじけ》づくのも、アンタらしくない。過去の反省を活かすのもいいが、度が過ぎたらただの臆病だぞ」

「なん……なにを……」

舌が上手く回らない。夏目はひょいっと指を引っ込めると、呆れたように笑う。

「もう一回行ってくればいいだろ。諦めきれてないの、バレバレなんだよ。あんまりびくびくしながら誘ったって、そりゃ海田だって乗ってこない。もちろん強引でもダメ。その辺のバランス感覚が、アンタはすげえ不器用だっつってんの。両極端過ぎ」

「うう……」

図星と感じる自分が嫌だ。一瞬でも夏目を優しいと思った自分は、もっと嫌だ。

「チャンスってのは、転がり込んでくるもんじゃないんだ。自分から引き寄せる。引き寄せて、つかむ。そうやってモノにする。一説にはそれができるやつが、いわゆる才能ある人間なんだそうだぜ」

だいたいだな、とお説教は続く。

「アンタの音楽観とあいつの音楽観が違うのは当然だろ。このバンドに引き込むつもりなら、むしろアンタ色に染めてやるくらいでちょうどいいんだ。全開の音楽バカ色で、な」

わたしがぶすーっとしているのもお構いなしに、言いたいことを言い切った少年は清々しい顔で空になった紙パックを握りつぶしていた。それからクセのようにポケットに手を持っていきかけて、何かを思い出したようにその手を止める。……あっ、

「タバコ、吸わなくなったね？」

気づいたことがちょっとうれしかった。

「未成年が吸うなってボスがうるさくてね。おせっかいなボスなんだ」

……やっぱうれしくない。

「へーへーうるさくておせっかいなボスで悪ぅござんしたね！」

「その意気その意気」

ニヤっと笑って立ち上がると、夏目はみんなの方へ戻っていった。あいつなりに元気づけてくれたのかな。でも、ちょっと優しさが足りないと思う。

「ひゃっ」

不意にもじゃっとした感触が太ももをかすめていったので何かと思ったら、ウィンディーだった。ボサボサ毛の黒猫が、足に体を摺《す》り寄せてくる。ポンとその頭に手を乗せて軽く撫でてやると、彼は少しだけ喉を鳴らした。されるがままにされつつも、相変わらずの無愛想な面構えは、誰かさんにそっくり。

「……キミたち前世は兄弟だったんじゃないの？」

うにゃーっと怒ったように反論して、ウィンディーはすっすっすっと物陰に姿を消した。もう。からかっただけじゃないか。

「いちじょー、そろそろ練習再開すんぞー」

「はーい」

玉木の呼び声に応えて、腰を上げた。半分も減らなかった牛乳は、そのままそっとポケットに忍ばせる。別にカルシウム不足だとは思わない。家でも毎日飲んでるし。

「さて、と」

ニヤリ、と不敵な笑みが浮かぶ。

あれだけ言われたら、動かないわけにはいかないな。


再び練習が休みのある日。

また弥生たちの誘いを断ってしまって「この音楽バカぁ」と呆れられつつ笑われつつ、わたしはひとり茶処ホオズキを訪れていた。表にはブラックボードの看板。今夜ジャズ喫茶があるらしい。

外は歩いているだけでもだらだら汗が垂れてくる真夏日で、クーラーのきいた店内に入るとほっと安堵《あんど》のため息が出てしまう。

「いらっしゃ――おまえか」

カウンターに立っていたのは、海田さんだった。今日は店長いないのかな。

「こんにちは」

と、挨拶《あいさつ》しながらわざとカウンター席に陣取る。目の前に座られて、海田さんはあからさまに鬱陶しそうだった。「アイスコーヒーください」と言うと、ものすごく嫌そうな顔で「……かしこまりました」と答える。

今日もジャズ調のＢＧＭが流れる店内、テーブル席はほぼ満席だった。いつもに比べて高齢のお客さんが多い気もする。

「なんかお客さん多くないですか？」

会話の糸口を見つけて、わたしは口を開いた。コトン、とお冷を出しながら、海田さんが答える。

「今夜のジャズ目当てだろ。けっこう人気のバンドが来るんだよ。まあ、そうでなくたって老人共は昼頃から席取りにきて、趣味仲間と駄弁《だべ》ってくんだけどな。ジジィババァはこう暑いと外もろくに出歩けないし、ヒマでしょうがないのさ」

ひどい言い様だ。仮にもお客さんに向かって。

「……で、なにしにきた。ひとりでコーヒー飲みにくるような洒落《しやれ》た趣味があるようにも見えないが」

「勧誘活動です」

元気に答えたら、海田さんの口から大きなため息が漏れた。

「たまに夏目が来るから話には聞いてたが……ホント脳みそが音符の形でもしてんじゃないかってくらい音楽バカらしいな」

「ひ、ひどい……」

そこまで言われたのはさすがに初めてだ。

海田さんは苦い顔をしながら、マグにコーヒーを注ぎ始める。こげ茶色の液体が弧を描いてマグに落ちていく様は、なんだか綺麗だった。こげ茶色、と形容してしまったけど、実際何色っていうんだろ。コーヒーって不思議な深みのある色をしてる。

「こないだ店長が余計なことしゃべったみたいだからな、おまえももう知ってんだろ。オレはもう音楽には飽き飽きしてんだ。ほっといてくれ」

「それが意地だ、とも言ってましたよ」

「……かもしれん。だが嫌なもんは嫌だ」

頑として譲らない。

「おーい、カイちゃーん」

テーブル席のお客さんから馴れ馴れしく呼ばれて、海田さんは「ちっ」と舌打ちをした。乱暴にアイスコーヒーを出してから、カウンターを出ていく。迎えるおじいちゃんたちは、なんだか親しげに海田さんに話しかけていた。不機嫌そうに見える海田さんだけど、よく見ると口元は笑っているような。ジャズの楽器のことを質問されて、けっこう饒舌にサックスの説明をしている。

やっぱり、あの人はまだ忘れきれていないんじゃないだろうか。

一度は捨てた音楽への情熱。冷め切った気持ち。でもたぶん、あの人の心は、それを完全には忘れていない。忘れていたら、避けることだってできない。忘れられないからこそ、意地を張って遠ざけているんじゃないのか。もう二度とあんな思いはすまいと、背中を向けているんじゃないのか。それは、情熱の燃え滓《かす》が残ってるなによりの証拠だとわたしは思う。

あの人は昔のわたしとよく似ている。五線譜の上に、たったひとりで立ち尽くした一年前のわたしと。なら、そんな彼に必要なものもきっとわたしと同じだ。その燃え滓に再び火をつける方法は、たった一つしかない。

不意にカウンターの中からけたたましい電話のベルが鳴り響いた。裏から店長さんが出てくる気配はなく、海田さんが戻ってきて受話器を取り上げる。

「はい、茶処ホオズキです――あー、お疲れ様です……はい……えっ？」

海田さんは青い顔をしている。なにかよくないことが起きたらしい。

それからしばらくして、店に店長さんが顔を覗かせた。どうやら非番だったらしくて、私服姿のままカウンターの中へ入っていった。なにやら険しい顔をして海田さんとしゃべっている。

海田さんを取られてしまったわたしは、椅子の上で足をぶらぶらさせながら店の表を見ていた。お昼時の日差しがさんさんと道路を照りつけて、外に出るのが億劫《おっくう》になる勢いで陽炎《かげろう》を立ち上らせている。お年寄りでなくたって、できれば外なんて出歩きたくない天候だ。真夏の太陽は丹山の空高く昇っていた。これから一番暑い時間帯。もう少しクーラーに浸っていたいけど――

「――でしょうね」

海田さんが言い、はあ、と店長と二人してため息ついてる。なんだかさっきからずっと、二人して深刻な顔して話し合っているのだ。海田さんとの会話を再開する機を失ってしまったわたしは、ちょっと居心地が悪い。

ひとまず出直すか、と思ってマグをカウンターの奥に押しやった。また後で来よう。

「ごちそうさまでした」

「……待て」

立ち上がりかけたわたしの右腕を、誰かがつかんだ。びくっとして振り返ると、店長さんが怖い顔でわたしをにらんでいた。

「おまえら確か、ジャズバンドやってたよな」

怖い顔のまま、彼はそんなことを言った。一瞬ぽかんとしてから、わたしは慌てて首を横に振った。

「じゃ……ジャズじゃないです。ブラスバン」

「ジャズバンド、やってたよな？」

切羽詰まった声音に、気圧される。

「えっ、えーと、なにが……」

「今日来るはずだったジャズバンドが、急遽《きゅうきょ》来れないと言い出した」

「……はあ」

「だが、店にはご覧の通り今宵のジャズ喫茶を期待してたくさんのお客さんがいらっしゃっている」

「べ、別にコンサート代取ってるわけじゃないんですよね？　だったら別に」

「そういう問題じゃない」

ピシャリと言い切って、店長はわたしの両肩をがしっとつかむ。目が血走っている。

「おまえら、ジャズバンド、やってたよな？」

いくら頭の回転が鈍いわたしでも、店長さんの言わんとすることはさすがにもう理解できた。

「いや、でも、あの——」

「噂は聞いてるぞ。文化祭で演奏するんだろ。けど、いきなり本番ってのはあいつらだって緊張するよな。するに決まってるよな。だったら——本番前に、発表の場を提供してやろう」

だんだん意地悪い顔になってきた。海田さんが「あー、いや、店長、それは、さすがに」と止めに入るのも無視。

「でも、ジャズじゃないんです……」

「かまいやしねえ。お茶濁してくれりゃいいんだ」

「そ、そんなのはわたしたちのプライドが許さないというか」

「だったら本気でやれよ。こないだおまえらのせいで逃げた客分、いつかは取り返してもらわないといけないんだからな、ちょうどいいじゃないか」

「う……」

イジワルな大人ってヤだな。どこか平野とも似てる店長さんの言い様に、わたしはふてくされつつ——変な声をあげた。

「あ」

「あ？」

店長さんが訝《いぶか》しがるも、わたしは口をぽかんと開けたままの姿勢でポンと手を打つ。

そうか。

もしかしてこれが、チャンスなのか。

夏目の言葉が脳裏によみがえる。

——チャンスってのは、転がり込んでくるもんじゃないんだ。自分から引き寄せる。引き寄せて、つかむ。そうやってモノにする。

今日ここにやってきたことで、わたしはチャンスを引き寄せた。

じゃあ、つかまないと。モノにしないと。

いつになく高速で回転した頭は、ものの数秒で最適解を導き出した。わたしは店長さんと海田さんが引くほどに、直前のふくれっつらがウソみたいな笑みをにっこりと浮かべてこう言った。

「——わかりました。ただし、一つだけ条件があります」

ごくり、と生唾を呑む海田さんを、びしっと指差した。

「海田さんも、一緒にやりましょう」


店長さんに「GO！」とにこやかに送り出された海田さんは、店長命令だからか嫌そうな顔をしつつも逆らわなかった。みんなに連絡を入れて、いったん丹高まで戻るわたしに黙ってついてくる。最初は従順でたいへんよろしい、とのんきにそう思っていたんだけど、だんだんそれが不気味になってきた。もっと怒るか、呆れられるのを覚悟していたのに。あまりに静かすぎる。

丹高までの坂を上る途中、背後の足音が聞こえなくなったので振り返ると、海田さんは立ち止まって丹山の町並みを見下ろしていた。そんな平然とした顔で、なにをたそがれているんだろう。

「……怒ってます？」

恐る恐る訊いてみると、海田さんは意外にもさらっと肩をすくめるだけだった。

「別に。店長が言った通りお茶濁すだけだしな。余興みたいなもんだ。音楽のうちにも入らねえよ」

気負わないセリフだった。本気で、そう思ってるらしかった。

なんだか胸の内がもやっとする。それで、そんな顔で町を見下ろしていられるのか。そういうのは、予想していなかった。期待もしていなかった。音楽の舞台に引きずり出しさえすれば、それだけで火がつくと思ったのに。全然、火つきそうにもない。ただ一緒にやるだけじゃ、この人はきっと湿気《しけ》た花火みたいに、いつまで経《た》っても発火しやしないだろう。

歩き出した海田さんがわたしを追い抜かしながら、小馬鹿にしたようにつぶやいていく。

「どうせおまえらろくに持ち曲ないんだろ。大して上手いわけでもない。ブランクがあるオレとならちょうどいいだろ。余興くらいにはなるさ。難しいこと考えんな」

立ち止まったままのわたしは、ぎゅっとこぶしを握りしめる。むしろ逆に、わたしに火がついてしまったみたいだった。黒川たちが聞いても、今のセリフはきっとおもしろくは感じなかっただろう。

自分の目がギラギラし出すのがわかる。

「……さて」

声が強張っていた。もう燃え出していた。

「それはどうですかね」


午後七時。茶処ホオズキのフロアには、どよめきが走っていた。

やってくるはずだったジャズバンドはちょっと知られた有名処で、ナイスガイなオッサンたちがクールに決めて、老婦人たちを年甲斐もなくキャーキャー言わせることで云々《うんぬん》かんぬん……とは店長さんの言。でも実際フロアに楽器を並べ始めたのは地元の制服に身を包んだ高校男児たちで、おじいちゃんおばあちゃんは目を丸くして、不良少年たちが譜面台を立てていくのを眺めていた。

店長さんに軽トラ出してもらって全員分の楽器を運び込んだら、小編成とはいえけっこうな大荷物になってしまった。ホオズキのフロアは今やコンサートの楽屋状態だ。それでも、みんな手慣れた手つきで準備をしていくので、かえって様になって見える。

海田さんはその真ん中で、リコーダーを持っていた。いつぞや吹き溜まりで見かけた、あの古びたリコーダーだ。

あれから数時間、海田さんには付け焼刃《やきば》で一曲だけ覚えさせた。こればっかりは悔しい話で、わたしたちに持ち曲が少ないのは事実だったから、あまり選曲の余地はなかった。海田さんに曲名を伝えたときは鼻で嗤われた。さらに腹立たしいことに彼には鼻で嗤うだけの腕が確かにあって、ものの数時間で暗譜を含め見事に楽曲をマスターして現在に至る。

「——まあでも、お楽しみはこれからですよ……ふふふ」

ひとり不気味に笑って夏目に引かれたりしつつ、わたしも譜面台を立てる。

ここまで、海田さんにはわざとノイジーボーイズの音を聴かせていなかった。彼らには別途指示も出してある。海田さんにとっては単なる余興のこの演奏会も、わたしたちにとっては戦場だ。せいぜい今は笑うがいいさ。今に見てろ。

例のジャズバンドが来ないと知って、少し客席は閑散としてしまっていた。それでもまだ、半分以上をお客さんが埋めているけど。珍しいもの見たさか、あるいは純粋な興味か、はたまた野次馬か。

別になんだっていいや。聴いてもらえるっていうのは、わたしたちにとってそれだけでありがたいことなんだから。

口元の歪《ゆが》んだ笑みを引っ込めて、わたしはふう、と小さく息を吐いた。みんなを振り返って、その真剣な視線を受け止めて、浅くうなずく。海田さんがつまらなそうに鼻を鳴らしている。

準備が終わったとみて、店長さんがマイクを手に急遽演奏バンドが変更になったことなどを断り始めた。わたしはその隙に、リコーダーを手に仏頂面《ぶっちょうづら》の海田さんを突いて、注意を引いた。

「あの……ありがとうございます。無茶聞いてもらって」

海田さんは、不機嫌を隠そうともせず再度鼻を鳴らした。

「なにを今さら。店長がやれってんだから仕方ねえ。本来礼を言わなきゃいけないのはこっちの方だが……これでチャラだからな、言わねえぞ。……それよりなんでトランペットが最前列に出張ってやがんだ」

「あ、わかるんですか」

これは、例の楽器配置の応用。金管と木管を横並びにしてしまうと、音響の関係で木管の音が殺されてしまう可能性がある。それを承知の上で、今回はわざと黒川を最前列に置いていた。もちろんワケありだ。

「他の音が消えちまうんじゃねえのか」

「大丈夫です。ちゃんと理由あってのことですから。黒川の音に負けないように、がんばりましょうね」

ちょっと悪い笑みになってたかもしれない。

「フン……」

海田さんが三度鼻を鳴らしたところで、店長さんの口上も終わる。

「では、丹山高校吹奏楽部、ノイジーボーイズの演奏です！」

似合わない司会面の放つその一声を合図に、わたしたちは最初の一音を派手にぶちかました。曲目は、『上を向いて歩こう』。吹奏楽小編成バージョン。


演奏が始まってすぐ、黒川のトランペットがリコーダーの音を殺していないことに、えらいと思った。主旋律を吹いているのはトランペットとリコーダーで、当然音量の大きいトランペットがリコーダーにかぶさりがちになるんだけど、今は並んでる。ミユートもつけてるけど、五十パーセントはちゃんと黒川の技術だ。指示通り、えらいっ、とわたしはにっこりしちゃう。

他のみんなもちゃんと成長が窺《うかが》えて、なんかうれしい。音痴だった玉木は、音を外さずわたしのフルートに並んでいる。リズム感の悪かった石間は、夏目のドラムが入るようになってからメキメキ上げた腕を、存分に振るっていた。まだ合奏に慣れていない久我山くんも、がんばってる。三馬鹿も大丈夫だ。みんなちゃんと吹けてるじゃん。

ただ、ここのところイライラしていたせいか、トーンはちょっと攻撃的だった。ある意味ではノイジーボーイズらしいけど、ちょっと強すぎるかな。お客さんが目を丸くして、瞬きするのも忘れてる。文化祭でこれじゃ困るけど、今はいいやと思った。今のわたしたちは、火打石。火の粉を散らして、海田さんの中でくすぶっている音楽への気持ちに火をつけようとしている。ちょっと強いくらいで、ちょうどいい。

一瞬だけ目を横に向けたら、左側でリコーダーを吹いている海田さんが目を見開いてるのが見えた。なんか視線で人でも殺すんじゃないかって目してる。怒ってる、怒ってる。でも、悔しがってもいる。たぶんね。どこかやる気のなかったリコーダーの音が少しボリュームを上げたから、そう思っただけ。でも最初の火の粉が燃え移ったのは、確かだと思った。

わたしはわざとフルートの音を大きく鳴らした。合図。戦争の角笛みたいに。黒川がミュートを外して、リコーダー以外の楽器が一斉に吠《ほ》えた。淡いリコーダーの音色は掻き消されて、あっという間にノイズの海に沈んだ。海田さんは、絶対負けず嫌いだ。負けじと張り合ってる。トランペットにリコーダーで。勇猛果敢だ。いつしかその顔が酸欠で真っ赤になっていた。練習のときよりも全然上手くておかしいの。ムキになると周囲が見えなくなるのは、どこかわたしに似ている気がする。

大入道みたいな顔してリコーダーを鳴らすことに必死になっている海田さんは、もう間違いなく音楽に夢中だった。消えかけの燃え滓が風に煽《あお》られて、燃え上がったのだ。わたしは黒川にこっそり目配せした。合図。今度は静かに。彼は一瞬「ホントに？」と肩をすくめたけど、結局うなずいてトランペットから唇を離す。

次の小節、海田さんはソロで主旋律を吹いていた。かつての力強さを取り戻しつつあるリコーダーの音が、主役の座に戸惑うように揺れる。左から、海田さんの視線を感じたけど、わたしは素知らぬ顔で楽譜には存在しないデクレシェンドをかけた。ノイジーボーイズの音色が波が引いていくようにトーンを落とすと、現れた砂浜には海田さんのリコーダーの音だけが残った。このために一番目立つトランペットを最前列に置いておいたんだ。あれだけ主張していたトランペットが引けば、後に残ったリコーダーが否応なく際立つ。主役だよ、逃げられるわけない。

海田さんは、すでに余興ならぬ音楽の渦中にあった。ジャーマン式のソプラノリコーダーは小学生が使うような代物で、きっと海田さんならバロック式のもっといいやつでもっといい音を出せるんだろう。でもこのリコーダーの音も、とってもいい。海田さんが吹くと、小学生が出す音なんかとは全然違って、指遣いもすごく綺麗で、まるで別の楽器みたい。

わたしは、それを支えるように音を出した。主役はリコーダーだよ、とわかるように。今まで荒々しく個々が主張を激しくしていた楽器たちが、リコーダーを中心に据えたことで落ち着いていくのがわかった。イライラが音に洗われたみたいに、みんなの表情もちょっと穏やかになる。初めての人前の演奏で、少しは頭冷えたか。

燃え盛っていた炎がおとなしくなって、火に変わったのがわかった。この曲らしい、ポップで明るい雰囲気が、やっと出せた。


海田さんは、信じられないという顔をしてた。お客さんから拍手喝采《かっさい》をもらって、最後の曲じゃないのにアンコールを受けて、（まあ海田さんは一曲しか合わせられなかったから最後の曲だったんだけど）もう一度上を向いて歩こうを吹いている間も、ずっとそんな顔だった。たぶんびっくりしたんだろうね。思ってたよりも、わたしたちとの合奏が綺麗にハマっちゃって。わたしもびっくりだったもん。あんなにハマるとは思ってなかった。

結局、似た者同士なのかな、って思う。

ノイジーボーイズはみんな、独特のトーンを持ってる。男の子だからかもしれないけど、クセがあるっていうか、力強いっていうか。それがしっくりくるんだろうなって。海田さんの音も紛れもなく、こっち側の音だ。

わたしは途中で演奏を抜けて、客席からみんなを見ていた。任せても大丈夫だなって思った。男の子だけのブラバンってなんかイイ。カッコイイ。夏目と目が合って、俺も休ませろって唇で言ってたけど無視した。あんた以外誰がドラム叩くのよ。

海田さんには、謀《はか》ったなみたいな目でにらまれて、ゴメンナサイとやっぱり口の動きだけで謝っておいた。でもどっちかっていうと感謝されてもいいと思うんだけどな。お客さんたちが「うえをむーいて」と一緒に歌ってくれている、その声に応えるように、仏頂面を浮かべつつもくたびれたリコーダーを必死に鳴らしている海田さんの姿は、かつてリコーダーを夢中で吹いていたであろう幼き少年の幻影に、少しだけ重なって見えたから。

ジャズ喫茶ならぬブラバン喫茶の後、気がつくと海田さんと店長さんがいなかった。アンコールが終わってすぐ、海田さんは喝采を受けながらもなんだか不機嫌そうに舞台を降りてしまって、それっきり。店長さんはその後も持ち曲を披露したわたしたちの演奏に、最後まで司会をしてくれていたはずだけど、今はどこにも姿が見当たらない。

みんなに片付けと撤収を指示しながら、わたしは店内をキョロキョロと見渡した。昼間座ったカウンター席に見覚えのあるくたびれたリコーダーを見つけて、その向こうに見えるキッチンへの扉が半開きになっているのに気づいた。

なんだかこの展開デジャヴだな、と思いながらこっそりと近寄って耳を澄ます。盗み聞きなんて趣味悪いと思いつつ、店長さんの声が聞こえたときはちょっとニヤけた。

「――おまえ、やっぱり音楽やれよ」

「なんですか店長、アンタまで。もうやらねえって何度も言ったじゃないですか。今日のはただの余興、お茶濁すだけって店長もそう言ったじゃないですか」

心なしかうんざりしたような、同時にちょっと焦ったような。そんな声音で海田さんが答えるのも聞こえた。

「余興にしちゃあ、ずいぶんとマジだったようだがな？　汗もたっぷりかいちゃって」

今度はからかうような声。海田さんの声音に滲む焦りの成分が増す。

「こ、これは、ンなんじゃねえ、この店のボロエアコンが」

「あ？　なにがボロいって？」

「……なんでもねえ」

我慢できなくなって少しだけ隙間を覗き込んだら、ふてくされたような海田さんの顔が見えた。一瞬目が合ったような気がして、慌てて顔を引っ込める。……バレた？バレてない？　バレてない？

店長さんの声が再びしゃべり始めたので、ほっと胸をなでおろす。

「――おまえはやっぱり、まだ音楽にやり残してることがあんだよ。学校じゃ吹き溜まりとやらに引きこもって、休みの間はこのキッチンに引きこもって、そうやってわざわざ遠ざけてきたのがいい証拠だろ。自覚があるからこそ、そばに感じるのが嫌なのさ。ああやって久しぶりに直に音楽に触れてるおまえを見たら、やっぱりキッチンよりずっと似合って見えた。あそこがおまえの場所なんだ。いいから四の五の言わずに戻れ。戻ってやり残したことやってこい。あいつらとなら、今度は放り出される心配もねえだろ。てめえが必要だってわざわざ言ってくれるやつを、そうそう無下にするもんじゃねえ」

おお、店長さんがなんかいいこと言ってる。

「……バイトはどうすんだよ」

「心配しなくてもおまえは今日でクビだ！　はっはっは！　わかったらとっとと出てけ、二度と帰ってくんじゃねえぞ——ああいや演奏者としてならむかえてやらんでもないな」

はっはっは！　という店長さんの高笑いが遠ざかっていく。キッチンの、さらにその奥にある扉（居住スペースか事務所かな）が開いて、閉まる音がした。キッチンの中にひとり残っている海田さんの気配が、扉の隙間から色濃く漂ってきた。

……もしかして、すごい余計なことしたかな。

一瞬そんな懸念が頭をよぎったとき、半分寄り掛かっていた扉ががっと内側に開いて「わっ」わたしはコテンとすっころんだ。

「……で、おまえはさっきからそこでなにしてんだ」

見上げると、海田さんの巨軀《きょく》がわたしを見下ろしている。影になって顔はよく見えなかったけれど、怒ってる気がした。

「あ、あー、ええと、その」

「なにテンパってんだ。とっとと撤収しろよ。もう店閉めんぞ」

けろっとそんなことを言って、ノイジーボーイズが撤収準備に勤しんでいるホールへ彼が出ていくのを、わたしはぽかんとして見送った。怒ってない？

はっと我に返って、大きな声を出した。

「あ、あの、海田さん！」

「なんだ」

振り向かない背中に、なにを一番訊きたいのか少しだけ考える。

「楽しかった、ですよね？」

一瞬だけ立ち止まった海田さんは、やっぱり振り向かなくて、結局言葉も返してくれなかった。だけどそれは、否定もしなかったということ。意地っ張りな彼にしてみれば、それはほとんど肯定、と、取っていいのかな。

「……吹き溜まりで、いつでも待ってます」

そう続けたわたしの言葉に、今度は少しだけうなずいてくれた気がした。ほんのわずかに頭が動いただけだったけど、気のせいじゃなかったと思う。

「またアンタの音楽バカに救われたみたいじゃん」

寄ってきた夏目にそう茶化されるとちょっと照れくさくて、わたしはうつむきながら彼の脛を軽く蹴飛ばした。

第五部　ロンリーウルフ

八月の熱気が吹き溜まりを蒸し上げると、蒸籠《せいろ》の中のシュウマイにでもなった気分になる。そんくらい暑い。でもみんな暑さにもめげずがんばってくれたから、片付けも徐々に終わりが見えてきた。

今日は体育館の掃除用具を借りてきて、盛大に大掃除をすることになっていた。けど、わたしには別にやることが与えられてて、掃除はパス。残り少ない時間でチューバをものにしてもらうため、海田さんとマンツーマン。

例のジャズ喫茶の後、なんの意地か数日明けてから海田さんは吹き溜まりにやってきて「仮入部」とぶっきらぼうに言い放った。わたしは快くそれを受け入れ、予定通りチューバをお願いして、以来指導にあたっている。別にリコーダーでもいいんだけど、海田さん自身も「もうリコーダーはいいんだ」と気持ちを新たにしていたみたいだから、そういうことになった。そんなワケで今日も今日とて午前中、ジャージ姿のメンバーが額に汗して働くのを尻目に、外の石段に腰掛けて、呼吸法、タンギング、ロングトーン、スケールを超特急で講義しているのだった。

「えっ、あのブラックボードのイラストって海田さんが描いたんですか？」

　講義の合間、コミュニケーションの一環としてダべっていたときのことだ。

「あの店長が絵画をたしなむように見えるかよ？　こう見えて手先は器用なのさ」

　実際のところ、海田さんは手先に限らず全体的に器用だった。チューバは金管楽器最大級にして最重量級の低音域楽器だけど、音の調節は他の金管楽器同様唇で行われる。海田さんは、その感覚をつかむのが早い。リコーダーやってたおかげかしら。

「あっ、じゃああれ、海田さんにやってもらおっかな……」

「アレってなんだ」

「チームTシャツ作ろうって話が出てて。デザインが決まってないんです。チラシにもおんなじロゴとか載せようって黒川が言ってて」

「ガキっぽいやつらだな……」

「そういわずに何か描いてくださいよ。せっかく描けるんなら活かさないともったいないじゃないですか」

　そのとき、背後の扉から歓声が聞こえてきて、わたしたちはびくっと振り返る。どうやら掃除が終わったみたいだった。少年たちの声を乗せた風が中から吹いてきて、わたしたちの髪を揺らした。

「風……？」

海田さんが、驚いたようにその様子を見つめる。

片付いて、風通しがよくなった吹き溜まりには、以前は通わなかった風が通うようになっていた。凝っていた埃っぽい空気は、もうほとんど追い出されて空の彼方《かなた》。夏の爽やかな風が、タバコなんかの臭いも全部吹き飛ばしてくれた。

そしてこれからは、この場所から風が吹くのだ。

午後の練習、海田さんも交えてみっちりやんないとな。

「——そういやここ、だいぶ片付いてきたみたいだな」

はっと振り返ると、サッカー部のユニフォームを身に着けた二人組が少し離れた場所を歩いていくところだった。

「ん？　吹き溜まり？　あー、なんかヤンキーたちが片付けしてるんだって？　なんだってそんな慈善活動」

「んー、なんかここでブラバンやるらしいよ。女子が噂してた。練習聴いたやつが、けっこう上手かったって言ってて。ちょっとおもしろそうじゃん？」

「へえっ。吹き溜まりの不良がねえ……」

二人組は、そのままグラウンドの方へ歩いていく。

「なにニヤニヤしてんだ気持ちワリィ」と、海田さんに呆れられた。

「え、ニ、ニヤニヤなんてしてませんよっ」

とか言いつつ、自分でも口元がニヤついているのはわかった。

旧講堂の前を通り過ぎる生徒たちの目が、いつしか期待感にキラキラし出しているのに、彼ら自身は気づいているんだろうか——そんなことを考えると、ついついニヤけてしまうのだった。


「なんだなんだ、見ないうちになんか数が増えたな。久我山に海田まで雁首揃えやがって……」

その日は平野がやってきて、案の定最初に久我山くんと海田さんが絡まれていた。

タバコ咥えて二人の頭をワシャワシャっとかき回す平野の姿は、教師というより先輩って感じだ。

「やめろよヘビスモ！　くせえ！」

「頭触んじゃねえワックス取れんだろ！」

と、二人は口汚く抵抗しているんだけど、不思議とあんまり嫌そうじゃない。平野もニヤニヤしちゃって、こういうときはホントなんだか教師っぽいのだ。

「期待以上に働くなあ、一条は。よく見たら夏目までいるもんなあ。あいつもおまえが連れてきたのか？」

「悪かったですね、どうせわたしが連れてきましたよ」

平野はぷはーっと煙を吐いて頭をかく。

「まったく……まいっちまうね、若者には。そばにいるだけで俺の青春思い出してむずむずしちまう」

「へえ、花粉症ですか」

「アレルギーだよ。若者アレルギー……」

うそぶいて去っていく平野の背中は、もう何度目かしれないデジャヴだ。

「二人も、センセイに恩あったりするの？」

「別にねえよ……ただ、パソコン用にここの電源使えるようにしてくれたのはあいつだけどな」

「意外と漫画の趣味が合う。くらいだな」

感じてるんじゃん、とわたしは笑う。

「ノイズってどう表現すんの」

「稲妻とかじゃない？」

「音符にビリビリってヒビ入れたら」

「それはなんか不吉だろ。稲妻と音符いくつかバラまけば」

「いっそTシャツじゃなくてタトゥー入れたら」「おまえがひとりでやれ」「んだと」

「まあまあ……」

練習後の作戦会議中、Tシャツのデザイン決めはもめにもめていた。あんまり複雑なデザインにしても値段が嵩《かさ》む。ほどほどでそれなりのデザイン、ってなるとけっこう難しい。センスが問われる。

「色から決めたら？」

と、提案してみた。

「赤」「青だな」「黄色っス」「緑だろ」「黒」「紫は？」

まとまりないな、おい。

「いちじょー、おまえリーダーなんだからビシッとまとめろよ」

「なにをどうまとめろっていうの」

「アキちゃんは何色がいいと思う？」

「わたしは……わたしも赤かな」

「なんでだよ！」と、玉木が猛反発。彼は緑派だ。

なんとなく口にしてしまっただけだったんだけど、ちょっと考えると赤と答えた理由がふっと浮かんできた。

「季節的に、ほら、ホオズキ山が綺麗に紅葉に染まるじゃん。秋だし。それに合わせるのもありかなって。あとみんなけっこう熱いもの持ってて情熱的だから、赤とか似合いそう。……そうだ、赤地に白プリントで音符とか稲妻とか入れたらどうだろ。色合いもシンプルだし、模様もわかりやすくデフォルメして……」

後半はほとんど独り言のつもりだった。でも、具体案が出たことでみんなもイメージが浮かんだらしい。「赤ありかも」って意見がちらほら出始める。

「赤はオレも好きっスよ。あ、でもちょっと黄色寄りにしないっスか……」

「オレンジ……橙とか……ああ、それこそ茜色とかね。ねえアカネちゃん？」

「うるせえシバくぞ」

夏目が黒川をねめつけて低い声を出している。

でも茜色は本当にありかもしれないな。吹き溜まりに吹き寄せられた、丹高の落ち葉みたいなノイジーボーイズの面々を喩《たと》えるなら、きっと鮮やかな茜色の紅葉だ。

「赤に白……こんなのどうだ」

海田さんが、さっそくルーズリーフに何か描いてくれる。覗き込んだ赤派じゃない面々が文句を言おうとして、ぐっと言葉に詰まるのはちょっとおもしろかった。鮮やかな茜色のTシャツに、白い八分音符の群れ。音符の先端から垂れ下がる尻尾の部分が、すべてギザギザと稲妻状にデフォルメされている。ノイジーボーイズ特有の自己主張の強さみたいなものがわかりやすく表現されていて、わたしは一目で気に入った。

「背中側にはＮＯＩＳＹ　ＢＯＹＳってこれも白字でこんなふうに入れりゃいいんだろ……」

おおー、と感嘆の声があがる。いつのまにか緑派だった玉木まで感心している。

「いいじゃん……へえ、海田さんってこういうの上手いんだ」

「少女趣味で悪かったたな」

誰もそんなことは言ってないですよ。

ふんとそっぽ向く海田さんの背中を、わたしはバシーンと叩いて発破をかけた。

「よっし。じゃあ海田さん、その方向でちゃちゃっとデザイン作ってみてください！」

「あ、じゃあその稲妻音符とローマ字使って、ロゴっぽいのもついでに作ってもらえない？　ポスターとかチラシに載っけて女の子に配るよ」

「それ、ボクにもください。録音音源使って動画作るんで、丹高の掲示板にバラまいておきます」

「あ、じゃあ竜太、そのチラシこっちにもくれ。今度備品買い出しいくとき商店街にまいてくる。石間、付き合えよ」

「うっス。買い物ついでで一石二鳥っスね！」

わいわいと意見を交わすみんなを見ていると、胸が高鳴るのを抑えられなかった。

盛り上がってきたなあって。少しずつ、少しずつ、積み上げてきたものが、だんだん形になってきたなあって。

始まりはどうなることかと思ったけれど。気がつけば、ずいぶん遠くまで来た。

気合、入ってきた。

「さてっ、練習始めよっか！」

「「うぇい！」」

威勢のいい返事とともに、ノイジーボーイズが楽器を小脇に抱えて立ち上がる。

なんだか体の芯が温かかった。数ヶ月前まであんなに暗くて埃っぽかったこの場所が、こんなにも綺麗になった。風が通って、陽光が差し込んで、みんなが楽器を吹き始めると、もうまるっきり音楽室みたいなんだ。それだけのことがやけにうれしくて、またニヤけちゃう。

楽しいときっていうのは、あっという間に過ぎていく。追いかけていたはずの夏がいつのまにか後ろにあって、気がつくと手を伸ばせば届きそうな距離に秋が見える。

もうすぐ、秋がくる。

その頃は、もう本番までわたしたちを遮ることのできるものなんて何もないと、本気でそう思っていた。

♪

伊庭悠《ゆう》について、わたしが知っていることは少ない。

去年の文化祭中、夏目と半殺しの殴り合いを繰り広げ、結果的に夏目を一ヶ月病院送りにして、自身も一ヶ月の停学を食らったというのは有名な話。中学時代はどういう縁があったのか夏目と、もうひとりの女の子と、バンドを組んでたって噂で聞いた。

派手な金髪と夏目をも凌駕《りようが》する長身痩軀《そうく》のだらけた男で、夏目以上に四六時中だるそう……というのは第一印象。石間風に言うなら、「人生に退屈してそう」。

夏目との間に浅からぬ因縁があることは疑いようもないけど、わたしはそれを夏目に問いただしたことはなかった。答えてくれないだろうことがわかっていたというのもあるし、知るのも怖かった。

これも噂に聞いていただけなんだけど、夏目と伊庭はそりゃあもう喧嘩が強いんだって。こんな片田舎だからか知らないけど、前時代風の不良はまだ多く残ってて、ある意味では二人もその類だった。夏目の普段のぼへーっとした様子からは、とても想像できないけど。

そういう本性を、見たくないと思ってた。わたしにとっての夏目は、黒猫みたいに不機嫌でめんどくさがりで、でもときどき気まぐれに優しさを見せる、でも結局はイジワルな男の子だ。喧嘩が強くて暴れん坊で四六時中牙をむいてるような、獅子みたいな夏目は、わたしの知らない夏目だ。

「一番最初にここを居城にしたのってさ、夏目と伊庭なんだよ」

黒川は言っていた。

「去年の五月頃かな。オレがふらふらこの場所に引き寄せられたときには、もうあいつらがいた。人生つまんなそうな顔をして、タバコ吸ってた。一言もしゃべんないの。コースケが来るまでだいぶ居心地悪かったなぁ……まあでも、クラスにいたら女の子たちに殺されそうだったしね、ははは」

その頃すでに四つ股くらいかけてたらしい。まあそんなことはどうでもよくて。夏目と伊庭は、その後も言葉を交わすことはなかったそうだ。夏目の方は黒川たちとは多少しゃべったけど、伊庭の方はほとんど誰も相手にしなかった、って。

そして、あの事件が起きた。ちょうど一年前のことだ。

「スタンドバイミーさ、やっぱ誰か歌えよ」

玉木が言った。

ちょうどスタンドバイミーの合奏が終わったところだった。ミスも少なくて綺麗に仕上がったと、素直にそう思える演奏だった。歌詞はなくても十分素敵だと思うけど、玉木はずっとこれに歌をつけたがっている。確かに、歌詞も素敵だよね。でもわたしたちはあくまで吹奏楽だし……それに、

「演奏中口が空いてるのなんて夏目しかいないじゃん」

「じゃ、夏目歌え」

「ざけんな」

「即答かよ！　悩むくらいしろ！」

「めんどい」

　夏目はにべもない。

「言いだしっぺなんだから玉木歌えば」

「ヤだ。俺は吹きたい」

「じゃあ歌はあきらめるしかないでしょ。歌のために楽器減らせるほど人数に余裕あるわけじゃないんだから」

「ちっ……しゃーねーなあ……」

　玉木はつまんなそうに唇を尖《とが》らせると、次の楽曲の調に合わせてアルペジオを鳴らし始めた。吹奏楽部っぽい、と変なことを思って、吹奏楽部じゃん、とひとりでツッコんだ。

　そうだよ。吹奏楽部だよ。

　わたしは玉木に向き直って言った。

「歌は軽音とかに任せよう。わたしたちは、吹奏楽部なんだから。楽器吹いてナンボなんだから。ブラスバンドで、ちゃんと魅《み》せてやろうじゃん？」

「ん、まあ、そうだな」

玉木はまだ多少不満げにしつつも、力強くうなずいてフルートを構え直した。わたしも気持ちを仕切り直して、

「よし。じゃあ次いってみ」

「おまえらなにやってんの……」

その声は、ガランとした吹き溜まりによく響いた。

はっとして振り向いた先、黄色とこげ茶のペンキをぶちまけたみたいな色彩がふらふら揺れていた。プリン頭だった。そいつにはぎょろっとした目ん玉が二つあって、わたしたちをだるそうに睥睨《へいげい》してた。

伊庭、悠。

みんな、放心したように動きを止めた。わたしも動けなかった。伊庭は平然としていて、別に威圧的な態度でもないのに、動いたら殺されるような感じがして。プリン頭だけが不釣り合いにお茶目で、そこを見ていると呪縛が少し解ける気がして、わた

しは必死にプリンだけを見つめていた。あれはプリンだ。伊庭じゃない。ただのプリン。でもプリンが両手をポケットに突っ込んだまま、妙に左右にふらふら揺れる歩き方で吹き溜まりに入ってくると、もうダメだった。あれは、伊庭だ。伊庭悠。

「おいおいおい、冗談だろ……」

玉木のフルートに目を留めた伊庭は、嘲笑《ちょうしょう》を浮かべていた。

「最近吹き溜まりからブラバンが聴こえるって聞いたから来てみれば……おまえらまだやってたのかよ」

仰々しく額を押さえて、くっくっと笑う。ヤな笑い方。でも、目はちっとも笑ってなかった。メトロノームみたいに左右に揺れる危なっかしい歩き方で、首が座ってないんじゃないかってくらい頭もふらふらしてるのに、目だけはずっと一点を見つめているんだ。わたしの背後にある何か——誰か、を熱っぽく見てる。

「——で。おまえは、なにやってんの」

伊庭の口調が変わるのは、はっきりとわかった。おまえ、が誰なのかも。以前伊庭が吹き溜まりにきたとき、いなかったやつ。ドラムセットの中央に、デンと座ってるやつ。ひとりしかいない。

「なにやってんのかって、訊いてンだよ……？」

夏目が答えない理由はわからなかったけど、無視してるってわけじゃなさそうだった。少なくとも、二人の視線はぶつかっていた。バチバチって、聞こえるはずないのに、音が聞こえる。わたしはラリーみたいに視線を往復させていた。どっちが動くんだろうって、ビクビクしながら。でも二人は動かなくて、わたしは結局伊庭の方を見ていた。目を離した隙に、何かをされそうで。

今ならわかる気がした。

こいつは、アブナイ。

怖い、というより危なっかしい。ふらふらとした歩き方も。浮かんだ薄ら笑いも。今にもポケットから飛び出しそうな長い腕も。なにもかもが、危なっかしい。

「おまえ、まだドラム叩いてんのかよ」

結局、伊庭を見ていたのは正解だった。彼が先に動いた。のしのしと夏目に向かって歩いていく様は暴君みたいで、進行方向上にいた玉木や黒川が紙ペラみたいに押しのけられている。

「懲《こ》りねえなァ……去年それで俺に殺されかけたの、まさか忘れたわけじゃねェだろ……」

それで殺されかけた……？

そのとき、伊庭がちょうどわたしの目の前を通り過ぎていった。強烈なタバコの残り香が鼻をツンと突いて、思わず鼻を押さえる。あんなの、先生にもバレバレじゃん。いったい一日にどれだけ吸ったらああなるのだろう。

伊庭はドラムセットの前で立ち止まっていた。乱暴に夏目の胸倉をつかんで、引っ張り起こすようにして立たせる様が、妙に手慣れてると思った。わたしは動けなかった。動けるわけない。黒川たちだって動けないのに、女の子のわたしに何ができる。

夏目だけがいつもと変わらない目で彼を見て、なぜか寂しそうに微笑んで「なに笑ってンだよ」とキレた伊庭に殴られるのを、茫然と見ているしかなかった。

夏目の体が宙に浮いた瞬間、思わず目を閉じていた。

騒音が響き渡る。ハイハットやクラッシュシンバルが、ドミノのように崩れる音。今まで積み上げてきたものが、崩れ去るみたいな音。とっさに耳も塞ぎそうになった。でも夏目の痛そうな声が聞こえて、はっと目を開けた。

夏目が倒れている。倒れ込んだ彼の右腕に、伊庭のばかでかい右足が影を落としている。いったい何センチあるんだろう。二十八？　三十？

「音楽なんて捨てちまえよ……俺と一緒でンなもんおまえには似合わねえ」

踏み折る気なのだと気がついた。

「……だめっ」

そんなのだめだ！　夏目の腕はノイジーボーイズの生命線だ! 呪縛が解けた。わたしは弾かれたように飛び出していた。振り上げられた伊庭の足が、レンガに渡された瓦《かわら》でも踏み割るかのように落下を始める瞬間、「やめろぉおおおおおおおおっ！」無我夢中で伊庭に突進していた。

ぱん。

情けない音が吹き溜まりにこだました。

自分でも信じられない思いで、わたしは振り抜いた右手を見つめていた。

ジンジンと痛みがある。人を殴ると自分も痛いって、誰かが言ってたっけ。

ゆっくりと、理解する。ああ、殴ったのだ。わたしは、伊庭《いば》を。

恐る恐る顔を上げた。

目が合った。

直視してしまった。

殺される——というか、喰われると思った。

「おまえ……ナニ？」

と、ひどく乾いた声で伊庭が問うた。

「ひっ……！」

情けない悲鳴が漏れた。

以前吹き溜まりでヤンキーたちに囲まれたとき、肉食獣に追い詰められた草食獣の気持ちを味わったっけ。今回は、もうちょっとリアル。狼《おおかみ》に追い詰められた兎《うさぎ》の気分。

もうダメだって思う。逃げたい。逃げたい。逃げたい。

でも、だめだ。だって、後ろには、夏目がいた。

「ば……ばか、なにしてんだオマエ！　引っ込んでろ！」

背後から、珍しく動転したような夏目の声が飛んでくる。ちょっと安心した。

「う、うるさいっ！　あんたこそ引っ込んでなよっ。し、下っ端の出る幕じゃないんだよっ」

体は震えている。声も震えている。逃げたい。逃げたい。そればっかり考えてる。

情けないリーダーだ。音楽バカここに極まれり。最高にカッコワルかった。目の周りがきゅーっとして、涙が出そうになった。もうヤダ。逃げたい。ああでもだめだ。

「な、なつめに手出したらわたしが怒るよ！　ぶ、ぶつよ！　もう一回ぶつからね！」

伊庭は呆れたような顔をしていた。当然だ、呆れるところしかないもの。一発殴ればすっ飛びそうな少女の虚勢なんて、彼にはないのと同じだ。

でも、彼はわたしを殴らなかった。やがてなぜかふっと笑った少年の目は、奇妙に焦点がズレていた。ここではないどこかを見るかのような、そんな目。

「……なるほど。あいつに似てるな。それでか、夏目？」

見下ろす眼差しには、二人の間だけに通じる何かがあるようだった。夏目は、否定も肯定もしない。

「まあ、いい。どうせ同じ穴のムジナだ。おまえもすぐこっちに来る……」

意味深な言葉を残して、伊庭はくるっと踵を返した。助かった！　そう思ったハズなのに、一度も振り返ることなく、やっぱりふらふらと吹き溜まりを去っていく寂しそうな背中を見ていると、胸の中がもぞもぞした。彼が去ることに心底安堵したはずなのに、気づいたときにはわたしの喉をその言葉が駆け上がっていた。

「もしよかったら、伊庭くんも一緒に」

「よせ」

鋭い声に遮られた。怖い顔をした夏目が、わたしの肩をぎゅっとつかんでいた。

「あいつだけは、ムリだ」

「でも」

「アンタのためを思って言ってんだ！」

始めて聞く怒鳴り声に、びくっとする。

かつてのバンド仲間を見送る夏目の目は、怒りと悲しみが綯交《ないま》ぜになったような複雑な色をしていた。青と灰色が半々の、曇り空みたいに。

「……アンタにはムリだよ。伊庭を呼び戻せるのは、あいつだけなんだ」

♪

夏休みが明けた。文化祭までいよいよ一ヶ月を切り、校内も活気に満ちてくる陽気な季節。ホオズキ山の緑はほんの少しずつ赤へと変わり、文化祭の頃には鮮やかな茜色に染まる。

赤。情熱の色。ノイジーボーイズの色。

でも、最近のわたしたちは赤色って感じじゃなかった。どっちかっていうと灰色。

伊庭が来て以降どこか精彩を欠いたドラムのテンションダウンに引っ張られるように、わたしたちの演奏は色彩を失っていた。

だから始業式の間、わたしは、新学期という節目でなんとか切り替えないとな、ってずっと考えていた。式の後は年中精彩に欠ける平野のゆるーいホームルームを乗り切りながら考えていたし、午前中で終わった授業の後は吹き溜まりへ直行しながらもやっぱり考えていた。

こういうときは、第一声が肝心だ。会話の始まり方が会話の終わり方を決めるんだよ、っていつか海羽が言ってた。だから、しっかりあいさつしよう。若干みんなが引くくらい元気に。それで、とにかく心機一転。気持ちを切り替えて文化祭に向けてモチベーション上げる。わたしがリーダーなんだから、発破かけないと。

いろいろシミュレーションしつつ入口をくぐり、深呼吸を一つ、綺麗に片付いた講堂の中へ踏み込みつつ叫んだ、

「おはッ……」

ようございます……？

誰もいなかった。

「おういちじょー。早いな」

「ちーす」

後ろから声をかけられて、びくぅっと飛び上がる。玉木と黒川だった。どこか元気

のないその声で、吹き溜まりの雰囲気は一気に陰鬱《いんうつ》になる。あーあ、だから第一声が大事だったのに。なんで今日に限ってわたしが一番乗りなんだよう。

「なに沈んでんだよ。……あ、もしかしていちじょーもう見たか？」

「へ？　なにを？」

「なにをって……これをだよ」

玉木が黒川の手から何かを奪い、わたしの眼前に突きつけてくる。

八月の終わり頃から、黒川が校内に貼って回っていたチラシだった。稲妻音符とローマ字で綴られた白いＮＯＩＳＹ　ＢＯＹＳのロゴは、海田さんがデザインしたもの。本来はそれが正しいんだけど、黒川はチラシの方にはふざけて騒音男子と書いて、ややコメディチックな内容に仕立てあげていた。平野に無理を言ってカラーでプリントしてもらったので、鮮やかな茜色がよく目を引く。

けれど、今目の前にあるそれは、ノイズを表現したロゴの上に、さらにノイズが走っていた。要するに、真っ二つに裂かれていた。

「たぶん、伊庭だ」

と、沈んだ声で玉木がそうつぶやく。

「気に食わねえんだ、俺たちが音楽やるの」

「なんで」

夏目のことが気に食わないらしいのはわかるけど、わたしたちが音楽やることまで否定するの？

「伊庭は音楽嫌いなんじゃないの。いろいろ……思い出すから」

黒川が付け加えた。

「思い出すって……バンド時代？」

「じゃないの？　オレよく知らないけど……夏目との絡み見てると穏やかに解散したって感じじゃないじゃん」

そうか。解散してる……んだよね。今やってないってことは。

「……夏目たちのバンドに、なにがあったの」

「さあ……あの様子じゃ、夏目と伊庭が喧嘩別れって感じだけどな」

じゃあ、そのとき、もうひとりの女の子はどうしたんだろう。

「例の女の子って、ウチの学校じゃないの？」

「ボーカルの子？　知らない。誰と組んでたのか知らないんだよね。伊庭たち地元で活動してたわけじゃなかったみたいだし……」

比較的情報通の黒川でさえそうなら、きっと当人たちしか知らないことなんだろう。

「夏目に聞けばわかるんだろうけど……」

同じことを思ったのか、玉木が空っぽのドラムチェアを見てぼやく。

けれどその日、そしてそれ以降、夏目は吹き溜まりにやってこなかった。


数日後。いまいち身の入らない練習の合間、休憩中にパソコンをいじっていた久我山くんが変な声をあげた。

「どした？」

と、石間が寄っていく。プログラミングでもしくじったのかと思いきや、画面を覗き込んだ石間が顔をしかめてわたしを手招きしてきた。どうしたんだろう。

「動画のコメント欄が荒らされてるんだ」

ヘッドホンを外した久我山くんが指したのは、丹高の掲示板に貼られたＵＲＬから飛ぶことのできる無料の動画サイト。ノイジーボーイズの音源を使って彼が作ってくれた宣伝動画は、夏休みの終わり頃動画サイトに投稿されると同時、掲示板にリンクが貼られ、そこそこ順調に再生数を伸ばしていた。好意的なコメントも比較的多く寄せられていて、みんなのモチベーション向上に繋がっていたのに。

「でも、動画のコメントって誰でも自由に打ち込めるんでしょう？　ヘタクソとか言われるのはある程度しょうがないんじゃ……」

「そんな生易しいもんじゃないよ」

久我山くんが再生ボタンを押す。

流れ出したスタンドバイミーのメロディーとともに、ノイジーボーイズのロゴマークがアニメーションになって踊り出す――のが見えたのは一瞬だった。右側から流れてきたコメントの字幕が、一斉に画面を埋め尽くしたのだ。

――不良に音楽やる資格なんてない。

――不良の音楽なんて誰も聴かない。

――不良らしく社会の掃き溜めに引きこもってろ。

そんなニュアンスの文章が、ずらずらと。

「運営が嗅ぎつけてアカウント停止したみたいだから今は止まってるし、削除依頼も出してるからそのうち消えるだろうけど……手遅れ感はあるね」

「手遅れ？」

「見ちゃった人がいっぱいいるってこと。ネットってさ、誰かひとりが言い出すと火がつきやすいの。この荒らしが口火切っちゃったみたいで、似たようなコメントがどっと増えてるんだ。最初の方のコメントは荒らしの仕業だけど、後ろの方は比較的最近のものだよ」

「その荒らしってやっぱり……？」

「まあ、あいつだろうね」

久我山くんは苦い顔で認めた。不穏を察知したらしい面々がゾロゾロやってきて、パソコンを覗き込んでは一様に顔をしかめた。

「伊庭か……」

「でも伊庭だけじゃないってことだよね。アカウント凍結されてもこういうコメントが減らないってことはさ」

「まあ……いまだにオレらのこと、白い目で見るやつは多いっスもんね」

吹き溜まりへの悪いイメージは、今年の夏休みを通して少しずつよくなっていると思っていた。旧講堂の片付け、響き渡る吹奏楽、満ちる活気……そういうものが、通りすがる生徒たちの目にも留まって、何かが始まることを、変わることを、期待させているんだって。

実際、それはあながちウソでもなかったはずだ。寄せられたコメントにはそういったメッセージも少なくなかったし、なにより誰も寄りつかなかったはずの吹き溜まりのそばを、最近では生徒たちがよく通り過ぎる。でも、それでも払拭できない根強いイメージが、いまだにこの場所には蔓延《はびこ》っている。

「……動画は削除した方がいいかもしれない」

久我山くんがぽつりと言った。

「今のままじゃむしろ、マイナス効果の方が大きいよ」

誰も何も答えられず、彼が動画を削除するのを黙って見ているばかりだった。


伊庭の攻撃は、それだけに止まらなかった。

ある日吹き溜まりへ来てみると、綺麗に片付けておいたはずの講堂内に、外にまとめておいたはずのゴミが散らかされていることがあった。積んであった机の山も崩され、椅子は放り投げられたかのようにあちこちに散乱していた。

近頃はみんな持ち帰っていたので楽器は無事だったけれど、置きっぱなしになっている夏目のドラムは悲惨だった。本人のものじゃなくて、学校の備品なんだけど、だから余計に悪いっていうのもある。シンバルはひん曲がり、ドラムのほとんどはヘッドが叩き割られていて、もうとても使い物にならない。平野になんて報告すればいいんだろう。きっと文化祭実行委員会への心象もよくない。

……と思っていたら、伊庭はすでにそっちにも手を回していたらしく、その日のうちには委員会から通達があった。わたしたちが練習中に内輪もめを起こし、そのときの乱暴で楽器が壊れたということにされていた。実際楽器が壊れているという証拠に対し、わたしたちは自分たちがやったのではないという証拠を持たない。後々顧問である平野に話がいくらしく、不利な立場に置かれたことは間違いなかった。

動画はすでに削除されたはずだけど、掲示板の方でもいまだにその動画やノイジーボーイズに対する攻撃がやんでいなかった。

名無し：不良に音楽やる資格はない
名無し：不良が音楽とかマジウケる
受験生なう：ヤンキーのブラバンなんて誰が聴くと思ってんの
音楽愛好家：音楽への侮辱《ぶじょく》だよなあ
名無し：愛好家気取りとかキモっ
名無し：正直ちょっと聴いてみたいけどね　そんでフルボッコしたいワラ
名無し：あいつら本当に不良なん？　けっこう頑張ってたみたいだけど
名無し：あんな場所にたむろしてる時点で不良確定

伊庭らしき投稿者が投げ込む火種に、吹き溜まりに嫌悪感を持つ生徒たちが便乗して、けっこうな騒ぎになっている。あまりにひどい誹謗《ひぼう》中傷なんかもあって、わたしは途中から見るのをやめた。

そうして、伊庭の牙は少しずつ吹き溜まりを蝕《むしば》んでいった。

チラシに宣告されたノイジーボーイズへの明確な敵意が、少しずつ学校中に拡がって、浸透していった。

教室じゃ駿河が聞こえよがしに「そりゃあそうなるよなあ。不良が音楽なんてできるわけないよなあ」などと言うものだから、頭にきて取っ組み合いになりかけた。殴り合いの喧嘩なんてしたことなかったし、相手は男子だっていうのにね。自分でもバカだと思うけど、我慢ならなかったんだ。玉木や石間が似たようなことをやらかしたって、後で聞いた。わたしですら我慢できないんだから、あの短気な二人が我慢できるはずがない。そうした諍《いさか》いの噂はあっという間に広がって、やっぱり吹き溜まりの生徒は狂暴だって、そんなふうに囁《ささや》かれているのを何度か耳にして、またイライラして、もうダメかもってちょっと泣いた。

ノイジーボーイズの音色からは、明らかに特有の鋭さが消えていた。それを失ってしまったら、素人に毛が生えた程度の彼らの演奏なんて、文字通りのノイズでしかない。徐々に吹き溜まりから吹く騒がしい風が止み、講堂は再び風の通わない淀んだ空気の中に沈んでいってしまう。

音が消えたことが、結局内輪もめで潰れちゃうのか」

「なんだ、結局内輪もめで潰れちゃうのか」

「喧嘩で終わるってとこがあいつららしいよね」

「そういえば去年の今頃だったよな、あの二人が停学食らったの」

「変わったと思ってたのに」

「所詮《しょせん》不良だよ」

「期待する方が間違ってんのさ」

旧講堂の外を通りすがる声はだんだん遠ざかり、そのうち声さえ聞こえなくなった。

誰も吹き溜まりに近寄らなくなり、いつしか吹き溜まりは梅雨の頃の姿に戻っていた。

「……所詮こんなもんか」

どこか諦めたような口調で、玉木がぼやいているのを聞いたことがあった。

初秋の空を見上げる瞳が、伊庭と同じ灰色に染まっていた。

久しぶりに、帰り道が弥生と海羽と柚香と一緒だった。わたしが当事者だから、あまり明るい雰囲気というわけにはいかなくて、四人ともだんまり気味に歩く。まだまだ残暑の気配が残るアスファルトの照り返しは十分に暑くて、ぽつぽつ秋色に染まり始めた丹山の町並みだけが涼しげだった。

「……アキは、がんばってると思うよ」

海羽がぽつりとこぼした。

「あたしさ、正直心配だったんだよね、アキが不良と吹奏楽部作るって言い始めたときは。どうなることかと思った。音楽バカこじらせてついに頭おかしくなったかと」

「あはは……きっついねえ、ミウ」

と、柚香。弥生もうなずいている。

「言いたいことはわかるけどね。私だって気が気じゃなかったもの」

三人の会話を聞き流しながら、わたしはだんまりを貫いていた。

ここ最近、ずっと思っていることがあった。わたしはどこで、なにを、間違えてしまったんだろうって。リーダーとして、なにを誤ったんだろうって。

みんなを引っ張って、先頭を走ってきたつもりだった。一年前の失敗を踏まえて、独りよがりにならないように、置いてけぼりにしないように、一生懸命考えて、正しいと信じるようにやってきたつもりだったんだ。

でも、今のノイジーボーイズは望まない結果に向かってゆっくりと堕ちていってい
る。いつしか道を違えた何かが、少しずつ、少しずつ、ズレてきたみたいに。平行だ
と思っていた二本のレールが、実はそうじゃなかったみたいに。このままじゃ、みん
なを乗せた列車は脱線してしまう。

そのレールを曲げてしまったのは、わたしだったんだろうか。

わたしはどこで、なにを間違えたんだろう。

なにを間違えてしまったんだろう。頭悪いから、わかんないよ。

「アキ？」

「どうしたの？　顔色悪いよ」

三人に顔を覗き込まれていた。でも、滲んでよく見えなかった。ごしごしと顔をこ
すると、余計に涙が出て、言葉を抑えておくことができなくなった。

「……わたし、部長に向いてなかったのかな」

立ち止まった足元には、四人分のシルエットが影を落としていた。見慣れた影の長
さ。海羽のが頭一つ分長くて、弥生のが頭一つ分ちっちゃい。柚香とわたしの影は、
ほとんど変わらない。

ややの沈黙を挟んで、背の高いシルエットが声を発した。

「なんでそう思うの」

「一年前も失敗したし。今度も、結局バラバラになっちゃいそうだし」

「でも、今までちゃんとまとめあげてたじゃない。今回はがんばってるなーってみんなで感心してたんだよ」

「まとまってなかったんだよ、きっと。だからこんなことになっちゃう」

「バラバラになっちゃうって自分で言ったじゃない。バラバラになるってことは、元はちゃんとまとまってたのよ」

　海羽の言葉は、正しいように聞こえるけれど、気休めにも思えた。

　わたしと同じ長さのシルエットが口を開いた。

「わたしは、アキはちゃんと部長してたと思うけどなあ。みんなに好かれて、こいつにならついていってもいいって、そう思わせられてるように見えたけど。少なくとも、夏休みの間の吹き溜まりの様子見てたら、そう思ったよ。アキが部長だったから、ヤンキーたちもついてきたんじゃないの。失敗から学んで、いい部長になれてたんじゃない？」

「わかんないよ、そんなの。わたしじゃなくたってよかったのかもしれない」

小さなシルエットが、笑い声とともに言った。

「それこそわかんないじゃない。自分じゃなかったら、なんて想像したって無駄だよ。なにをどう喚いたって、現実問題ノイジーボーイズのリーダーはアキなんだから。アキなりのやり方で、なにができるか考えてみたら？　諦め悪いのがアキのいいとこでしょ」

顔を上げると、三人の笑顔が夕焼けに溶けていた。

帰宅メイト。なんだかんだ言って、いつもわたしの味方をしてくれた。みんな音楽はできないからって吹奏楽部には入ってくれなかったけど、わたしの音楽バカ以外のいいところも、悪いところもわかってくれてる。黒川たちとはまた違う、トモダチ。

――アキなりのやり方で、なにができるか考えてみたら？

弥生の言葉を胸中で繰り返す。

「……ウン」

ここのところ腐っていた心が、少しだけ軽くなった気がした。

♪

その答えが出る前に、吹き溜まりに嵐が吹いた。

九月下旬、伊庭が再びやってきた。相変わらずドラム不在のノイジーボーイズがお通夜みたいな雰囲気で——それでも諦め悪く惰性に坂本九を偲《しの》んでいると、騒々しい音とともに吹き溜まりの扉が開いて、金髪の不良が姿を現したのだ。

なにしにきた、って思った。これ以上なにしにきたんだって。わたしたちはもう十分傷ついていた。今は恐れよりも、怒りが勝ってた。だからこないだみたいな硬直はなくて、まっさきに噛みついたのは久我山くんだったけど、それも別に意外なことじゃなかった。

「なにしにきたんだよおまえ！」

「おまえらがいつまで経ってもあきらめねェから、トドメさしてやろうと思って」

伊庭はどこか疲れたような笑みを浮かべていた。なんでそんな顔してるんだって思った。

「……出てけよ」

玉木が声に、ありったけの嫌悪を滲ませて言った。

「なんなんだよ、おまえ音楽になんて興味ないんだろ、邪魔するんじゃねえよ！」

伊庭はめんどくさそうに耳をほじっている。わざとだってわかった。ポケットからタバコを取り出して、火をつけようとしてふと周囲を見回す。

「……玉木、そういや灰皿どうした。ここにあったよな」

「もう誰も吸ってねえし二度と吸わねえ！　つーかオマエにもうここで吸わせる気はねえ。わかったら出ていけよ、ここにオマエの場所なんかねえよ！」

「……あっそ」

お構いなしに火をつける。先端からもくもくと煙が上がる。

伊庭が紫煙を吸い込み、一度口から離して煙を吐き出し、それからまた咥えようとする、その瞬間にわたしは手を伸ばして、彼のタバコを摘み取った。

「ここは禁煙だって言ってるの。ついでにキミは未成年」

あのときのように、体は震えなかった。声も震えない。頭一つ以上高いところにある吊り上がった両目を、わたしは真っ向からにらんでいた。少し怖い。でもそれ以上に怒っていた。許せないと思っていた。

タバコを奪われた伊庭は、怒りもしなければ戸惑いもしなかった。ただその濁った瞳でわたしを見下ろして、つまらなそうにため息をついた。

「……おまえは、こいつらがなんのために音楽始めたのか知ってンのか」

タバコ臭い口から、煙と一緒に吐き出された問は、いまいち意図が読めなかった。

「そんなの……それがこの状況となにか関係あるの？」

「知らないのか。それでこいつらに音楽教えてやってんの。へえ……」

「なによその思わせぶりな言いか」

「こいつらは、あの世界史教師のために音楽をやろうとしてんだよ」

前置きもタメもなしに、伊庭はいきなりそう言い切った。

「……は？」

間の抜けた声が漏れた。世界史教師って……平野？

「おまえ、あの教師の過去知らないだろ」

「伊庭！　それはセンセーが知られたくないから黙ってることだ、しゃべんじゃねえ！」

玉木が怒鳴るのも意に介さず、伊庭が饒舌にしゃべり始める。

「ちょうど一年前だったかな。酒に酔ってたあのバカが口を滑らせたんだ」

——俺は昔ブラスバンドをやってたんだ、とね。

ニヤっとしてそのセリフを口にした伊庭の顔を、わたしは茫然と見つめていた。

「センセイが、ブラバン……？」

「伊庭ァッ！」

玉木が伊庭に殴りかかり——しかし、瞬きする間に地面にたたきつけられていた。伊庭は左手を軽く動かしただけ……にしかわたしには見えない。悶絶《もんぜつ》する玉木を、伊庭が憐《あわ》れむように見下ろしていた。

「今のこいつらと一緒だ。あいつは昔、音楽をやってたんだ。楽譜が読めないなんて大ウソさ。バリバリのブラスバンドだ。しかも、あいつはいわゆる不良生徒だった」

伊庭は笑っていた。

「笑えるだろ！　おんなじなんだよ。不良だったあいつに音楽を教えたバカがいたのさ。それであいつはブラスバンドにのめり込んだ。今のこいつらと一緒だ。毎日バカみたいに楽器吹いて——いや、弾いてだったか——まあどっちにせよ明るい結果には終わらなかったがな……」

事件が起きたんだ、と彼はつぶやいた。

「暴力沙汰。流血沙汰。翌日の新聞にも載ったらしいぜ。実際には、あいつは巻き込まれただけの被害者だったらしいけどな……けど、不良なんて信用がないから結局あいつ自身も責任を取らされる羽目になった。その程度で簡単に壊れちまう……不良への淡い期待なんてな。あいつはその一件でその年のコンクールを台無しにした。自分だけじゃない、不良だった自分を受け入れて、一緒に音楽やってくれたメンバー全員の夢をぶち壊したんだ。罰が当たったんだよ。音楽なんて聴いてもらってナンボ。けど、不良の音楽なんて、そもそも誰も聴きたくないのさ」

「そんなことない！」

「あいつが自分で音楽を教えないのは、過去の自分を恥じているからだ。同じ道を歩ませることを、恐れているからだ。こうなることくらい、アイツだってわかってた。だから自分で教える勇気が出なかった。二度同じ思いをするのが、嫌だったんだよ」

反論虚《むな》しく、伊庭の言葉に場は呑まれていった。もう、誰も彼を止められない。

「音楽をやる原点があの教師への恩返しってとこにある時点で、おまえらはすでに存在意義を失ってんだよ。今やおまえらは旧講堂を占領してバカ騒ぎをする名ばかりブラスバンドだ。おまえらがこのまま無理矢理活動し続ければ、顧問のあいつが責任を取らされる。それじゃ恩返しどころか恩を仇《あだ》で返すことになるんだからなァ！」

そこまで聞いて、わたしは伊庭を殴り飛ばした。手がジンジンと痛んだ。こんなことが、わたしなりにできることなのか。違う。絶対に違う。でも、そのときのわたしには、リーダーとしてできることなんて他に思いつかなくて、誰も幸せになんかならないその最低なパンチが、精いっぱいのアクションだった。

第六部　ＢＯＮＤＳ

失意のうちにノイジーボーイズは解散した。

「シゲちゃんに迷惑かけるんじゃやっても意味ないからさ」

少年たちは、ぞろぞろと吹き溜まりを出ていった。最後尾の黒川の「ごめんね」と言った顔が、まぶたの裏に焼きついて消えていかなかった。がらんとした講堂にはわたしひとりが残された。膝を抱えてうつむいて、足の間から床の模様を見るともなしに見つめる。

別に、彼らが音楽をやる理由なんてなんだってよかったんだ。平野が昔音楽をやってたって別にいい。それを秘密にしていたことも、その理由も、正直どうだっていい。

ただ単に、解散したくなかった。

二度目は、嫌だった。

ノイジーボーイズを結成してから、心の奥底ではずっと不安だった。いつかどこかでまた失敗してしまうんじゃないかって。部をダメにしてしまうんじゃないかって。

そんな未来、絶対に嫌だったから、突っ走らないように気をつけてきたのに、たった
ひとりに蹂躙《じゅうりん》されてみんなダイナシだ。なんでこうなっちゃうんだろう。

顔を上げると、わたしに殴られて仰向けにぶっ倒れた伊庭が、まだ倒れたままそこ
にいた。恨みがましい声が、唇を突いて出る。

「なんでこんなことしたの……音楽に恨みでもあるの」

「……ねえよ」

その反応は、前にもどこかで見た気がした。確か夏目も、同じ質問にそんな返事を
返してきたっけ。

「じゃあどうして……？」

伊庭は、うつむきがちだった顔を持ち上げた。目が、なぜか決壊寸前に見えた。雨
が降り始める直前の、暗い空みたいな色をしていた。

「遊びの音楽は嫌いだ」

「遊びのつもりなんてなかった！」

「学校の部活動なんて所詮お遊びだろ」

ムカっときて、わたしはついムキになる。

「じゃあ遊びじゃない音楽ってなによ！」

「音楽《ソレ》で食っていけること」

伊庭の声に滲んだ本気に、びくっと身がすくんだ。

ソレで食っていけること？　プロって意味？　なんでアンタがそんな本気の目をして、そんなことを言うの？

伊庭はグシャグシャッと金色の頭をかき混ぜて、わたしをにらんでくる。

「下手過ぎて反吐《へど》が出ンだよ。あんなやっとのことで体裁保ってるようなモンが、遊びでなかったらなんだってんだッ」

わからなかった。伊庭はいったい、なんの話をしているんだろう。なんでそんなことに怒ってるんだろう。

「高校レベルのブラスバンドに、キミはいったい何を要求してるの」

「別になんも要求しちゃいねェよ……ただ耳障りだっつってんだ」

「そんな、理由で……」

ノイジーボーイズを壊したの？

「くだらないってか。俺に言わせればあいつらが音楽に固執する理由の方がよっぽどくだらねェ……」

吐き捨てるような口調には、明らかな憎悪の色があった。その息で楽器を吹いたら、さぞかしおぞましい音が出るだろうなと思った。

相変わらず危なっかしいふらふらとした足取りで立ち上がり、伊庭はわたしを見下ろしている。少し腫《は》れあがった頰に、手があてられていた。意外と綺麗な爪先。ちゃんとピンク色をしているのが、なんだか意外だった。

「おまえは、あいつに似てる」

変なことを言われた気がした。

「あいつ……？」

「あいつもそうだった。本気でプロを目指してるくせに、しょっちゅう遊びの音楽をやりたがった。そんで、そういうときの方がうれしそうに歌いやがる。俺が文句を言うと——そう、ちょうど今のおまえみたいな目で俺を見るんだ。音楽を仕事にはしたい、でもそのために音楽を楽しむことを忘れたくはない……よくそんなこと言ってた」

「誰の……話？」

いや、誰なのかはわかってた。彼女以外に、誰がいるっていうんだ。

「……なんだ、夏目のやつしゃべってないのか」

伊庭は意外そうな顔をした。

「てっきりペラペラとしゃべってンのかと思ってたけどな」

「夏目はそんな人間じゃない！」

「へえ……好かれるところも似てるのな」

　意味深なことをつぶやく伊庭の目は、もうわたしを見ていない。淀みなくその口から流れ出る言葉は、半ば独り言のようだった。

「――ユキは、歌手になりたかったんだ」

〝ユキ〟――そう口にしたときの伊庭の目は、少しだけ灰色が薄くなったように見えた。声が少しだけ無邪気さを帯びて、年相応の高校男児っぽく聞こえた。

「プロを目指してた。いいやつだったよ。俺みたいな不良が暇つぶしに弾いてたギター聴いて、いきなりバンド組もうって言ってきた。その次は丹中の文化祭でひとりでドラム叩いてた夏目誘って……気がついたら三人で東京の路上でストリートライブしてんだよ。魔法にでもかけられたかと思ったわ」

　伊庭は、笑っていた。たぶん、初めて見せた素直な笑顔だった。

「バンド名は〝ＢＯＮＤＳ〟っつって……周りからは不良バンドとかヤンキー軽音とかいろいろ言われたけど、あんまり気にならなかった。なにを言われようとユキは自分を曲げなかったし、俺はそんなあいつが夢を叶える瞬間を漠然と見てみたいと思ってた。あの頃は、楽しかった」

目を閉じる。

その目が再び開くと、別人みたいに濁った瞳になっていた。

「――中学三年のときだった。あるレコード会社のオーディションにデモテープを送ったんだ。すぐに返事が来て、実際に会ってみたいと言われた。プロも視野に入れて考えておいてほしいって、あっちからそこまで言ってきたんだぜ？ ユキの夢は、叶ったも同然だった」

そこでまた口をつぐむ。

次に口を開いたとき、伊庭の声音は刺々《とげとげ》しく荒れている。

「……なのに実際に会った途端、やつらはガラリと態度を変えたんだ。俺らは蹴られた。わっかりやすい理由さ、メンバーの俺と夏目が不良だったからだ。不良は信用できない、不良の音楽なんて所詮遊びだっつってな。会ったばかりなのに何がわかるってんだ、テープだけなら評価したくせに！ 俺たちには、遊びのつもりなんて微塵《みじん》もなかったのに！」

それがさっきわたしが言ったのと同じ言葉だということを、伊庭はわかってるんだろうか。いや、同じだからこそ、なのかな。俺の音楽は本当に本気だったけど、ほら、おまえたちの音楽はやっぱり遊びじゃないかって、そう言われてる気がした。

「納得いかなかった。俺は……俺はそこで暴れて、夏目に押さえられて、ユキは泣いていて、警察が来て、あとはもう……」

消えていくその言葉尻に、わたしはＢＯＮＤＳの結末を見ていた。

ちょっとわかった。伊庭がなにに苦しんでいるのか。なぜ音楽から離れてしまったのか。彼も、平野と同じなんだ。不良だから、ただそれだけの理由で、彼らは音楽の世界にそっぽを向かれた過去がある。そして彼らはそれぞれの理由で、ノイジーボーイズからも目を背けようとしてる。それって逃げじゃないの？　そう思うけど、口にはできなかった。

「……ユキさんは、それからどうしたの？」

「あいつは……あいつは神奈川の高校に行った。それしか聞いてない」

目を覚ますみたいに頭を振ると、伊庭はわたしをにらんだ。

「これで俺がおまえらにイラつく理由がわかったろ。楽しい音楽？　ハッ、笑わせる。聴いてもらうだけなら誰だってできるさ。けど、そこから先——聴いた人間が、金を払ってもいいと思えるレベルの世界に至って、初めて本物の音楽になるんだ。その世界を目指してないおまえらのやってるのは、だからただのお遊びだっつってんだよ」

　そうじゃない、とわたしは思った。そうじゃないよ。伊庭が苦しんでるのは、プロになれなかったことじゃない。不良というステータスゆえに、弾かれたことそのものだ。だったら、音楽が遊びかどうかじゃなくて、彼が本当に気に食わなかったのは。

「……本当に、それが理由なの？」

「あ？」

　伊庭が目つきを険しくした。怖い。ひるみそうになる自分を叱咤《しった》しながら、わたしも立ち上がった。視線が低いから舐められる。背伸びして彼をにらみつけた。

「昔の自分を思い出すから、ノイジーボーイズを見ているのがつらかっただけなんじゃないの？」

「……うるせェ」

「ユキさんの音楽を思い出すから、聴いているのがつらかっただけなんじゃないの？」

「……ちげえ」

　答える声は、とても小さかった。言葉と裏腹に、全然否定しきれてないと思った。彼の中にもまだ、夏目みたいに、音楽への情熱がくすぶっているのかもしれない。だけどそれは彼の心の壁に阻まれて、わたしにはとても手が届かなかった。

「もうよせ」と、伊庭は言った。

「うんざりだ……もう。俺たち不良に音楽やる資格なんて、最初っからなかったんだよ。誰も聴いてくれやしねえ」

「違う」

即座に否定したわたしの顔を、伊庭は幽霊でも見るかのような目で見ていた。やがてくるりと背を向け歩き出した彼の後ろ姿は、薄暗い吹き溜まりの外の闇に溶けるようにして消える。

重い腰を上げて吹き溜まりを出ると、その足で生徒会室に向かった。企画がダメになったことを、伝えておかなければならないと思った。

扉を叩こうとすると、ちょうど内側から扉が開いて、見慣れた顔がぬっと現れた。

「センセイ……」

「おう、一条か」

ちょっとやつれたような、疲れたような、そんな平野の顔。なんだか老けて見える。

彼が今ここにいる理由なんて、一つしか思いつかなかった。

「実行委員長に、なにか言われましたか」

「ん、ああ……あいつらが旧講堂の備品壊したからって、ちょっとな。まあ……事故なんだろ？　ひとまず謝っちまえ。おまえらががんばってたのは向こうさんもわかってくれてるみたいだったし、企画潰すようなことにはなるまい。ああでもドラムは……弁償かもしれんな……ううむ」

　わたしの顔を覗き込んで眉をひそめる。

「どうした。なんか元気ないな」

　珍しく気遣うような平野の言葉に、視界が少し滲んだ。やば。泣きそう。

「センセイ……もうだめかも」

「なにが」

「解散、しちゃった」

　何を言われたのかわからない。という顔をしたのは一瞬だった。平野は目を見開いて、わたしの両肩をがしっとつかんで揺さぶった。

「どういうことだ」

「伊庭くんが……」

　――それはセンセーが知られたくないから黙ってることだ、しゃべんじゃねえ！

　玉木の言葉が脳裏にこだます。

──ちょうど一年前だったかな。酒に酔ったあのバカが口を滑らせたんだ。口を滑らせただけ。本当は言うつもりがなかった。知られたくなかった、醜い過去。でも、伝えなければ、伝わらないこともある。なにより、このまま平野がすべてを知らないでいるのなんて、わたしは許せなかった。知るべきだ。知って、……知ってどうしてほしいのかまでは、わからなかったけれど。

「……わたし、センセイの過去、知ってしまいました」

全部しゃべった。

──同じ目線でしゃべってくれる大人ってだけで俺らにしてみれば希少価値だったから。

──補習とかしてくれたこともあったよ。世界史以外てんでダメだったけど。

──文化系サークルの女は呑ませちまえばチョロいとか。勉強になったなあ。

──無駄な知識ばっか増えたよね。

──変に物知りなんスよね、センセー。

──でもセンセーのおかげで世界史の赤点だけは絶対まぬがれんのな。

──またなーシゲちゃん。

──禁煙しなよセンセー。

ノイジーボーイズという存在自体が、リベンジだったんだ。不良でありながら音楽に情熱を燃やし、そして潰《つい》えた平野の青春時代。それを継ぐようにして生まれた、この世界へのリベンジ。やっぱりみんなは、センセイを恩師だと思ってた。だからその無念を晴らしたくて、なにか恩を返したくて、でもみんな不器用だから、あんなやり方しか思いつかなかった。

――『ヤンキーが音楽？』なんて疑問を、世界から失くすためさ！

黒川の言葉は、やっぱり名言だったよ。そして、心からの本音でもあったんだ。

「……知ってたのか……ああ、それで……」

平野は顔を手で覆ってた。どんな顔をしているのかは想像がつくのに、平野がそんな顔をするのはなんだか意外だなとも思った。心のどこかで、なんだそれなら早く言えよって、そんなふうに笑ってもらえるのを、期待してたのかもしれない。

「おかしいと思ったんだ。いくらヒマだからって、あの不良共がやるに事欠いてブラスバンドなんて……よりにもよって過ぎるとは思ってたんだ……」

平野も薄々気づいてはいたのだ。でも、あいつわたしのこと好きなんじゃないの？って思っても確信は持てない恋みたいに、そういうのって、思えば思うほど疑いたくもなる。わかる気がするよ。なんかそういう気持ち、最近わたしの中にもあるから。

「センセイに迷惑かけるからって、解散しちゃったんです。このままじゃノイジーボーイズはセンセイとおんなじことになっちゃう……でもわたしには、もうなにも……」

平野は答えずに、センセイとおんなじことになっちゃう……

平野は答えずに、フラフラと歩き出した。しわくちゃシャツの背中が、つい先刻の伊庭に重なって見えた。元々猫背気味ではあるけれど、それでもタッパはある方のセンセイの背中が、あんなに小さく弱々しく見えるなんて。

「センセイ！」

呼びかけたけど、その後に続けられる言葉が見つからない。その背中もまた、廊下の薄闇に掻き消えていった。

♪

そして、吹き溜まりは空っぽになった。

誰もいない、なにもない、スッカラカンになった旧講堂の姿は妙に物寂しくて、今となってはあのゴチャゴチャした感じが逆に恋しい。散らかして、あの頃のように元に戻してしまえば、みんなも帰ってくるだろうかと考える。子供じみた妄想にすぐ嫌気が差した。時間は巻き戻らない。高校生にもなってそんなこともわからないほど、わたしはガキじゃない。

握りしめたフルートの冷たさが、秋の訪れを感じさせた。夏場、人肌の熱を帯びていた銀色の横笛は、今や冷え切って歌うこともできない。みんなが置き去りにしていった楽器はあの日のままそこにあって、秋風に吹かれた管体がたまにひゅーひゅーと掠れた音を立てていた。吹き手との突然の別れをいまだ惜しんでいるみたいな声が、胸をチクチクと刺した。

膝を抱え込んで頭を埋めていると、誰かが肩を叩いてくれそうな気がした。ヤダな、自分のこういうところ。甘えん坊みたいで。そんなことないって、頭ではわかってても心が期待してしまう。結局ガキじゃないかって、口にしたらホントにガキっぽくて、余計にへこんだ。

何事もなかったようにふるまうことは、できると思う。以前みたいに放課後はひとりで楽器吹いて、たまに帰宅部メイトとつるんで、文化祭は四人で適当にぶらついて、吹奏楽部の演奏がないことを少しだけ後悔したりして。でも、忘れることはできないのだ。この夏の、この三ヶ月の、身を焦がすようなノイジーボーイズとの日々。わたしの心に深く刻み込まれた夏の思い出。忘れることなんて、できない。

いい思い出になるはずだったそれは、未完成のままだ。これから先も未完成のままに、わたしの心の中で腐っていく。ドロドロに溶けた、ヘドロみたいに。

「……いやだ」

口に出してみると、その気持ちはより一層大きくなった。

目を閉じれば、今も耳の奥で鳴り響くノイズがある。わたしはただ、それをこの場所から学校中に響き渡らせたかっただけなのに。風が吹き出すみたいにびゅーって。だって、ほとんど届きかけていたんだ。何かが変わりかけていたんだ。綺麗でなくたっていいんだよ。耳を塞ぎたくなるような不協和音でも、心を揺さぶれるのならそれは音楽だ。音楽なら、聴いてもらわなくちゃ。わたしたちには、その資格があるはずなんだ。

伊庭は吹き溜まりを壊した。

平野は吹き溜まりに背を向けた。

ノイジーボーイズは吹き溜まりを去った。

それでもまだすがるようにしてこの場所に来るわたしの方が、何か間違っているんだろうか。

一つだけ確かなことがあった。

わたしは、諦めが悪いのだ。

♪

文化祭まで二日というその日、丹山の上空は不穏な曇り空に覆われていた。それでも校内は文化祭への高揚感でいっぱいで、放課後も和気あいあいとしてる。ウチのクラスは劇をやることになっていた。わたしは部活の方が忙しいからって理由であんまり深く関わっていなかったから、こういう時間どうしていいのかわかんない。ヒマだなーって。でもそうしていると駿河に嫌味ったらしく絡まれるから、最近はいつもふらふらと吹き溜まりの方へ逃げていた。いつもの三人が何かと作業の輪に入れてくれようとはしてたんだけど、そんな気分にはなれなかった。

ここ十日ほどは、吹き溜まりのみんなにも会っていない。いや、顔を合わせるくらいはしていたけど。でもなにしゃべっていいのかわかんなくて、向こうからわたしを避けているというのも感じたし、そんなの会ってないのとおんなじだ。付き合ってたカップルが別れた直後の気まずさみたいな。彼氏いたことなんかないけどさ。

けど残り二日を切って、さすがになにもしないでいるのが耐えられなくなって、その日はわたしの方から出向いた。お隣の二組から顔を出したら、玉木の姿を見つけた。

彼もクラスでの文化祭にはあまり関わりがなかったのか、教室の隅っこでひとり囲碁《いご》なんか打ってた。

「……おう」

近づいていったら、玉木が顔を上げずに挨拶してくる。

「なんで囲碁？」

「趣味」

「ウソ。玉木もっと派手なの好きそう」

「ん、エネルギー使わないことしかやる気分じゃねえの。オレお祭り騒ぎとかホントは大好きなんだけどさ、クラスじゃやっぱ上手く馴染めねえし……」

萎《しぼ》んだ語尾につられるようにして、空気が重たくなった。アカン。本題に入る前くらい普通の世間話が欲しくて、わたしはできるだけとりとめのない話題を探す。

「あ、あのさ、夏目知らない？　最近ずっと学校来てないみたいで。連絡先とかも教えてくれないから、あいつ」

ノイジーボーイズの連絡先は全部アドレスに入っている。ほとんど毎日会っていたから、急な練習時間の変更とかない限り使ったことはなかったけど。ただ、夏目はなんの意地か知らないけれど、教えてくれなかったのだ。どうせいつものイジワルだ。

「俺も知らないよ。なんだかんだで夏目が一番痛い目に遭ってるし……文化祭終わるまで来ないつもりなんじゃないの」

「そっ……か」

このままだと本当にグダグダと近況報告で終わってしまいそうだ。

「あのさっ……もう一度やってみるつもりは、ない？」

結局ストレート。玉木は顔を上げてわたしを見た。それから、はっきりと首を横に振った。

「センセーに迷惑かけてでも、か？　いちじょーは知らんかもしれんけど、センセーすでにだいぶ俺らのこと庇《かば》ってくれてるからさ、これ以上は正直……それに今回はもう大義名分が崩壊しちまってる。俺らはセンセーの屈辱《くつじょく》を晴らしたかっただけなんだ。けど、これ以上やったらむしろセンセーの顔に泥塗っちまう」

「……そう。そうだよね……」

だけど、教室でひとり、周囲からぽっかりと避けられるようにして囲碁を打っている玉木の姿は、とても痛々しくて見ていられなかった。言葉でこの状況を変えられるなら、いくらでも積み上げよう。でもたぶん、言葉じゃないんだろうな。そう思ったから、それ以上はなにも言えなかった。

吹き溜まりを失った少年たちは、また以前と同じ立場に追いやられているのかもしれない。だとしたらなおさら、やめちゃいけなかったんじゃないかと思ってしまった。

一組で黒川に会った。彼の反応も玉木と似たり寄ったりで、どこかいつもの覇気が足りない気がした。その足で三年生の教室に行ったけど海田さんはいなくて、一年一組の教室で久我山くんと石間を見つけたけど二人とも暗くて、最後にはわたしも意気消沈してがんばることをやめた。いつも通りの明るいおバカに見えた三馬鹿も、よく見るとどこか元気がなくて。

みんな瞳が灰色だった。失ったものがそれだけ大きかったんだって、今さら後悔しても遅いのに、やっぱり伊庭を恨んでしまう。あとセンセイも。誰に訊いてももうノイジーボーイズには戻らないと、ガンとして譲らないんだ。センセーの顔に泥を塗るから、って。センセイは、なにもしてくれないのに。

好かれてるじゃん、とわたしはぼんやり思う。なのに、どうしてこんなねじくれた結末になってしまうんだろうね。一緒に音楽やって、楽しんで、周囲からの理解も得て——そんな都合のいいハッピーエンドを作るのが、どうしてこんなにも難しいのか、頭の悪いわたしにはよくわかんない。ご都合主義でもいいじゃん。でも彼らは、それをよしとしない。

職員室にも寄ろうとして、やめた。どうせセンセイは動かないさって諦めた。ノイジーボーイズ以上に、動かないに決まってる。だって彼は、そもそも徹底してノイジーボーイズと関わることを避けてきた人間なんだから。顔見たら、恨み言の一つも出てきちゃいそうだったし。八つ当たりなんだって、わかってはいるんだけど。

雨は本降りになっていた。

傘、忘れた。

帰り道はびしょ濡れだったけど、惨めさを感じすらしなかった。頭が死んでる。考えるのもイヤ。冷たい雨を頭から浴びるのは、少しだけ爽快だった。冷静になれる気がした。いい考えが浮かぶ気がした。道の真ん中をゆっくり歩いて、ときどきやってくる車にふらふら道を譲って、また幽鬼のように歩くのを何回か繰り返して、ちょっとやばいなわたしってやっと思った。どんだけ切り替えがヘタなんだ。

諦めが悪いことが、嫌だった。すっぱり諦めてしまえれば、こんなに未練タラタラ雨の中歩くこともないだろうに。諦めきれない自分がいるから、みんなが一緒にがんばろうと言ってくれないことに勝手に傷ついて、勝手にびしょ濡れになるのだ。ばっかみたい。ばっかみたい。

「……ばっかみたい」

口にするとますますばかみたいだ。

ドンっ。ろくに前も見ず歩いていたせいで、誰かにぶつかった。

「すみませ……」

ふっと頭を打っていた雨粒の感触が消えた。頭の少し上で、傘が水滴を受け止めているのがわかった。顔を上げると、傘を片手に持った、無愛想な黒猫がそこにいた。

「……な、つめ?」

「なにしてんだ、傘も差さないで」

なんだか久しぶりな気がした。いや、事実久しぶりだ。一ヶ月ぶりくらい？　私服姿、初めて見た。ぶかぶかの真っ黒い無地Tシャツにだぼだぼジーンズ。夏目が着てもぶかぶかとかなにサイズだ。ＸＬ？　不思議と彼の目は灰色に濁ってなくて、その目に気遣うような色があるのがなぜか可笑しくて、わたしは笑ってしまった。

「……なつめー」

変な声が出た。

夏休み明けてからどこ行ってたんだとかノイジーボーイズが大変なんだとか平野の過去がどうのとか伊庭の過去がこうのとか、言いたいことはいっぱいあったのに、そんな変な声しか出なかった。

「もう、どうしていいかわかんない……」

Tシャツをぐしゃっとつかむと、夏目の胸にコンと額を押し当てた。涙と鼻水が一緒に出て、雨の雫《しずく》も一緒に顔を垂れて、さぞかしみっともない顔になっていると思った。とても顔を上げられなかった。

「……ウチくるか？ すぐそこだから。このままじゃ風邪ひく」

やがて夏目がそんなふうに言った。わたしはあんまり深く考えずに、うなずいた。

「タオル、引き出しの使っていいから。着替えは……なんか持ってくる。アンタ身長は？」

「別にいいよ、ぶかぶかでも。ありがと」

「ン」

夏目の声と足音が遠ざかると、外で降りしきる雨の音だけが静寂に響く。雨の音って、うるさいのに静かだ。他の音を吸い込むのかな。雨の音しか聞こえないや。湯船の中で冷え切った体を温めていると、少しだけ心の緊張みたいなものもほぐれていく気がした。同時に、理性も少しずつ目を覚ましてきた。

「……なにしてんだろ、わたし」

同級生の男の子の家でお風呂借りるとか。冷静になったらすごい恥ずかしい。ぽかぽかしてきた体以上に耳がぽかぽかしてきて、わたしは口元まで湯に沈む。

「アキ」

「ぶふぉっ」

「なにビビってんだよ……着替え置いとくぞ。……その、し、下着はさすがにないからな、自分でなんとかしてくれ」

「なんとかしてくれって……」

……あれ、今アキって呼んだ？

「二階にいるから」

訊き返す前にそう言い残して、足音がまた遠ざかっていった。

水面にぷかぷかと浮かぶ泡を見るともなしに見つめながらぼーっとしていたら、いつのまにか夏目のことを考えている自分がいた。右手を見つめる。さっきしがみついたときの感触が、まだ残ってる気がする。少し湿ったTシャツ越しに触れた、胸板の硬さ。鼓動。熱。思ってたより、筋肉質だった。もっとなよっとしているのかと思ってたのに。なんだかんだいって、わたしはあいつのこと嫌いじゃないんだなって急にそんなことを思った。いつも無愛想で、猫背で、気まぐれでイジワルで。でもときどきふっと優しくなったり、無邪気に笑ったりするのがやけに胸に響くんだ。振り返ればこの数ヶ月、よく一緒にいた。最初に知り合ったのは黒川だったのに、一番頼りになりそうなのは玉木だったのに、お嬢お嬢と慕ってくれたのは石間だったのに。それでも一番わたしのそばにいてくれたのは、夏目だった。

しばらく会えなくて、ホントは心配なんじゃなくて寂しかったのかもしれない。吹き溜まりで腐ってたとき、あいつなら肩を叩いてくれる気がしていたのかもしれない。

——アキ。

不意に耳が熱くなった。

なに考えてるんだ、わたしは。

ぼこぼこ泡立《あわだ》つ口元の泡沫《ほうまつ》を見るともなしに見つめながら、それでもやっぱり頭に浮かぶのはイジワルな黒猫の顔だ。

お風呂から上がると、脱衣所に丁寧に畳まれたグレーのスウェットとドクロのTシャツが置いてあった。趣味がサイアク……だけど、不思議なことにレディースだ。誰のだろ、妹？　それとも元カノ？　現カノジョ……は、いるのかな。どうなんだろ。Tシャツに袖《そで》を通してみるとピッタリだった。なんだか複雑な気分になる。スウェットの方にも足を通しかけて、腰のところのタグに油性ペンでイニシャルが書き込まれているのに気がつく。Y・I？　苗字がNじゃないってことは、妹の可能性が消えた。Y。やっぱり、ユキさんなのかな。付き合ってたのかな。

もやもやしながら廊下に出ると、ひんやりとした空気が肌をチクチクと刺した。人気のない家だな、と思う。二階から微かに物音がする。階段を登っていくうち、それがドラムの音だとわかった。そっか、吹き溜まりのドラムは学校のやつだから夏目のじゃないんだっけ。久しぶりに聴く黒猫のドラムは、防音室にでもなってるのか音が少しくぐもっているけれど、やっぱりよく響く。

パーカッションだけでなんの曲かわかるほど、音楽通じゃない。

でもこれはわかった。スタンドバイミー。初めて一緒に合わせた曲。だから知ってる。

　廊下の突き当たりに、一つの部屋があった。

　ノックしようとして、一瞬ためらった。これ本当に夏目の部屋かな。よく考えたら夏目家の家族構成とか、何も知らない。もしこれで開けて弟とか出てきたら——と、うだうだそんなことを考えているうちにドアが内側に向かって開いて、わたしは出てきた猫背の少年に思いっきり突き飛ばされてしまった。ステーンと情けない転げ方をして、廊下の壁に頭をぶつける。

「……なんでそんなとこで突っ立ってんだ」

　呆れ顔で見下ろしてきたのが夏目で、ほっとした。でも同時に顔がかーっと熱くもなった。

「ちょ……ちょうどドア開けようとしたら、急に開いたから……」

「ノックくらいしろよ」

　夏目はがしがしと頭をかきつつ、わたしに手を差し出してくる。

「サイズ、合ったか？」

「あ、うん……これ、誰の？」

「友だちの。ずいぶん前の忘れ物だけど」

「友だち……ね。レディースなんだけど」

少し迷ってからその手を握って、立ち上がりながら訊いた。

「……ユキさん、の？」

夏目は少しだけ目を丸くした。

「前にバンド組んでたっていう……？」

付け加えるようにそう問うと、ますます驚いた顔をした。

「……しゃべったっけ？」

「伊庭に聞いた。BONDSっていうんでしょ。あんたがいない間に……いろいろあったんだから……っ」

だんだん腹が立ってきた。お風呂と服借りといてあれだけど、半月近く人を散々心配させといて、その間抜け面はなんなの。しゃべったっけ？　じゃないよ。あんたの昔の相棒が散々なことしてくれたんだよ！

「……なに怒ってんの」

夏目は不思議そうに言った。わざとでもわざとじゃなくても、イラっときた。

「怒ってない」

「ウソつけ。アンタがブサイクな顔になるときは怒ってるときだ」

「アンタっていうな！ ブサイクっていうな！ ばかっ」

半泣きになって怒鳴ったら、夏目は珍しく戸惑ったように目を白黒させて、言葉を失っていた。

「夏休み明けてからずっと学校来ないから、こっちは心配してたっていうのに！ なによ……自分はいつも通りで……のうのうと……人の気も知らないでっ」

ボロボロと涙がこぼれる。夏目のイジワルにじゃない。ずっと、泣きたいことばかりだった。夏目が殴られたこと。伊庭に立ち向かったこと。ポスターが破られたこと。動画が荒らされたこと。掲示板でひどいことを言われたこと。少しずつこの数ヶ月で積み上げてきたものが壊れていく感触に、ずっと足元がおぼつかなかった。伊庭にとどめをさされて、吹き溜まりに誰も来なくなって、残された楽器たちの沈黙に責められている気がして、それでも諦めきれない自分を嫌いになった。泣きたかった。ずっと泣きたかった。でもリーダーだから。まだ諦められないから。ひとりで涙をこぼしてしまったら、一緒に落ちる悔しさをもう一度拾い上げられる気がしない。

でもここにきて、久しぶりに夏目に会って、何かが壊れた。なんでよりによってこいつの前で。悔しい。泣き顔見られたのが恥ずかしい。滲んだ視界の向こうで、夏目がどんな顔をしているのかももうわからない。ああ、カッコワルイなあ……わたし。

そのとき、ぽん、と頭の上に何かが乗せられた。夏目の手だと気がつくまでに、少し時間がかかった。

「なにがあったのかは、なんとなくわかってる。動画消えてたし、掲示板はさっき覗いてきた。だから、その……」

また口ごもってる。

「……な、泣けば。好きなだけ」

「うるひゃい」

ぶわっと涙がこみあげてきて、わたしは唇を震わせた。


少し落ち着いてから、夏目はわたしを部屋に入れてくれた。ドラムセットが置かれているだけの小さな部屋。防音仕様みたい。わざわざ造ったのかしら。

「元々親父の部屋なんだよ。昔ドラマーだったから。俺がドラムやってるのはそのせい。最近はいい歳だからっておとなしくなったけど、昔はセッションとかよく一緒にやってたんだ。今でもたまに、な」

キョロキョロしてるわたしに、夏目がそう説明してくれる。確かにドラムセットは二つあった。それこそ親子みたいに並んでる。

「へえ……やっぱり夏目も親いるんだ」

「なんだそりゃ」

「ううん。なんか夏目のお父さんとか想像できなかったから」

上手に笑えたので、少しほっとした。夏目はそっぽを向いている。

「――それで、今まで学校にも来ないでなにしてたの」

無造作にコーラの缶を傾けていた少年は、肩をすくめてわたしを指差した。

「その服の持ち主と会ってきた」

「ユキさん？　なんで？」

「いい加減伊庭のああいう態度見るのも鬱陶しくなってきたからな。そろそろ過去と決別してもらおうと思って。ユキにはそれができる」

「ユキさんなら……？」

ああそういえば、伊庭を呼び戻せるのはあいつだけ、とか言ってたっけ……。わたしは夏目をまじまじと見た。

「じゃあ……まだ、やってくれるつもりなの？」

「なにを」

「なにって……そりゃ、演奏を」

伊庭をどうにかしようとしてくれているってことは、そういうことじゃないの？

どうだかな、と夏目は薄く笑う。

「結果的にはそうなるかもな。俺としては伊庭が嫌いなだけだけど」

それ自体が、なんだか嘘くさいと思った。夏目って、本当に伊庭が嫌いなのかな。一緒にバンド組んでたんでしょ？　それって、友情とはまた違うけどけっこう深い絆《きずな》なんじゃないの、ってわたしなんかは思っちゃう。考えてみれば、わたしは夏目と伊庭の因縁をまだよく知らなかった。

「……喧嘩、したんだよね？」

去年、とは言わなかったけれど、伝わった。

「殺されかけたさ。教師が割って入ってくれなきゃ死んでたかもな。まあ、おかげであいつも退学免れてるわけだが」

ふん、とふてくされる。一年前、彼らが吹き溜まりで大事件を起こしているのを、最近はなんだか忘れていた。ここでいう教師っていうのはたぶん、平野なんだろうな。ちょっと信じられないけど。

「どうして喧嘩したの」

夏目はふっと笑う。小馬鹿にしたような感じと、寂しさの入り混じったような、変な笑い方。前にも見た。伊庭に殴られる直前、こんな顔してた。

「さあ……吹っかけてきたのはあいつだし。しいて言うなら、あいつの前でドラム叩いちまったから、かな。酔っぱらいの平野が自分の過去ぶっちゃけて、黒川たちがレコード聴き始めて……久々に音楽らしい音楽に触れて、俺も酔ったのかもしれない。気づいたらレコードに合わせてドラム叩いてた。それだけならよかったんだろうが、伊庭が入ってきたときの曲が間の悪いことにスタンドバイミーで……」

「なんで間が悪いの？」

「ＢＯＮＤＳの十八番だったんだ。ユキが好きでよく歌ってた。伊庭にしたらおもしろくないんだろ。嫌なこと、思い出しちまうから。昔っからそうなんだ。気に入らないやつがいるとすぐ喧嘩売ってさ」

「子供じゃあるまいし……」

「ガキなんだよ、実際。あいつも、俺も……ユキも。ガキだったんだ。だから勢いのまま突っ走って、最初にぶち当たった壁で砕けちまった。伊庭は、そんときの傷がまだ疼いて仕方ないんだ」

夏目は窓の外を見て、心なしか寂しそうに独りごちる。またその顔。

「……夏目は？」

「ん？」

「疼かないの？」

「俺は……うん。今は疼かないな」

今度はやけに清々しい顔だ。それならいいけど。

「……やんだな」

彼の言葉通り、窓の外では雨があがっていた。まだ灰色の雲が覆い尽くしてはいるけれど、窓を叩く雨粒の音はいつしか消えていた。

「アンタ、明日どうせヒマだろ」

夏目が振り向いて言った。

「十二時にまたウチ来いよ」

「……へっ？」

唐突な申し出に、わたしはきょとんとした。

「なんで？」

「ばか。ユキが伊庭に活入れにいくって言ったろ。アンタも行くんだよ。明日んなったらユキ来るから」

「……えぇっ！」

心の準備がまるでできてなくて素っ頓狂な声をあげたわたしを、夏目は珍しく素直な顔で笑った。雨どころか雪が降るんじゃないかって思った。

「もういいのか」

「うん。雨やんだし」

「制服まだ濡れてるだろ」

「いいよ、乾くまで待ってたら日が暮れちゃう……っていうかもう暮れてるし」

「……送ってくか？」

「どうしたの？　今日の夏目優しすぎてなんか気持ち悪い」

「ばか、この辺出るんだよ。不良とか痴漢《ちかん》とか」

「前者はキミでしょうがよ」

ごちゃごちゃと言葉を投げ合いながら、わたしたちは玄関を出る。

雨はやんでいるものの、まだ曇り気味の空だった。灰色の雲の陰に、夕焼けが見えそうで見えない。まだ降りそうだ。

「傘、持ってくか？」

「ううん、いいよ。今度降ってきたら走って帰る」

「アンタ意外とおっちょこちょいだからな……気をつけろよ」

心配されてるのかバカにされてるのかわからん。わたしは振り返って、頬を膨らませる。

「その、アンタってのやめてよ。っていうかさっき名前で呼んだよね。アキって」

「……呼んでない」

「呼んだ。絶対呼んだ」

「呼んでない」

夏目はぷいとそっぽを向いてしまう。見慣れた仕草だった。都合が悪くなるとすぐそうやって逃げるんだ。なんだよなんだよ、ユキさんのことは名前で呼ぶくせに。

ふくれっつらをして、わたしも彼に背を向けたときだった。

「……アキ」

わたしは勢いよく振り向いた。

「え？　呼んだ？」

「なんでもない」

またそっぽを向く夏目の耳は、心なしか赤くなっているように見えた。呼んだよね、絶対。

「……アカネって呼んでいい？」

「却下」

「えーなんで！ なんでだよアカネちゃん！」

「なんて言われようが呼ぶんじゃねえか……」

頭をがしがしとかいて夏目がため息をつく。なにやってるんだろうねわたしたちは。ちょうど雲間の隙間から、夕焼け空の端っこが顔を覗かせた。雨に濡れた丹山の町並みが、茜色に光っていた。温度なんてわかりようもないけど、触ったらあったかそう。いい色だ。茜色。

「いいじゃん。アカネ、素敵な名前だと思うよ。どうしてヤなの？ 女の子っぽいから？」

「昔ユキに散々からかわれたからな、もうたくさんだ」

「へーえ。じゃあやっぱりアカネって呼ぼうそうしよう」

「勝手にしろ……反応してやらないからな」

「ばいばい、アカネ」

庭先の門から道に出ると、わたしはカーディガンの袖をぱたぱたと振った。夏目はつーんとしてたけど、まあいいや。わたし今、ちょっと幸せだから。まだ肌寒い雨上がりの空気。でも、不思議と体はぽかぽかした。お風呂に入ったおかげってだけじゃないのは、わたしだってわかってた。

「アキ！」

後ろから飛んできた声にびくっと身がすくんだ。今度こそ、はっきりと聞こえた。

振り返ると、夏目が口元に手を当てて叫んでいた。

「明日、十二時だからな！」

胸の内もぽかぽかと火照《ほて》ってくるのを感じながらうなずいて、わたしはもう一度カーディガンの袖をぱたぱた振った。

♪

十二時、と言われたけれど実際には微妙に遅刻した。夏目の家の場所を、ちゃんと覚えてなかった。そもそも文化祭準備の日だっていうのに、わたしはこんなところでなにやってるんだろう。結局来ちゃったよ。アキ、なんて呼ぶから。

息を切らしながらチャイムを鳴らした。ガチャッとドアが開き、出てくるのは当然夏目の仏頂面――かと思いきや、そこに立っていたのはまるで似ても似つかない小柄な人影で、わたしは目を見張った。

女の子だった。都会的っていうか、イマドキって感じの。男の子が好みそうなキャップをナナメにかぶって、服装はドクロ模様の黒いTシャツにスラリとしたパンツ、帽子から溢《あふ》れた長い黒髪がふわふわと、白い小さな顔を額みたいに縁取っててカワイイ。少女自身はボーイッシュって感じでもないけど、ボーイッシュな装いがよく似合ってた。わたしと目が合うと、彼女はなぜか楽しそうに笑ってこう言った。

「アキちゃんだ」

「は……はい」

思わず返事をしてしまった。頭の中では彼女が誰だかわかっていたけれど、理解がついてこなかった。

「おい、なに勝手に開けて――ああ、来たか」

夏目がひょこっと奥から顔を覗かせた。片手にブラックらしき缶コーヒーを握りながら、見るからに寝起きっぽいボサボサ頭をかき回している。

「あれ、アカネ、ブラックで飲めたっけ。あんた甘党でしょ」

女の子が言った。

「うっせ」

「なに、この子の前だから見栄張ってんの？　大人ぶってるの？」

「関係ねえよばかっ。だいたいおまえは十二時に来いっつってんのに三十分も早く来やがって……」

ムキっぽい夏目なんて初めて見た。少女はケラケラと笑っている。

憮然とした夏目は、渋い顔で彼女を紹介してくれた。

「もうわかってるだろうけど、こいつがユキだ。野々瀬由紀《ののせゆき》。見たまんまの性格してっから、あんま振り回されないようにな」

「なにその紹介。もっと素敵に紹介してよ」

夏目はツーンとして、口をきかなかった。

わたしが呆れ顔を隠しきれずにユキさんの方を向くと、彼女も似たような顔をしていて、お互いに笑ってしまった。この気まぐれな黒猫に手を焼いているのは、わたしだけじゃないみたいだった。

俺が行くとこじれるからと言って、夏目はひらひら手を振りながらわたしとユキさんを見送った。初対面の女の子と、しかも会って数分の相手と、二人きりにされるこっちの身にもなってほしいもんだ。ユキさんがそういうのをまるっきり気にしないタイプだったから助かったものの。

道すがら、ユキさんはよくしゃべった。昔の夏目や伊庭のこと、自分が今通っている学校のこと、好きなアーティスト、曲、作曲家、楽器——このコは本当に音楽が好きで、夏目が好きで、伊庭が好きで、世界が好きなんだなあと思う。わたしと似てるところなんて音楽好きなところだけじゃないか。

音楽を身近に感じていたくて、だから音楽を仕事にしたいんだとも語ってくれた。

「だからプロになるのは手段の一つにすぎなくて、ゴールじゃなかった。ユウはそこんとこ、ちょっと勘違いしてたと思う……」

ユウ、っていうのは伊庭のこと。そう呼ぶ人は初めてだったから、最初は誰だかわからなかった。

「勘違い？」

「うん。ユウはわたしがプロになること自体が大事だと思ってたみたい。だからレコード会社に蹴られたとき、すごく怒ったんだ……あ、なんて説明された？」

「えっ？」

「ユウ、しゃべったんでしょ？　解散のときの」

「ああ……」

オーディションで蹴られた云々の話を口にしたら、ユキさんは苦笑いしていた。

「そうね、まあ間違っちゃいないんだけど、向こうが一方的に悪いってわけでもないんだよ。ミュージシャンってさ、派手好きな人多い業界だし、実際不良なんだかビジュアル系なんだかわかんないようなやつもいるわけで、一概に見た目で蹴れるかっていったらそんなことないしさ。ただ、例のレコード会社は以前にもわたしたちみたいな学生バンドプロデュースしようとして、痛い目見たことがあるみたいで……それで敬遠されちゃったんだよね」

デビュー前に喧嘩やって大騒ぎだったって、とユキさんはしょうがないねみたいな顔をして語った。なんだか伊庭の苦しみようとはえらい違い。この差が、音楽への向き合い方にそのまま出てるんだと思った。夏目が音楽の世界へ戻り、伊庭が戻ってこないのも、たぶんそういうことなんだろう。

「アカネに聞いたけど、なんかヤンキー集めてブラスバンドやってるんだって？　ユウにとっては、たぶんそれが堪《こた》えるんだ。過去の自分を見てるみたいで。アキちゃんたちの音を聴いてると、思い出すんじゃないかな、いろいろ、ヤなこと。それで壊したくなっちゃったんでしょ」

ゴメンね、わたしのせいでもあるね、でもだいじょぶ、ちゃんと止めさせるよ、ユキさんの声はすごくハキハキしてて、聞いててすごく心地いい。ボーカルなんだっけ。いい声だね、って言おうかと思ったけど、彼女は本当にとてもよくしゃべったので、タイミングがはかれなかった。

「ユウん家は丹山の南寄りにあるの。ちょうどホオズキ山の麓《ふもと》らへんかな。いやあ、懐かしいなあ。友だちっていうか、兄弟みたいなもんだった。昔はよく三人で山登ってキャンプとかしたよ。今思えば三人とも悪ガキだったから、ていのいい家出だったのかもしんないけどさ」

ケラケラと笑う。

「いきなり行ったらやっぱり驚くかなあ、ユウ。ふひひ」

「やっぱり予告ナシなの？」

「ナシナシ。びっくりさせてやりたいじゃん」

「わたしには怒られる未来しか見えないよ……」

はあ、とため息をついて早足のユキさんを追う。ほとんど駆け足のスキップで、ウサギみたいにぴょんぴょん飛び跳ねながら、彼女は商店街を突っ切った。

金色に色づいた稲。

緑と黄金のコントラストが綺麗なススキ。

家の軒先《のきさき》に垂れ下がった染まりかけの紅葉。

どこからともなく香るキンモクセイ。

キリギリスのオーケストラ。

目に入るもの、鼻孔《びこう》をくすぐるもの、鼓膜を揺らす音、どれもが秋の色に染まった丹山の曲がりくねった道を、ユキさんはまるで迷うそぶりも見せずに進んでいった。

ああ、本当にこの町を知ってるんだなって思う。この場所で、夏目と伊庭と音楽やってたんだなって。

いったい、どんな音だったんだろう。

その想像は、今この丹山に満ち満ちる秋の気配みたいに胸をくすぐったくさせた。

なんだろう、覚えがある感覚だ。

「……ついた。ここだよ」

わたしは顔を上げた。ユキさんが細い人差し指で指し示すのは、寂れた公園の姿だった。あれ、なんで公園？　伊庭の家は？

「山の麓って言ってたよね？」

まだだいぶ距離あるように見えるんだけど。

ユキさんはしれっと肩をすくめた。

「ユウの家はね。そっち行くなんて言ったっけ？」

言われて、ないかも。

「ユウ、わたしと一緒であんまり家に居たがらないから。言ったでしょ、悪ガキだったって。アカネん家とかもよく泊めてもらった。そうでないときは、この公園で夜を明かしたりもした。あいつがギター弾いてるの初めて見つけたの、ここだったんだよね。よく来るんだ。たぶん家に行ったっていないから、ここで待ち伏せた方がすぐ見つかる――っと。もういるみたいだけど」

「へっ？」

変な声を漏らしながらユキさんの視線を追うと……うわ、ホントにいる。

キコキコ揺れる錆《さ》びたブランコから、紫煙が上がっていた。着崩した制服姿でタバコを咥えた不良少年は、紛れもなく件の金髪ヤンキーだ。

よっ、と軽い調子で手を上げたユキさんに対して、伊庭の狼狽《ろうばい》っぷりといったら可笑しいくらいだった。目が丸くなり、口からポトリとタバコが落ち、ブランコが止まる。

「なにしてんだオマエ……つかなんでここに……おい、しかもなんでソイツがいる」

あ、あはは、どうも……と、わたしは、もう乾いた笑い声しか出ない。

タバコを踏みつぶした少年は、勢いよくブランコから立ち上がった。ユキさんにぐんっと詰め寄っていくと、彼女の頭から乱暴に帽子をはぎ取る。

「……なに企んでるか知らんが、オマエがそういう顔で笑うときは悪いこと考えてるときだってことくらい覚えてンぞ。なにしにきやがった」

「ヒドイなあ。ただのユキちゃんスマイルじゃないか」

ユキさんはにっこりしてる。

不意に伊庭の目が、わかったぞ、とでも言わんばかりにすぅっと細くなった。ユキさんから離れて滑り台にドサっと寄り掛かると、彼は口の端をひん曲げてひねくれた笑みを浮かべた。

「考えるまでもなかったな。オマエとソイツを結びつけられるのなんて夏目しかいねえ……ここんとこ見ねえと思ったらオマエんとこ行ってたのか」

ユキさんはうなずいて、滑り台の階段を一段ずつ登るのに合わせて言葉を発した。

「会いに、きたよ、わざわざ、神奈川、までね。っと」

滑り台の高さは、ちょうど伊庭の身長と同じくらいだった。ユキさんはてっぺんの手摺《てすり》の隙間から手を出すと、大胆にも伊庭のプリン頭をくしゃくしゃと触る。ついでにちゃっかり帽子を取り戻してる。

「うわ、ごわごわー」

「触んな。それで？　なんのためにわざわざオマエ連れてきたんだよ。まさかソイツのためじゃないだろ」

完全に置いてけぼりのわたしを、伊庭がくいっと顎で指し示した。ユキさんはまたにこっと笑った。

「うん。アキのためだよ」

ガゴンッ、と耳を塞ぎたくなるような音がした。伊庭のこぶしが、滑り台の側面にめり込んだのだ。不吉に揺れた滑り台のてっぺんで、ユキさんがおっとっとのんきにリアクションを取っている。ちょっと、やばいんじゃないの……？　大丈夫なの？

「あいつ、そこまで入れ込んでるっていうのか。なんでだ。ＢＯＮＤＳのときはあんなにあっさり諦めたじゃねえか……なんで今度は諦めねえ。なんでオマエまで呼んでくる。なんでそこまで逆らうんだよッ！」

イライラと、地面の砂利に当たり散らす。ユキさんはのんきな笑顔のままだ。

「んー、別に逆らってるわけじゃないと思うけどな。ＢＯＮＤＳは、ほら、なんていうか、ね？」

「オマエもオマエだ！」

ガゴンッ。再び滑り台が揺れた。

「なんでそんなにヘラヘラしてんだ！　夢じゃなかったのかよ！　なんでいいように使われてンだ！　オマエはいつもそうだ、あいつの頼みならほいほい聞きやがってッ！　そんなんだから、プロになり損ねたんじゃねえか！　オマエだけでも食いついとけば、あの日だって」

「……ユウ」

滑り台のてっぺんから伸びた両手が伊庭の頭を抱き込んで、はっとした少年をピタッと黙らせた。もう、ユキさんは笑っていなかった。

ねえユウ、と、彼女は伊庭の名前を静かに呼ぶ。

「わたしは、プロになることが目標じゃなかったんだよ。音楽にかかわる仕事がしたいって、そう思ってただけで。別に歌手にこだわりはなかった。プロにもこだわりはなかった。音楽は楽しいから。好きだから。だからそれを仕事にできたら素敵だなって、そう思ってただけだよ。別に何も急いではいなかった。あの日プロになれなかったからって、人生が終わるわけじゃなかった」

「そりゃ、そうだろうけど……」

伊庭は歯切れが悪い。ユキさんは、また少し笑顔になった。

「ユウは、まだ心が痛む？ まだあの日を忘れられない？ わたしは気にしてないよ。っていうか、もうほとんど忘れちゃった」

「……ふざけてんのか」

「マジメだよ。わたし記憶力よくないから、細かいこと覚えてらんないの。知ってるでしょ？」

「だからって……」

「だからって、なに？ 忘れずにいて、なにかいいことあるの？」

ふっと、ユキさんの醸す雰囲気が変わるのがわかった。笑顔が消えてる。口調がきつい。目つきが険しい。わたしは初めて、彼女を怖いと思った。ユキさんのすごいところってたぶん、こういうとこだ。自分の見せ方が上手い。怒ってる自分も、笑ってる自分も、全身で表現してみせるところ。その切り替わりの早さ。歌手より女優向きじゃないか。

「ユウ、まだ引きずってるんだね。呆れた。アカネに話聞いたけど、実際会うまでちょっと疑ってたんだよね。まさかまだ引きずってるわけないだろって。でも、そうなんだ。信じらんない。挙句の果てにアキたちのバンドめちゃくちゃにして……なんなのそれ。ただの八つ当たりじゃない。この二年、ろくに音に触れてすらなさそうなキミには、彼女たちを糾弾《きゅうだん》する権利なんてないでしょ。音楽を捨てたキミにはさ！」

ユキさんの声は、熾烈《しれつ》になっていた。反比例するみたいに、伊庭の目は濁っていた。今まで一番暗く、分厚い灰色。今にも豪雨を解き放ちそうな曇り空の色。

「……あいつら見てると、あの日を思い出すから」

「甘えるな」

パンッ、と鋭い音が弾けた。

伊庭の後ろから伸びた二本の手が、彼の頬を挟み込むように叩いたのだ。

「そんなのは、ユウの都合だ。キミの勝手だ。アキたちがユウになにをしたわけでもない。キミを傷つけたのはあの子たちじゃない。それがわかっていて、思い出すからってだけの理由で傷つけたなら、ユウがやっていることはあの日わたしたちがされたことと何が違うの！」

狭い公園の敷地に、ユキさんの怒号がびりびりと響き渡る。

頬を押さえる伊庭は、無表情だった。同じ光景をつい最近見た気がして、あれはそう、わたしが伊庭を殴ったとき。あのときも彼は手を頬にやっていて、わたしはその爪先を見てたんだ。ピンク色で綺麗だなって。……爪先？

「……あ」

そうか。だから綺麗なのか。

不意に、わたしは気がついてしまった。

「……ユキさん、一つだけ間違ってるかも」

「ん、何が？」

「伊庭はたぶん、捨ててないよ」

疑問符を浮かべたユキさんの下で、伊庭がギョロリとこっちをにらむ。

「ンだよ。なに見てんだよ」

目を合わせるのはさすがに怖かったから、ピンク色の爪先を見たまましゃべった。

「伊庭ってさ、爪綺麗だよね」

「ア？」

「ギター弾く人って、爪大事にするんだよね」

そこで初めて、彼ははっとしたように自分の両手をポケットに突っ込んだ。反射的だったんだろうけど、その動作そのものが正直な答えだ。

「今でも手入れ、ちゃんとしてるんだね」

つい微笑んでしまったのは、ユキさんのクセが移ってしまったのかもしれない。

「伊庭も、ユキさんとアカネと一緒に演奏するの楽しかったんだ。だからバンドが解散しても全部は捨てられなかった。違う？」

「ちが……」

「違うわけないよ」

わたしは、確信を持って伊庭を遮った。

やっと思い出した。さっき、ＢＯＮＤＳの音を想像してみたときの、くすぐったいあの感じ。初めて黒川たちの演奏を聴いたときの感覚に、似てるんだ。きっとあんなふうに誰かの心を妙にわくわくさせる音色だったんだろうなって、そう思ったんだ。そしてそれはきっと、演奏者も同じだったろうなって。

彼も自分で言ってたじゃないか。あの頃は、楽しかったって。

「楽しかったんだよ、伊庭は。ユキさんとアカネと演奏するの、楽しかったんだ。なら、もう一回やればいいじゃん。プロとかアマとか、そんなの関係ナシにさ。一緒に演奏すればいいじゃん。せっかく三人揃ってるんだから。そういうとこで意地張るの、もったいないと思うよ」

伊庭は、なにもしゃべらない。

「……見せて」

不意にユキさんがそう言って、彼のほっぺたをつねった。

「ってぇ！ なにすんだやめろッ」

「見せて！」

ぐいぐい頬を引っ張られる伊庭の顔は心なしか赤くて、あ、こいつユキさんのこと好きだなってわたしは勝手に納得する。そのせいなのかもね、夏目と仲悪いの。恋《こい》敵《がたき》だったのかも。夏目がどう思ってたのかは、知らないけど。

結局伊庭は、ポケットから両手を引っ張り出され、バンザイさせられていた。ユキさんはそれを、しげしげと眺めていた。

「……ユウ、まだギター持ってる？」

「持ってたらなんだってんだよ」

伊庭が乱暴に肯定すると、

「ヨシ」

滑り台のてっぺんからひょいと飛び降りて、わたしの方を見る。あ、なんか企んでるな、っていうのがすぐわかった。目がいたずらっぽくキラキラしていた。

「ねえアキ、確か今人数足りてないんだったよね。なんだっけ、ノージーボーイズ？」

「えっ……あ、うん。ノイジー、ね」

「管楽器じゃないけどさ、わたしたちでよかったら力貸そうか？」

「ええっ⁉」

と、驚いてはみたものの、ユキさんの笑顔と、その後ろの伊庭の表情があまりに対照的で、すぐそっちに気が向いてしまった。伊庭、すっごい怒ってない？

「オイ、なに言ってんだ」

「いいじゃない。ギター練習してるんでしょ。音楽なんて誰かに聴いてもらってナンボなんだし」

「……ふざけんなバカ」

ユキさんの手を振り切って、伊庭は公園から出ていこうとする。

肩が怒っていた。肩甲骨が盛り上がっていた。近寄んじゃねェオーラ全開の背中。

さすがのユキさんも、追いかけるのをためらうほどの。でも、やっぱり寂しそうな背中だと思った。見ていて、わたしは胸が苦しくなった。ダメ、なの？　ユキさんでも、今の伊庭の心には手が届かないの？　音楽の世界に、連れ戻せないの？

戻して、あげたいなあ。あんなつらそうなのに。

　でもユキさんは裏腹に、なぜか笑ってた。すごく優しい笑顔で、同性のはずなのにドキっとした。なに、その顔。「もうアキたちの邪魔しちゃだめだよ」と軽い調子で念を押す様子なんて、まるっきりいたずらっ子を諭《さと》す先生みたいで、それにフンと鼻を鳴らして答える伊庭は、それこそただの悪ガキみたいで。

　ああ、なにか通じ合ってるんだなって、それだけはわかったけど釈然としなかった。だんだん小さくなっていく伊庭の背中を見送りながら、わたしはユキさんに訊いた。

「あれでよかったの？」

「やらねェ、とは言わなかったからね。もうダイジョーブだよ」

　そういうユキさんの顔は微笑んでいて、なんだかわたしにはわからないことをわかってるようだった。まあ、ユキさんが大丈夫っていうんなら大丈夫なのかな。わたしなんかよりもずっと、伊庭のことをわかってるんだろうから。


　すぐ学校に向かった。途中まだ眠そうな夏目を引っ張り出して、三人で生徒会室を目指した。学校についたら、ユキさんは部外者なので校内をふらふらしててもらって、その間にわたしと夏目は生徒会室へ。ドラムのこととか、解散の噂のこととか、色々やばかったけど、数分間頭を下げ通してなんとか明日の演奏をやらせてもらえることになった。生徒会室出たときは小躍りしちゃったね。がんばった、わたし。まだなにも始まってもいないのにすごい達成感。

背後で生徒会室の扉が閉まると、わたしと夏目は顔を見合わせた。

「これでなんの気兼ねもなく演奏していいんだよね」

「とりあえずは……な」

「よっし！　みんなに声かけて——ううん、時間ないから電話にしよう……」

ポケットから携帯電話を取り出して、アドレス帳からまず黒川の番号を呼び出した。何度か呼び出し音が続いた後に、聞きなれたプレイボーイの声がしたときは、なんだかひどく久しぶりな気がして変な感じだった。

『もしもし？』

「あ、黒川。わたし、アキ。今どこにいるの？」

『んー、家だけど』

ちょっと元気のない声だと思った。文化祭前日だっていうのに、校内のテンションとはまるで真逆。吹き溜まりという場所がどういう目で見られてきたのか、それだけでわかる気がする。

「黒川、明日やるからね」

わたしは直球に言った。電話の向こうで、黒川が戸惑うのがわかった。

『え、やるって。なにを？』

「演奏だよ。ノイジーボーイズの演奏！　初公演！　伊庭くん説得したの。大丈夫、もう手出してこないから。実行委員長にも許可取った。やらせてくれるって。だから」

『あー、ごめん。オレ、行かない』

だから――の後が、続かなかった。今、なんて言った？

『もういいんだ。伊庭がどうとか、そういうんじゃなくて。たとえ伊庭が妨害やめてくれたとしてもさ、周りがオレらを見る目は変わらないよ。結局オレらがそういうふうに見られてるっての、わかっちゃったじゃん。やっぱ不協和音だったんだよ、ヤンキーがブラスバンドなんて。シゲちゃんが正しかった。やるべきじゃなかった』

「なに、言ってるの……」

黒川がおかしくなったと思った。なにそれ。なんだよそれ。いったいなに言って、

『明日は行かない。いや、行けない。ごめんね』

ぷつっと、電話が切れた。

わたしは茫然と通話終了の画面を見つめていた。つー、つー、つー、と、スピーカーが無機質に鳴いている。夏目が何か言いたそうにした。わたしはそれを遮るように、玉木の電話番号を呼び出し必要以上に力強くボタンを押し込んだ。

『……なんだよ』

「あっ、玉木！　今どうしてるの？」

『どうしてるって……家でゴロゴロしてるけど』

家……。わたしは唾を呑み込んで、渇いた喉を湿《しめ》らしてからしゃべり始める。

「ねえ玉木、明日何の日かわかってるよね。文化祭当日だよ？　わたしたち、演奏しなきゃ。伊庭くん説得したの。実行委員長もやっていいって。なんの気兼ねもないから、みんなで……」

玉木の息遣いだけで不穏な雰囲気を感じてしまい、語尾が萎んだ。

数秒の沈黙を挟んで聞こえてきた玉木の声は、さっきの黒川と同じ、どこか淡々とした諦めたような口調をしていた。

『……いちじょーは気兼ねないかもしんないけど、俺らはさ、やっぱ引け目あるよ。俺、音楽やるようになってから少しは変わってると思ってた。周囲が俺らを見る目とか、変わってる気がしてた。それは実際事実だったのかもしんない。けどさ、伊庭が言った通りやっぱ不良って信用ないんだな。あの程度のことで簡単に覆っちまっただろ。壊れちまったろ。なんかさ、そんときに限界みたいなのわかっちまった。こんなもんかって……』

「そんなこと……」

『そんなことあるよ。……悪いな、いちじょーのせいじゃないから、気にしないで。忘れてくれ』

ぷつっ。つー、つー、つー。

「おい」

「言わないで！　まだ……っ」

金切り声で夏目を遮り、次の番号を呼び出す。

その後、矢継ぎ早に石間にも、久我山くんにも、海田さんにも、三馬鹿にも電話をかけた。半分は出なかった。残り半分は、黒川や玉木と同じようなことを言った。わたしは信じられない思いで立ち尽くしていた。「行くよ」と言ってくれた人が誰もいないことに、目の前が真っ白になった。

「……どうしよう。みんなやる気なくなっちゃってる」

夏目は無言で肩をすくめた。お手上げだ。そう言ってるように見えた。

第七部　ボーイズ・ビー・ノイジー

あれから吹き溜まりへ行って、とにかく会場を設営した。夏目はいったん家に戻ると言って、三十分後、どう話をつけたのか、ホオズキの店長さんが運転する軽トラの荷台にドラムセットを乗っけて戻ってくる。

何も言わずにみんなの楽器をどかし始めたわたしを見て、夏目は黙々とそれを手伝ってくれた。諦めの悪い自分に付き合わせている気がして、うれしいというより気まずい。誰も来ないの、夏目だってわかってるハズなのに。

ひとまず楽器類は、入口付近の靴箱のそばにまとめて置く。邪魔にならないように。そうして空いたスペースに、椅子を並べる。

「終わったんなら連絡してよー」

と、ユキさんがやってきたのは夜の七時頃だった。なぜかウィンディーを抱えていた。明るい彼女がやってくると、沈んでいた吹き溜まりの空気も少しだけ明るくなる。

わたしは無理矢理彼女に調子を合わせて、明るい声でしゃべった。空元気なのはすぐに見抜かれて、逆に何があったのかを問い詰められるハメになったけど。

「――ふーん。みんな来ないの。意気地ないねえ男のくせに」

事情を説明すると、ユキさんはずけずけと言ってのけた。ユキさんらしい。わたしだったらそんなふうには言えない。

わたしは一つずつ、両脇に挟むようにパイプ椅子を持つと、二脚まとめてずるずる引きずっている彼女の横に並んだ。

「時間が空き過ぎちゃったんだと思う……ずっとすごい高いとこで維持してたモチベーションが、急に落っこちて、そのまま冷え切って……気持ちが凍えちゃってるんだ、きっと」

「ユウと一緒だね」

ユキさんはからかうように笑った。笑うトコなのかな、それ。

「それでもやるんだ？」

「ウン……諦め悪いのがわたしのいいトコらしいから」

「それっていいことなの？　諦めいいのも長所になるよね」

確かに。わたしの諦め悪いのって、あんまりいい感じしないもの。

「ま、諦めないことは大事だけどね」

ユキさんは椅子を広げると、列の端っこに並べた。とりあえず百席並べる予定だけど、まだ二列目の半分ほどだ。他にもやることはいっぱい残ってる。

「今夜は徹夜かな……」

わたしも椅子を並べながらぼやく。会場を作ったところで、もうノイジーボーイズがこの場所に音を響かせることはないのに。なんでこんなことしてるんだろ。

ユキさんの言う通り、今のわたしの諦め悪さは、長所とは言えそうになかった。自覚があって諦められないのだから、なおさら質が悪い。


パイプ椅子の上で目を覚ました。ここどこだ、と一瞬ぼけーっとしてから、慌てて飛び起きた。寝てたっ？　自分で徹夜とか言ってたのに！

焦りながら周囲を見渡すと、吹き溜まりはかろうじてコンサートホールの体裁を保っていて、少しほっとする。どちらかというと野外音楽堂のそれに近い感じだけど、形にはなっている。パイプ椅子を並べ、演奏のための舞台を作り、舞台幕の昇降装置に暗幕を吊《つ》るしたところで記憶が途切れていた。そこから先は、夏目とユキさんがやってくれたんだろうな。謝って、お礼言わないと。

入口から差し込む光が明るかった。最後に時間を確認したのが深夜十二時頃だったと思うから、けっこうガッツリ寝てしまった。周囲には人気がない。夏目もユキさんもいない。その代わり、お腹にはウィンディーが乗っていた。

「なんかあったかいと思ったらキミか……」

悪かったね、と言わんばかりに起き上がった黒猫がのそのそと吹き溜まりを出ていく。後を追うようにして外に出ると、まぶしい朝日が目を焼いた。

「おはよ」

眠そうな声がした。ユキさんが紙パックの牛乳をすすりながら地べたに座り込んでいた。

「ごめん、寝ちゃった」

「ううん、わたしも最後には少し寝たよ。アキは疲れてるみたいだったから、そっとしといたの」

「今何時？」

「六時半ってとこかな。アカネは朝食買い出しに行った。牛乳なら自販機でも売ってたけど」

牛乳。いつか夏目がカルシウム不足とか言って買ってきてくれたっけ。あんまおいしくなかったな、あれ。

「しかしホント田舎なのねここ。学校からコンビニまで徒歩二十分とか笑っちゃった」

ユキさんは牛乳をずるずると飲み干して、パックをぐしゃっと握りつぶす。わたしが未練がましくケータイを見ているのに気づくと、その眠そうな顔が苦笑した。

「メールでも送っといたら。来ないと吊るすぞ！　って」

「そんなキャラじゃないよ」

「だからいいんじゃない。普段と違うことすると、却《かえ》って心配してくれるもんさ」

そうかしら。あいつら、そんなに殊勝じゃないと思うけど。

「あー、あー」

不意に牛乳のパックをぽいと地面に放り出すと、すくっと立ち上がったユキさんが声出しを始めた。

なんの前置きもなしに歌い出す。聞き覚えのある歌詞は、ベン・E・キングの『スタンド・バイ・ミー』。

「わあ……」

キレイ。そんな陳腐な感想は口にするのもカッコワルイ気がして、口をつぐんだ。

わたしの貧相な語彙《ごい》じゃ、言葉にするのは難しい。ただ、この歌声が夏目と伊庭を結びつけたんだって言われるとすごく納得がいった。ユキさんの声には、ユキさん自身の歌が好きでたまらないって気持ちが溢れてて、聴いてるこっちもどんどんその声を好きになってしまうんだ。きっと夏目と伊庭もそんなふうに思って、このコとバンド組むことを決めたんだろうなって思うと、すごくわかるけど、なんか悔しい。わたしは夏目ひとりを引き込むだけで、散々な思いをしたっていうのに。

夜明けの校舎に、場違いなカントリー・ミュージックが朗々と響いているのは、なんだか不思議だった。目の前の小さな女の子が、まるでスピーカーみたい。誰もいない校庭を、歌の風が吹いていく。

ステンバイミー、ステンバイミー。そばにいてくれ、そばにいてくれよ。

ふと、誰に向かって歌ってるのかな、なんてことを考えた。夏目なのかな。なんかユキさんは夏目のこと好きそう。伊庭のことはたぶんフッてるんだよね。そもそも告ったのは知らないけど。こんなときまで、そんなことをモヤモヤと考える自分に呆れた。なんで気になるんだろ。ユキさんが誰を好きかなんて……ううん、誰が夏目を好きなのかなんて。

ユキさんは、最初のサビまで歌ってくれた。歌い終えた彼女に、わたしがパチパチと拍手を送ると、振り返って照れくさそうに笑う。その笑顔がなんだかかわいくて、アイドルでも見てるような気分になった。

「おっほん……久しぶりだからな、アカネと歌うの。ちょっと緊張しちゃうね。……ああでもよく考えたらこれ、ＢＯＮＤＳがでしゃばってる感じになっちゃうかな。わたし、歌わない方がいい？」

「ううん、そんなことない。ありがと。うれしい」

口ではそう言ったけど、胸の内はすっきりしなかった。ユキさんが歌ってくれるのは間違いなく心強かったけど、同時になんだか違う気もした。当たり前か、わたしたちはブラスバンドだったんだから。それが今や変則カルテットで、実質の中身はＢＯＮＤＳという名のロックバンドだ。

めちゃくちゃに、なっちゃったな。

自分が変な顔をしているのがわかった。ユキさんが悪いんじゃない。わたしがなにもできなかったから。なのにまた諦め悪くしがみついてるから。そんなんだから、彼女に気を遣わせてしまって、それなのに不満を感じてる。わたし、ヒドイ女だな。

「はらへったぁー」

ユキさんが、お腹をさすって言った。

「……もう」

歌ってるときの彼女はどこか神秘的な雰囲気だったのに、その一言で台無しだ。

「ユキさんは正直だね」

「んー？ そうかなあ。まあ確かに自分の欲求にはわりと素直だけどね」

「うん。正直っていうか素直だ」

「だしょー。素直だしょー」

ユキさんは、無邪気に喜ぶ。

自分の気持ちに素直って、なんだかカッコイイ。簡単なようで難しいんだ、自分と向き合うっていうのは。特にわたしたちくらいの年頃って、たぶん素直になれないことの方が多い。彼女の歌が響くのは、そういうところもあるのかなって思う。それはきっと、数時間後の演奏でもたくさんの人を惹きつける力になる。

でも、それはユキさんの力だ。言い方は悪いけど、ズル。本当ならノイジーボーイズが拙いなりに吹き鳴らす音で、たくさんの人を振り向かせたかった。わたしが初めて吹き溜まりを訪れたときの興奮を、身を以《もっ》て知ってほしかった。

だけど、もう届かない。あのノイズは、もう誰にも届かない場所へ行ってしまった。

「大丈夫だよ」

わたしの心を読んだみたいに、ユキさんが言った。

「音楽はちゃんと響くから。音ってさ、目に見えなくても届くのがいいよね。聞こえさえすれば伝わる。目を閉じれば、ほら……」

ぐうー、と誰かのお腹が鳴った。

「この正直者っ」

ユキさんが自分自身のお腹にツッコんでいるのを見て、わたしも少し笑う。


午前七時を迎える頃、片道二十分の食糧調達から夏目が帰ってきた。わたしのところにやってきて、戦利品をぽいぽい並べ始める。

「おまえなに食う？　シャケと梅とこんぶとチャーハンとかつぶしあるけど」

「あ、わたしチャーハン！　くれっ！」

「ユキのチャーハンはちゃんと別にしといただろ」

「そっちがいい！　そっちくれっ」

「中身変わらねえよ！」

「うがーっ」

結局ユキさんは、夏目の手からチャーハンおにぎりをひったくっていった。ついでにウィンディーが、シャケおにぎりを咥えていった。キミ食べるの？　それ。梅とこんぶとかつぶしが残って、わたしは少しだけ苦笑する。

「なんか渋い趣味」

「……オーソドックスと言え」

ふてくされた夏目がなんだかかわいかったので、梅を少しだけかじってあげた。あんまり食欲はなかったけど。

体育座りをしてもそもそおにぎりを咀嚼《そしゃく》しながら、ユキさんがウィンディーにシャケむすびをやってるのをぼんやり眺める。わたしの無口を気にしてくれたらしい夏目が、二言三言声をかけてきたけれど、耳に入らなかった。そのうち夏目がユキさんのところへ行って、二人は昨日みたいに親しげにしゃべり始める。かつてのＢＯＮＤＳメンバーが懐古話に花を咲かせているのを見ると、変な気持ちになった。もしかしたら数年後、わたしとノイジーボーイズもあんなふうに会って、昔話に花を咲かせるんだろうか。数年後には、あれはあれでいい思い出だったと笑い話になるんだろうか。

想像できなかった。それでも無理に想像しようとすると、口の中のものを吐き出しそうになった。

……食べたくない。

膝の間に顔を埋める。頭を抱え込むように腕を巻きつける。

どうしてみんな来てくれないの。

どうして。どうして。

あんなにがんばったじゃない。

夏休みの間ずっと、必死に、ひたむきに、音と向き合い続けたじゃない。

一年前とは違う。わたしたちはちゃんと吹奏楽をやった。吹奏楽部になれた。一緒に長い長い時間を過ごしたじゃないか。

あの日々をどうして無にできるの。

何もなかったことにしてしまえるの。

世界から否定されることは、そんなにも怖いことなの。

音楽なんて、聴いてもらってナンボなんだ。

誰にも聴いてもらえない音楽なんて、自己満足でしかないんだ。

ヘタクソと言われても、耳障りと言われても、誰かに聴かれた時点でそれは誰にも聴かれなかった音楽に百倍勝る。どんなに否定されようと、何度蹴り出されようと、それでも自らの意志で舞台に上る限り、音楽だけは誰も否定しない。

平野も、伊庭も、ノイジーボーイズも。どいつもこいつも意気地なしだ。たった一度敗れたくらいでくじけやがって。自分たちを弾き出した世界の方が正しいとでも思ってるの？

そんなわけないじゃないか。

わたしは納得しない。納得してない。

だからこんなにも、ご飯を不味く感じてるんだ。

文化祭の開会式が九時から体育館であって、それが終わり次第一般客の入場が始まる。ノイジーボーイズの演奏は二日間行われる文化祭で計四公演、午前と午後で一回ずつ×二日の予定だった。時間は明確には決まっていなかった。決まる前に解散してしまった。

昨日話し合って、最初の公演は十時からになった。わたしは時間まで吹き溜まりで集中して、心を落ち着かせようと思っていた。のに。

「アキ、開会式見にいこう」

そういうユキさんに手を引っ張られて、結局会場に向かってしまう。

体育館は生徒で大いに賑わっていた。もっとも、この開会式への参加は強制じゃない。いくつか人気団体のパフォーマンスなんかもあったりして、毎年開会後真っ先に賑わうイベントの一つには違いないけど、それでも参加率は多くても七割を上回らない。

残り三割がなにをしているかというと、人気公演ランキングのトップを狙ってる団体なんかは、最初から拠点に陣取って客を待ち受ける。校門近くでビラ配りに忙しい団体もあるし、この機に来年の新入部員に唾をつけておこうとする強《したた》かな連中もいる。スタートダッシュで混みやすい公演の席を確保しにいくやつがいれば、のんびり気ままに目についた出店を覗いていくやつもいる。残りはだいたいわたしの予定していたスタンスと同じで、最初の公演まで各々の教室で心を落ち着ける……。

「わたしもそのつもりだったのにな……」

「ん？　なんか言った――わ、すごっ、なんか火吹いたぁ！」

どこぞのパフォーマーがステージ上で火を吹いている。あれ危なそうだけどちゃんと許可出てるのかな、とわたしはぼんやり考えた。はしゃいでるユキさんと対照的過ぎて、隣にいるのに他人みたいだ。

つい、周囲をキョロキョロと見渡してしまう。知った顔がいないかと探してしまう。

明るい赤茶色の髪。ツンツンの黒髪。坊主頭。いつも一緒の三人組。痩せ過ぎのデジタルボーイ。大柄な茶髪ヤンキー。

いない。いない。そもそも学校に来てるだろうか。家にいるんじゃないだろうか。

ユキさんは、音楽は届くと言った。見えなくても、遠くても、聞こえさえすれば届くって。でもユキさん、あまりに遠すぎたら、その手前で音は消えてしまうんだよ。頭の悪いわたしだって、北海道から沖縄まで届く音がないってことくらい、わかってるんだよ。

「ねえユキさん。音ってさ」

うん？　とユキさんは真面目な顔をして聞いてくれる。

わたしは少し言いよどんだ。こんなこと訊いて、どうするんだろう。

「その……音ってさ、実は悲しいほどに近くにしか届かないんじゃないかなって思って。この場所だけでもこんなに騒々しいのに、文化祭なんてそこかしこやかましいのに、わたしたちの小さな音なんかが誰かに届くのかな。物理的に考えて、無理なんじゃないかな……」

「ただの音はそうかもね。でも音楽は違うよ。アキは、音楽を物理の授業で習った？」

ユキさんがおどけてそう言うのを、わたしはぽかんとして聞いていた。彼女はお約束の笑顔でにっこり笑う。

「物理法則なんてクソ食らえ！　届かせる気があればなんでも届くよ。音楽は音楽なんだから。音が振動だなんてつまらないこと、言わないでよ。すべてが波形で表現できる？　ばっかじゃないの！　音楽はもっともっとずーっとすごいものなんだ。波でできてるんじゃない、ビッグウェーブを作るのが音楽なんだよ。いつだって、どんなに遠くたって、絶対届くって信じてなきゃ、音楽なんてやってらんないよ」

冗談みたいにカッコイイセリフに、まんまの感想が口を突いて出た。

「……カッコイイ」

「だしょー。名言だしょー」

ユキさんがにっと笑うのにつられて、わたしの口角も上がり――

「あれ、一条じゃん」

――そして下がった。右の方から飛んできた声には聞き覚えがあった。視界の隅に、ニヤニヤした駿河の顔。

「なんだ、やっぱあいつら一緒じゃないんだ？　昨日吹き溜まり通りかかったらなんか準備してたみたいだけど……まさかまだやるつもりなのか？」

無理矢理前を向いて無視する。左側のユキさんからも、もの問いたげな視線を感じて、そっちも向けなくなる。

「誰？　駿河」

さらに右奥から男子の声がした。

「ああ、クラスメイト。吹き溜まりのヤンキー扇動してたやつだよ」

「あー、例のブラバンヤンキー？　なんか掲示板荒れてたよな。解散したって噂だったけど」

「したんだよ、事実。な？　一条」

無視する。

「アキ？　言わせといていいの？」

無視する。

駿河の声も、ユキさんの声も、無視する。舞台の上でジャグリングをしているピエロに、必死で意識を集中する。ピエロすごいなピエロ。けれどそうすればするほど、左右の声が大きくなっていくような気がした。

「まあ、ヤンキーがブラバンつったってな……なんか聴く気起きねえよな」

「なー。一条がかわいそうだよ、あんなやつらに関わったばっかりにさ」

聞こえよがしな駿河の声が、耳元でビンビン響く。

「あんま言ってやるなよ、クラスメイトだろ？　それよか最初どこ回るよ？」

「うお、つか十一時から三年三組のミュージカルだぞ、これは行くだろ！　ここ去年ランキングトップ取ったクラスだぜ！」

「視聴覚室か。そろそろ抜けとく？」

去っていく男子生徒たちの背中を、ちらりと右目で見送る。ニヤリと笑った駿河の嫌味な顔を見てしまった。握ったこぶしが、さすがに震えを隠せなくなってきた。

「アキ？」

「……いこ。わたしたちも、準備しないと」

ユキさんの顔を見れなかった。

開会式の人ごみから抜け出して、重い足取りを吹き溜まりへと向ける。


吹き溜まりに戻る頃には、もう一般の客が入り込んでいた。周辺の中学生、商店街のおじいちゃんおばあちゃん、二、三駅離れたところにある高校の制服を着たコたち。普段校内で見かけるはずのない人がいると、あ、なんか文化祭っぽいって思う。本当ならテンション上がるところ。でも今日はイマイチ。

旧講堂の前で見知った顔を見つけた。茶処ホオズキの店長さん。わたしに気づくなり、なにやら意地悪い顔をして詰め寄ってきた。

「おう、聴きにきてやったぞ。おまえらウチの店で一度演奏してんだからな、あれよりすごいの見せてくれるんだろうな。あんまりジョボいと拍子抜けしちまうぞ」

「ええと、がんばります……」

ちょっと尻込みしてそう答えたら、怪訝そうな顔をされた。

「なんだ、ずいぶんしおらしいじゃねえか……ほかの連中はどうした。見かけないが」

「……今、ちょっといないんです」

「そうか？　……あー、その、なんだ、もし打ち上げとかするつもりなら、もうこの際だからウチでやれよ。最後だけよその店行かれても不愉快だしな」

頭をぽりぽりかきつつ、そんなことを言ってくれる店長さん。わたしは彼に、いったいどう真実を伝えればいいんだろう。

結局、無理矢理作り笑いを浮かべて「がんばります」と言うのが精いっぱいだ。引きつった頬の筋肉が小さく悲鳴をあげているのが、とても嫌な感じだった。

講堂の中へ入ると、外の喧騒《けんそう》が少し遠のいて、そのことに少しだけ落ち着く自分がいた。ノイジーボーイズを結成する前のみんなって、こんな気持ちだったのかも。そう気がつくと、吹き溜まりを避難場所と感じている自分が、なんだかとても惨めでカッコワルく思えた。わたしはここをそんな場所にしたかったの。違うよ。違う。違うのに。

頭をぶんぶんと振る。頭から、雑念を追い出す。こんなんじゃだめだ。気合入れなきゃ。そう思って、頬をパンパンと叩こうとした。

ぱしんっ、ぱしんっ。

自分が叩くよりも早く、痺《しび》れるような痛みが両頬を襲った。

頬を叩かれたのだと気づくのに、数秒かかった。

それがユキさんだと気づくのには、さらに数秒かかった。

わたしは茫然と彼女を見つめる。

「ユキさん……？」

ユキさんは、不気味なくらい静かだった。そういえば、戻ってくる間ずっと一言も口をきいていない。あのおしゃべりなユキさんが？　あり得ない。あり得るとしたら、それは……。

「やめよっか。演奏すんの。意味ないよこんなん。やめよやめよ」

笑顔がなかった。無表情に手をヒラヒラと振る少女の目には、灰色の瞳をした自分自身が映っていた。もう見慣れた、雨雲の色をした瞳。

「やめよって……いきなりどうして」

「やりたくなさそうじゃん、アキ自身が。あからさまに喧嘩売られてんのに、言い返しもしないでさ。せっかく期待してくれてる人がいるのに、あんなムリムリな作り笑いしてさ。そんなの、やる必要ないよ。そんな音楽聴かせるの、失礼だよ。わたしだってそんな人と一緒にやりたくないし」

皮肉っぽく左の頬を吊り上げて笑う。

ああ、やっぱりそうだ。だから無口になったんだ。あのおしゃべりなユキさんが口をきかない相手がいるとしたら、それはきっと、ユキさんが許せないと思った相手だ。怒った相手だ。

わたしは今、ユキさんの怒りを買っている。

「アキさ、ずっと暗いことばっか考えてるでしょ。顔に出てるんだよ。ノイジーボーイズだっけ、そのこと未練がましくずっと考えてるんでしょ。わたし、メール送ればって言ったよね。電話だってできたよね。歩いて会いにいくことだってできたよね。でもそれしないでうじうじうじうじうじ悩んでるんだよね。それってさ、なんなの？　わたしに対するあてつけなの？　歌うなって言いたいの？　別にいいよそれならそう言ってくれれば。わたし最初から部外者なんだし」

「そ、そんなこと……」

そんなつもりは、もちろんなかった。ユキさんが歌ってくれることには、感謝してる……ああ、でも、わたしは不満にも思ってる。自分の心だもの、わかってしまう。わたし、ユキさんじゃ不満なんだ。みんなとじゃないと、イヤなんだ。それなのになにもしないでいる。ユキさんの目の前で堂々と。それって、とてもヒドイことだ。

恐々顔を上げた。ユキさんが、冷ややかな目でわたしを見ていた。

「そうね。アキは優しそうだから心の底ではそんなつもりはないのかもしれない。でもね、傍から見てるとイライラするの。わたしいつもニコニコしてるけどね、別に温厚ってわけじゃないんだ。怒るときは怒るよ。泣くときは泣くよ。アキに言われたみたいに素直だからさ、言いたいことも言っちゃうわけ」

歌っているときにはあんなに心地よく鼓膜を揺らす声が、人を糾弾するときにはどうしてこんなにも痛いのだろう。厳しいのだろう。わたしは、再びうつむいた顔を上げられなかった。二度と上げられる気もしなかった。

コツコツと足音がした。「なにしてんだ」と、夏目の声。不穏な気配に気づいたんだろう。ユキさんは「別に」と短く返して、くるっと踵を返す。うつむいたままのわたしからは、彼女の足しか見えない。

コツコツと足音が遠ざかっていく。

残っているのは、夏目の足だ。

「……ユキに怒られたか」

答えないわたしに何を思ったか、小さなため息が聞こえた。

「本当に諦めたくないことがあったら、一度失敗したくらいで諦めるな。一度弾かれたくらいでヘコむな。ダメならもう一度やればいい。何度だってやればいい。現実はゲームじゃないんだ。本人の意思がある限り、死なない限り、何度だって挑戦できる。生きてるってそういうことだ。一生挑戦だ」

あまりに似合わないセリフに思わず顔を上げると、夏目は自分でも気まずそうだった。「ユキが昔書いた詩だよ」と頭をかきながら言う。

「……あいつだって、プロを諦めたわけじゃない。BONDSはあの場所で終わってしまったし、それはきっとユキ自身にも悪いところがあったんだろう。それでもあいつは伊庭みたいに時間を止めてしまいはしなかったし、俺みたいにひねくれもしなかった。今だってきっと新しい目標を見据えて、毎日一歩一歩前進してる」

夏目は身をかがめる。そうすると、目線がわたしと同じ高さになった。ウィンディーに逃げられていた彼に、わたしが教えたんだっけ。相手と同じ目線に立つこと。今の夏目の目は、いつもみたいにわたしを見下しても、バカにしてもいないのだ。

「もちろん、それはあいつの強さだ。俺にも伊庭にも真似できない、ユキだけの強さだ。けどな」

ぱしん、と軽く両頰を打った夏目の手のひらが、そのままわたしの顔をぎゅっと挟み込んで持ち上げる。

「アキにも、アキだけの強さがあるだろ」

真正面から見た夏目の瞳は、澄んだ透明な瞳の向こうに、確かに炎を燃やしているように見えた。秋の色。茜の火。情熱の焰《ほむら》。猫目石《キャッツアイ》みたい。わたしの中にもそれが飛び火した。ドクンと心臓が脈打つのを感じた。

今までで一番、近くにいると思った。

今までで一番、ドキドキしていた。

「アキの音楽バカがノイジーボーイズをここまで引っ張ってきたんだ。黒川も、玉木も、石間も、久我山も海田も三馬鹿も俺も、アンタに引っ張られてここまで来たんだ。アンタに救われてここにいるんだ。それなのに今のアンタはなんだ。らしくないんだよ。この夏のバカみたいな勢いはどこへいった。今までの努力はなんだったんだ」

熱い。頬に触れている夏目の手が、あるいは、触れられている自分の頬が。

「あいつらがそれを失くしてしまっても、アキだけはなくしたらダメなんだ。アンタが眠ってしまったら、いったい誰がノイジーボーイズの目を覚ましてやれる？　わかったら顔を上げろ。アンタにできることはなんだ。アンタがしたいことはなんだ。このまま終わっていいのか？　ダイナシにしていいのか？　ここはアキの舞台だろう？最高のアルヴァマー序曲聴かせてくれるって、そう言っただろう!?」

「わた、しは……」

どうしたい？

そんなの決まってる。

わたしは、みんなと一緒に演奏がしたい。

学校中を見返してやりたい。

所詮不良だから。結局吹き溜まりだから。あんなやつらが音楽なんて。そう笑ったやつらの度肝を抜いてやりたい。

視界が滲んだ。夏目の顔が見えない。目をごしごしこすりながら、このままじゃイヤだとつぶやいた。

「……それでいい」

見えなかったけれど、夏目がイジワルっぽく笑うのがわかった。

ちくしょう、いいやつだ。惚《ほ》れちゃうでしょーが。


涙をしっかり拭ってからユキさんのところへ戻った。彼女は舞台の上で、ガタガタとパイプ椅子を動かしていた。椅子がずらずら並んでいる。十。わたしのよく知っている数だった。

「なんで、みんなの分まで……」

「おせっかいだったかなー？」

と、彼女は笑った。夏目となにがあったのか、全部お見通しらしかった。

「せっかくノイジーボーイズなんだから。野郎共で騒がしく《ボーイズ・ビー・ノイジー》しないとね」

「……うん」

せっかく締めたはずの目の蛇口が緩みそうになって、うなずくのが精いっぱい。

「とにかく……もっかい電話してみる」

携帯を取り出して、アドレス帳を呼び出した。夏目が露骨に呆れた顔をする。

「あと三十分だぞ。メールで一斉送信の方がよくないか」

「アカネも手伝ってよ。ひとりくらい番号知ってるでしょ？」

「ひとりも知らない」

ちょっとクラっときた。もっと積極的に友だち作れよ！

「……わかったメールにする。なんて送ろう」

「脅迫しとけ。来ないと吊るすとか」

「さっきもどっかで聞いたなそれ……ってか真面目に訊いてるんだけど」

「そういうの俺に訊かれても……」

めんどくさそうに耳をかっぽじっている。ユキさんはもう我関せずの構えでウィンディーとじゃれているし、あーもうどうするんだよっ。

「おまえら、なにしてんだ……」

背後から驚いたようなつぶやきが聞こえて、わたしたちは一様にびくっと身を竦めた。振り返ると、声の主が手にしていたタバコをポトリと落とすところだった。平野だ。なんでここに……あっ。

ふっと、閃く。

「そうだ。センセイ……センセイなら！」

この土壇場《どたんば》でノイジーボーイズに発破をかける手段が、一つだけある。

わたしは飛び上がってケータイを放り出し、平野に向かって猛然と駆けた。その手首をひっつかんで、有無を言わさぬ口調で迫る。

「センセイ、以前職員室でタバコ吸ってたことバラされたくなかったら今から言うお願い一つ聞いてください！」

目を白黒させる平野を前に、わたしはささやかな頼みを口にした。


♪

コントラバスのピッツィカートが鳴っている。もはや聞き慣れたスタンドバイミーのイントロが、それだけで全然違う曲みたいに聞こえた。土壇場の編曲にもかかわらず、パーカッションと弦楽の音色が綺麗に絡まって、レコードで聴いた原曲みたいだ。カントリー・ミュージック。優しい。懐かしい。そんな音色。けれど、やがて女の子の歌声とフルートのメロディーが重なると、そんなイメージはあっという間に塗り替えられていった。いい意味で、モダンに。開け放たれた吹き溜まりの窓から、扉から、風が吹き出していくように、その音色は文化祭の喧騒の中へ流れていく。

空席の方が圧倒的に目立つ客席を前にして、わたしたちの演奏はひっそりと始まっていた。客席には、数えるほどしかお客さんがいない。一番最初に来て、最前列に陣取ってくれた弥生と海羽と柚香。ホオズキの店長さん。あとは、顔も見知らぬ中学生、親子連れ、老夫婦。こんな小さなコンサート、世界中探したってきっとどこにもない。

それでも、わたしは失望したりしなかった。ユキさんにあれだけ怒られた後で、もうしょんぼりなんてしていられなかった。できること、全部やろう。必死にやろう。それでだめだったら、そのときは泣こう。それでも最後には涙を拭って、がんばったね、って笑えるように。

ところで、コントラバスを弾いているのは平野だ。

わたしが頼んだんだ。同じ舞台に立って、一緒に演奏をしてくれって。もちろん嫌がられて、コンバスなんか弾けない、なんでコンバスなんだって渋られた。でもわたしには弾けるだろうという確信があったから、ナニガナンデモ弾け、さもないと喫煙バラすって、センセイが折れるまでものすごい剣幕でまくしたてた。むしろ、コントラバスしか弾けないんだってこと、わかってたから。

ヒントは伊庭がくれたのだ。

——それであいつはブラスバンドにのめり込んだ。今のこいつらと一緒だ。毎日バカみたいに楽器吹いて——いや、弾いてだったか。

弾いて。

ブラスバンドにおいて、弾く楽器と言ったらコントラバスだ。ハープという線もなくはないけど、そんな変化球、センセイには似合わない。あれは〝楽器の女王〟なんて呼ばれてるすごく優美な代物で、置いてる学校の方が珍しいんだ。それに、吹奏楽という管楽器主体の構成において、ひときわ異彩を放つコントラバスの姿の方が、センセイにはよっぽど似合ってると思った。不良少年たちの中にひとり、教師が混ざってる感じに、なんか似てるんだよね。

ブランクは当然あって、コントラバスの音色はさすがにぎこちなかった。どこかなよっとして頼りなくて、練習始めた頃のノイジーボーイズのみんなとちょっと似てる。それでも、その音には彼らと同じ鋭さがあった。上手くはない。綺麗とも違う。でも確かにいい音で、よく響く音だ。吹き溜まりにノイジーボーイズの姿はない。「センセイが舞台に立つよ！」とか「来ないと泣くぞ！」とかメールを送ったけど、結局舞台の上に立っているのは四人。でもこの音は確かにノイジーボーイズの音で、わたしたちの音で、だからたとえわたしが北海道にいて彼らが沖縄にいるんだとしても、なんだか届く気がした。

コントラバスのさらに後ろからは、ドラムのビートが聞こえていた。

普段よりちょっとおとなしいかなって思ったけど、それはたぶん、夏目が歌っているからだ。そう、夏目が歌ってる。ユキさんの主旋律に、ハモらせてる。歌うなんて聞いてなかったからびっくりしたし、初めて聴くそれが上手くてまたびっくりした。ユキさんの声に輪郭をつけて、浮かび上がらせる感じは、光に寄り添う影みたいだ。アンニャロウ、こんな声出せるんだ。なによ、そんなふうに歌えるなら玉木が言った通り、最初から歌ってくれればよかったのに。そんなふうに思いつつ、やっぱり聴き入ってしまう自分がなんか悔しい。

どんな顔して歌ってるのかなって、我慢できなくなって振り向いてみたら、ちょうどサビが終わってしまった。夏目は口を真一文字に結んでる。でも、その背筋がピンと伸びてて、へえっと思った。フルートであるわたしの配置は最前列で、対するドラムの夏目は後方。だからわたし、演奏中の彼の姿を見たことはほとんどないんだ。いつもこんなふうに、演奏中は背筋伸ばしてたのかな。こうしてみると、夏目ってハンサムだ。ちゃんと音楽やってる人に見えるし、それが様になって見える。

そうやって、コントラバスとドラムの追い風を受けるみたいにして、前列のわたしとユキさんが主旋律を奏でた。チームワーク、ヨシ。久しぶりの合奏で、落ち込んでた自分が楽しくなってきちゃうのはなんだかゲンキンで、でもわたしらしい。ユキさんがわたしを見て、目で笑って、そんな気持ちを読まれたかなってちょっと恥ずかしくなった。でもいいんだ。これがわたしだから。もう音楽バカって言われるのは慣れっこだ。自分が楽しいだけじゃ本当はダメだけど、今は少しだけこの気持ちに浸っていたい。

そのとき、つん、とユキさんに軽く蹴っ飛ばされて、顔を上げたら、不思議なことが起きていた。席が、さっきよりも埋まってる……？　ちょうど老婦人が二人、吹溜まりの中へ入ってくるところだ。ぽつりぽつりと、断続的にだけど、確かに人が入ってきては、パイプ椅子に座っていく。

わたしは、胸がいっぱいになった。

――ほらね、届いた。

もう一度わたしを突っつくユキさんは、そう言ってるみたいだった。

――うん、そうだね。

うなずいて、フルートに唇を寄せる。久しぶりに吹かれた銀色の横笛が、うれしそうに音を弾ませた。

届け。

響け。

念じるように一音一音、音符のシャボン玉を膨らますように。丁寧に、丁寧に、息を吹き込んで音を作る。吹きガラスみたいに、割らないように、そっと、そっと——

「冗談だろ！」

びくっとして、わたしは集中を切らした。ガラス玉が、弾けて割れた。

……駿河？

声の主は、開会式で喧嘩を売ってきたクラスメイトだ。客席の中央で仁王立ち、マナーそっちのけで大声をあげている。確か、三年三組のミュージカルを見にいくとか言ってなかったっけ。いや、公演自体は十一時からだから、席だけ確保して野次馬に来たのか。

「みなさん何してるんですかこんなとこで。こんなやつらの音楽聴くくらいなら、もっとマシな公演いっぱいありますよ！」

まばらな客席の聴衆に向かって、そんなことを大声で叫んでいる。さりげなく混ざっている平野のことにもお構いなしだ。

「だってこいつら、ヤンキーですよ？　授業すら真面目に出ないようなやつらが、真面目に音楽なんてやるわけがないじゃないですか。ほら、みんな出ましょう出ましょう。ウチのクラス劇だって、けっこう出来いいんですよ？　今なら席空いてますから」

お客さんが目を白黒させていた。弥生と海羽と柚香が弾かれたように立ち上がり、ユキさんの歌声に不快そうな色が混じった。今度ばかりは、わたしの頭にも血が上る。あいつ、どこまでわたしたちの邪魔をするつもりなんだ。だいたい、今はほとんどヤンキーなんていないじゃん。

ちょうど自分のパートが途切れた。ガタッと椅子を蹴って立ち上がる。

「ちょっと駿河——あたっ」

ユキさんに思いっきり足を踏まれた。怖い顔をしていた。演奏中に演奏者が声を荒らげるなんて、最低のルール違反。そんなのわかってる。だけど！

「諦めろよ一条！　っていうか、いい加減目覚ませよ！　誰もおまえらなんかに期待してないって、まだわかんないのか！」

駿河はニヤニヤ笑いを浮かべて、叫び返してきた。

「ちょっと駿河！　やめなよ！」

海羽たちが怒鳴る。

「そんなの、一生わかりたくない！　音楽をやるのに、資格も理由も必要ない！」

わたしも叫び返した。

「ばっかじゃねーの！　それ以前の話なんだよ、不良が音楽なんて。だってそうだろ。音楽ってのは、偉大な音楽家たちが築き上げてきた芸術だ。そういうのは、真面目にがんばれるやつだけが触っていいもんだ。こんな場所に吹き溜まってるような連中が、気安く触れていいような代物じゃあない！」

駿河の声がキンキンと反響する。もうメチャクチャだ。

「この……っ！」

演奏会ぶち壊すの覚悟で、口汚い罵倒《ばとう》を口にしかけたそのときだった。

高らかに天を突く、トランペットの咆哮《ほうこう》が吹き溜まりにこだました。

――静寂。誰もが耳を澄ませている。音の出どころを、探るみたいに。

わたしは、はっと視線を上げた。目を引く茜色のTシャツ、赤茶色に染められた髪の毛、耳の下にぶら下がった悪趣味なピアス……黄金色の金楽器を抱えたヤンキー風情の少年がひとり、その朝顔《ベル》を天へ向け、一心に音を吹き鳴らしながら、吹き溜まりへ入ってくる。彼の着ているTシャツの鮮やかな赤地には、ギザギザの尾を持つ八分音符が躍っていた。それはただのプリントのはずなのに、今は本当に動いて、躍っているように見える。

トランペットの音色は朗々と轟《とどろ》いて、ざわめきを打ち消し、吹き溜まりを震わせた。その上に次々と管楽器の音色が重なって、嵐のようなハーモニーが生まれた。フルート、クラリネット、アルトサックス、トロンボーン、ユーフォニアム、もう一つのクラリネットと、最後はチューバ。

ぞろぞろと吹き溜まりに吹き寄せる吹奏楽部員は、ひとりの例外もなく強面《こわもて》のヤンキーだ。

でも、わたしは知っている。彼らが意外といい顔で笑うんだってこと。わたしは知っている。彼らが音楽、大好きなんだってこと。よく知っている。

自分のパートを吹くのも忘れてしまった。うれしさと、驚きと、それからほんの少しの怒りがごちゃまぜになって、胸がいっぱいになった。

「……あいたっ」

もう一度ユキさんに足を踏んづけられてしまった。顔をしかめて見やると、にっと口の端を持ち上げて笑うものだから、つられて笑ってしまう。

そうだね、本当に届いたよ。北海道から沖縄まで。

次の曲は、アルヴァマー序曲だった。帆船の甲板に吹く、心地よい潮風みたいな曲。思い入れも、苦い思い出も、たくさん詰まってる。海みたいに塩辛《しおから》くて、海みたいに澄んでいる。

吹きながら、黒川たちは音楽隊よろしく、客席の中央を突っ切って舞台に上ってきた。わたしと目が合うと、少しだけ気まずそうに笑っていた。怒りたいような気持ちも、泣きたいような気持ちも、確かにあったはずなのに、わたしはなんだかだらしなく笑って返してしまう。もう、いいや。許しちゃう。

音楽教えて、一緒に演奏するだけ。平野との約束は、それだけだった。別に吹奏楽界の頂点を狙ってるわけじゃなくて、そういう意味じゃお気楽な同好会バンド。でも、わたしたちのこの夏の練習量は、正規の運動部にだって引けを取らなかった。それが報われる瞬間があるとしたら、間違いなく今。そんな瞬間に、水を差すような気持ちなんていらない。

最前列、同じ木管の玉木と石間がわたしの両隣に位置取った。制服のスラックスにチームTシャツという格好は、どこか締まらないんだけど、そばにいるとその茜色が力強くもある。こつんと、ハイタッチの代わりみたいに、両肩に二人の肩がぶつかってきて、あ、やばい、これはちょっと泣きそう。目元がきゅーってなってる。

でも今はたとえ泣き顔だって、胸を張っていたいと思ったから、顔を上げた。胸を張った。ブランクはあったけれど、最高の演奏をしていると思えた。そういえば夏目に約束してたんだっけな。文化祭で、最高の演奏聴かせるって。どうよ、とばかりに振り返ったわたしに、夏目はうなずいてニヤリと笑う。いい顔だ。わたしもニヤリとする。自分の役目は終わったとばかり、舞台を降りて聴衆に手拍子を煽ってる女の子と、なんだかんだ楽しそうにコントラバスを弾いている教師の姿に、心の中でお礼を言った。ユキさんとセンセイがいなかったら、きっとこんなふうには思えなかった。

曲は再現部へ入った。散々苦労した木管パート。アップテンポの曲調に、吹き溜まりそのものが熱を帯びていった。さっきまで強張っていたお客さんの表情が、和らいで、紅潮して、手拍子も鳴る。最後の数小節、まるでそれだけだとファンファーレみたいに聞こえる終節の音がぴたっと止まった瞬間、割れるような拍手を浴びて、結局わたしは少し泣いてしまった。

あっけにとられたように口をパクパクさせていた駿河が、我に返ったように声を荒らげた。

「ば、ばかばかしい！　不良が音楽なんて！　全然ヘタクソじゃ」

ユキさんがここぞと言わんばかりに拍手を煽っていた。モア・ハクシュ・プリーズって。わざとだ。ついニヤッと笑ってしまう。

「不良なんだぞ！　不良と音楽なんて、それこそ」

夏目が意味もなくシンバルをぶっ叩いた。性格の悪さじゃ、彼も相当だ。

「音楽系の公演なんて他にいくらでもあるんだ。わざわざこんなの聴きたいやつなんて、いるはずが……」

振り向いた彼は、そのまま絶句する。わたしもびっくりして、フルートを落っことしそうになった。それこそ風に吹き寄せられたみたいに、吹き溜まりへ入って来ようとする人たちで、入口がどっと溢れ返っていたのだ。

「なんだなんだ、ブラスバンドやってんのか？」

「さっき、なんかすごい綺麗な歌声聞こえたんだけど」

「ハデなやつらだな。けど……なんか楽しい感じじゃん」

「音が鋭い感じでいいね。粋なキレがある」

ざわめきを通して、そんな声が漏れ聞こえてくる。

「そんな……ばかな」

唖然としていた駿河の頭上に、ぬっと影が差した。わたしは今度こそフルートを落っことしてしまった。当たり前のようにギターケースを背負って、そこに突っ立っているのは。

「ばかだと思うんなら、そこ空けろ。邪魔だ」

伊庭、悠。しかもなぜか髪の毛が真っ黒。ていうか、なんでここに……唖然とするノイジーボーイズの中、ユキさんだけがしたり顔をしている。

「ひっ、おまえまでっ、なんでっ」

「ピーピー喚くな、うるせえ」

伊庭は青ざめた駿河の頭を鷲摑みにして、そのまま力任せに後方へ投げ飛ばした。吹き溜まりから転がり出ていく駿河を、海羽たちがあっかんべーをして見送っている。

「……なにしにきたの」

わたしが問うと、伊庭はしばらくなにも答えなかった。いまだ冷めやらぬ、興奮にざわつく聴衆たちを見て、吹っ切れたように笑った。

「俺も混ぜろ」

混ぜろだって。笑っちゃったよ。

「いいよ」

わたしは短く答える。迷わなかった。振り返ったら、やっぱりみんなに呆れたような顔をされていた。でも、みんなも笑顔だ。一条はしょうがねえな、みたいな顔をされてるときが、たぶんわたしは一番わたしらしく生きてる。

「曲は？」と、夏目。

「上を向いて歩こう」

と、わたしは答える。

「おまえたちらしい曲だな」

と、平野が笑った。

「あ、それならわたしも歌える。アカネとユウも歌おうよ」

と、ユキさんが言った。夏目と伊庭が顔を見合わせて、肩をすくめ合ってるのが、なんだかうれしかった。

「よーしっ、いこっか！」

わたしは叫ぶ。

やっと、全員分の音が揃った。パズルのピースが、ピタッとはまる感触がした。

ユキさんの煽りに応えて、手拍子が会場にこだましている。

楽器を手に取り。息を整え。気持ちを込めて。そしてわたしたちは、不協和音《ノイズ》を奏でる。

梅雨の頃とは、雲泥の差だった。

それはノイズでありながら、美しい音だった。

秋の澄んだ空気を震わせる楽器たちの高らかな叫びは、そのまま彼ら自身の声。無数の音符のシャボン玉が吹き溜まりに溢れ、弾け、聴衆を呑み込んで、講堂の外に溢れ出し、響き渡って、そうやってどこまでも、どこまでも、音楽は伝わっていく。風に乗ったタンポポの綿毛みたいに。吹き溜まりから吹き出した風に乗って、どこまでも、どこまでも、遠くへ飛んでいく。世界中に聴かせたい。もっともっと、演奏したい。今さらのことを、強く再確認した。わたしは、音楽が好きで好きでしょうがないや。

「「「アキー！　がんばれー！」」」

前列の真ん中から、聞き慣れた三人分の声援が聞こえて、心臓がトクンと跳ねた。

誰かが聴いてくれているって、演奏者にとっては本当にうれしいことだ。ただそれだけのことが、音楽にとってはすべてなんだと思った。どんなにヘタクソと言われても、耳障りと言われても、誰かに聴かれた時点で、それは誰にも聴かれなかった音楽に百倍勝る。二人なら二百倍、三人なら三百倍。

だから、丹山北高校文化祭に走るこのノイズが〝ヤンキーが音楽？〟なんて疑問を世界から吹っ飛ばすのは、きっと時間の問題だ。このいっぱいの客席でわたしたちの音楽を聴いてくれている人が、少なくとも百人はいるんだから。一万倍素敵な、わたしたちの演奏が、間違いなく吹っ飛ばしてくれるはずだ。

さぁて、次はどの曲をやろうかな、とわたしはわくわくしながら考えていた。さほど持ち曲が多いわけでもないけど、その中でもとびっきりに景気のいいやつを頭に思い浮かべる。

目配せすると、夏目はうなずいて、ビートのリズムを刻み出した。

前に向き直って、確かな高揚感に胸を躍らせながら心の内で叫ぶ。

いざ、ボーイズ・ビー・ノイジー！

閉演

そうして、ノイジーボーイズのリベンジは終わった。

彼らが吹き溜まりから発したノイズは、文化祭中の丹高に広く広く響き渡った。

最初は恐々ノイジーボーイズを見ていた人も、最後は彼らのノイズに呑み込まれて、一緒に手拍子や掛け声をかけてくれていた。ヤンキーがガチのブラスバンドやってるらしいという噂は瞬く間に広がって、全員がちゃんと茜色のチームTシャツに身を包んだ二度目の公演は、始まる前から珍しいもの見たさの客でいっぱいになっていた。やや見世物感のあったその公演も、最後の方には結局みんなノリノリで、なかなかいい演奏だったと評価が広まった。三度目の公演はちゃんと音楽目当てのお客さんが集まって、四回目はもう一回ユキさんとコラボしたりとサプライズにも好評価が集まった。

さすがに、人気ナンバーワンってわけにはいかなかったけど、ダークホースくらいにはなれたんじゃないだろうか。少なくとも、多くの人が彼らの演奏を聴いた。彼らが本気で音楽やってたんだってことを知った。ヤンキーでもブラスバンドができるんだってことを理解した。だから、ノイジーボーイズのリベンジはそれで十分に果たされたんだと思う。さすがの駿河も静かになったし。

そうして、ノイジーボーイズのリベンジは終わった。

わたしたちの秋も、終わったのだ。

♪

文化祭が終わって数日、久しぶりに吹き溜まりを訪れると、スッカラカンの旧講堂がわたしを迎えた。一ヶ月もすれば取り壊しが始まる。来年入ってくる一年生は、この場所でヤンキーたちが音楽やってたなんて夢にも思わないだろう。隅の方にまとめられた机や椅子などの備品類も、近々運び出されて、校内のどこかに無理矢理収納されることになっていた。もう、この場所には誰も来ない。

講堂の中心に、夏目がいた。ウィンディーの頭を撫でている。不機嫌そうな顔をしつつ、ウィンディーはされるがままになっていた。夏目に対してもだいぶ角が取れてきたのに、あの猫はこの場所がなくなったらきっとどこかへ行ってしまうんだろうな。そもそも取り壊されること、知ってるのかな。

「やあ」

軽い調子で声をかけると、夏目は顔を上げて「おう」と応じた。

するとウィンディーが、「お邪魔ですかね」と言わんばかりにトテテ歩き出した。窓枠に足をかけ、一瞬なにか言いたげにこちらを見る。にゃあ、と鳴いてぴょんと外に飛び出していった黒猫の姿を、わたしたちはしばし茫然として見送った。

「あいつ、たぶんもう戻ってこないな」

夏目がぽつりと言う。

「ばいばい、って言ってたのかな」

「さあ……けど、あいつの名前も〝風〟だから。ここはもう、風が吹き溜まる場所にはふさわしくない」

「……そうだね」

気持ちのいい風が、吹き込んでは吹き出していく。風の通り道となったこの場所は、もう吹き溜まりじゃなかった。だから風の名前を持つあの黒猫も、もうここに留まってはいられない。丹山のどこかにまた新しい縄張りでも見つけるのかな。

変な沈黙が張りつめる。最近、夏目と一緒にいるときの沈黙がやたら気まずい。わたしは必死に会話の糸口を探した。

「みんなのその後、聞いた？」

「だいたいは。人気者みたいじゃん」

夏目は皮肉っぽく笑う。

黒川は相変わらずのプレイボーイだけれど、文化祭の後からさらにモテるようになったとかほざいてた。クラスじゃあそこそこ穏便にやっているらしいけど、すでに二股三股くらいはかけてそう。玉木は、二組で伊庭をいかにクラスに馴染ませるかについて頭を悩ませてたな。伊庭自身は髪を切って黒く染め直してだいぶ印象もよくなっているんだけど、いかんせん前科が重い。玉木とはよくつるむようになったみたいだけど、まだまだ前途は多難そうだって。海田さんはホオズキでのバイトを夏休みが終わってから再開したそうだ。店長に、楽器を吹けって言われてるらしい。海田さんの生演奏でチューバソロはまだハードルが高いと思うけど。久我山くんはパソコン部に入部して、今では情報の先生の右腕と化している。たまにわたしのところにシンセで打ち込んだ音源を持ってくるのは、まだあの勝負のこと根に持ってるからなのかな。三馬鹿は相変わらず楽しそうでなにより。

吹き溜まりを失っても、彼らは新しい場所を見つけることができたんだ。よかった。がんばれよ、みんな。

「平野は？」

夏目が思い出したように訊いた。そうそう、あとひとりいたんだった。

「センセイ、なんか禁煙してるみたいだよ。コントラバスも練習し直してるみたいだし。ふふ、なんかおもしろいよね」

「結局捨てられなかったんだな、あいつも」

あいつも、ね。夏目だってそうだったものね。

風が心地よかった。

ウィンディーも去った旧講堂に、もう残っているのはわたしたちだけだ。

「みんなもう戻ってこないのかな」

ぽつりとつぶやく。ちょっとだけ、寂しかった。

「文化祭での演奏が吹き溜まりにも風を吹かせて、落ち葉を全部吹き飛ばしていったからな。ここはもう、吹き溜まりじゃない」

「キミが最後の落ち葉ってわけだね」

「アンタもだろ」

「こら、アンタ禁止！」

そういえば最近、名前で呼んでもらってない。

なんだかふてくされたくなる。ユキさんのことはあんなに名前で呼ぶくせに。わたしはいまだに疑っているのだ。最終日のキャンプファイヤー、二人で一緒にいたのをわたしは知っている。

「あの、さ。アカネは、その、ユキさんのことなんとも思ってないの？　好きな人とかいないの？　恋とかしないの？」

「質問が多い」

「えっと、じゃあ、好きな人いないの？」

あれ。最優先の質問それなのか、わたし。

夏目は不機嫌そうに鼻を鳴らした。ぷい、と背中を向けて窓の外に目を向ける。あ、とわたしは気がついた。猫背じゃない。ユキさんが教えてくれたんだけど、夏目はポーカーフェイスなだけで、緊張すると背筋が伸びるんだって。そうすると、ほほーう、緊張してるんだってわたしはニヤけてしまった。好きな人いないのって訊かれて、緊張しないやつなんていないよね。

「……アン……アキはさ、四季の中でどれが一番好き？」

そんなことを考えていたから、その質問はちょっとふいうちだった。意味もわからなかった。

「え？」

訊き返すと、夏目が振り向く。

あ、なんかやばいと思った。

胸がドキドキした。

初めて見たんだ。夏目の、紅葉みたいに赤い顔。

「俺は、アキが好きだな」

と、夏目が言った。キラキラっと、猫みたいな瞳がいたずらげに光っていた。

「えっ……？」

わたしは困惑した。今の本当に、秋、だった？　ニュアンスちょっと違くなかった？

言葉を失ったわたしを、気がつくといつも通りの夏目が静かに見つめている。

「……帰る」

そそくさとポケットに両手を突っ込み歩き出した少年の姿は、何かを誤魔化しているように見えた。そして、猫背じゃ、ない。

えーと、つまり、それは。

「それって、どっちの？」

「あ？」

「だから、その、どっちの意味……」

「はー？」

手をヒラヒラ振りながら歩いていく黒猫を見ていると、またいつものようにふつふつと怒りが湧《わ》いてきた。ちくしょー、小馬鹿にしやがって。

「待てこんにゃろう！」

「わっあぶねっ！」

背中に飛びついて、ぽかぽか頭を殴ってやる。

真っ黒い、ボサボサとした髪の毛越しに、空が見えていた。

二匹の猫がじゃれ合うみたいに戯《たわむ》れるわたしたちの姿を笑って、秋の風は吹き溜まりを吹き抜け、どこまでも天高く昇っていく。

おわり

あとがき

本作の中で、「丹山」という町を書きました。僕はあまり取材をしない性質《たち》なので、基本的に作中で描く舞台は完全に架空ないし自身の記憶にあるものから作ります。この丹山という町は記憶の方からできていて、大学時代ゼミのフィールドワークで足繁《あししげ》く通った神奈川県の某《ぼう》町がモデルになっています。

昔から、神奈川に対して妙な親近感を持っていました。生まれも育ちも東京なんですが、東京は東京でも隅っこなので、神奈川が目と鼻の先にあったんです。県境にはもちろん、柵《さく》があるわけでも見張りが立っているわけでもないのですが、子供心には同じ地続きの日本なのに不思議と異国のように感じられて、「ここから先がカナガワなんだ！」と意味もなくワクワクしていたのを覚えています。それは昨今、物語を書くのにインスピレーションを働かせていると、時折感じるワクワクに、少し似ている気がしないでもなかったり……。これは、そんな神奈川がモデルの、でも神奈川でないどこかにある、小さな田舎町を舞台にした音楽のお話です。

今回はブラスバンドに情熱を燃やす女の子をぽつんとひとり、男の子たちをわーっとたくさん書きました。色んな意味で前作『サマー・ランサー』とは対になる物語かなあと思っています（ストーリー上のつながりは一切ありませんが）。男の子に対して女の子。夏に対して秋。スポーツに対して音楽。青に対して赤。そんな感じの内容です。

なにかに情熱を燃やすことが難しい歳になりました……なんていうとまだ若いだろと各方面からツッコミをもらいそうですが、やはり高校生だった頃に比べるとそういう熱を感じることが少なくなりました。あのひたむきな情熱はきっと、彼《か》の年頃の少年少女に宿る特別なものなのでしょうネ。少し羨ましい。

そういったものを、もう一度感じられるようなお話に仕上がっていることを祈りつつ、今回はこのあたりで。天沢《あまさわ》夏月《なつき》でした。

二〇一三年　十月某日

天沢夏月　著作リスト

サマー・ランサー（メディアワークス文庫）
吹き溜まりのノイジーボーイズ（同）

本書は書き下ろしです。

メディアワークス文庫

吹《ふ》き溜《だ》まりのノイジーボーイズ

天沢《あまさわ》夏月《なつき》

発行　2013年11月22日　初版発行

発行者　塚田正晃
発行所　株式会社KADOKAWA
〒102-8177　東京都千代田区富士見2-13-3
電話03-3238-8521（営業）
プロデュース　アスキー・メディアワークス
〒102-8584　東京都千代田区富士見1-8-19
電話03-5216-8399（編集）
装丁者　渡辺宏一（有限会社ニイナナニイゴオ）
印刷・製本　旭印刷株式会社

ISBN978-4-04-866002-0 C0193

メディアワークス文庫　http://mwbunko.com/
株式会社KADOKAWA　http://www.kadokawa.co.jp/

本書に対するご意見、ご感想をお寄せください。

あて先
〒102-8584　東京都千代田区富士見1-8-19　アスキー・メディアワークス
メディアワークス文庫編集部
「天沢夏月先生」係

彼女と僕の伝奇的学問

水沢あきと

明応大学・民間伝承研究会のメンバーは実地調査《フィールドワーク》のために山中にある葦加賀村の祭事を見学に訪れる。しかしその村で行われていたことには、単なる『祭事』には留まらない驚くべき秘密があった……!

み-2-4　156

彼女と僕の伝奇的学問②

水沢あきと

明応大学民間伝承研究会のメンバーは『シャーマン』の研究のため会長・風守楓と縁のある九重島を訪ねる。しかし巫女の少女・沙織が自らに神を降ろしたとき口にした宣託は『楓を幽閉せよ』という衝撃的なもので——?

み-2-5　174

彼女と僕の伝奇的学問③

水沢あきと

研究会メンバーの早池峰雪希が大学を去った。啓介をはじめ残されたメンバーは事情を聞くために彼女の実家へ向かう。岩手県・遠野。そこは、著・柳田國男『遠野物語』の舞台。民俗学の聖地と呼べる場所だった……。

み-2-6　229

たいやき

朽葉屋周太郎

堅く真面目なサラリーマンの長兄、いいかげんな大学生の次兄、そして登校拒否中で家に引きこもっている妹。母が入院し、父が旅に出たために、三人だけで暮らすことになった彼らは、いつしか不協和音を奏で——。

く-1-4　231

天使のどーなつ

峰月　皓

首都圏に展開するチェーン「羽のドーナツ」。代々木本社の開発部に所属する留衣は、無類のドーナツ馬鹿だった。彼女が巻き起こすドーナツ旋風に、周囲は呆れるばかりで……。甘くて愉快で美味しい、心躍る物語。

ほ-1-6　232